SV

Band 402 der Bibliothek Suhrkamp

Paul Nizan

Das Leben des Antoine B.

Roman

Suhrkamp Verlag

Deutsch von Gerda Scheffel
Titel der französischen Originalausgabe: *Antoine Bloyé*

Erstausgabe
5. und 6. Tausend 1976

Druck: Poeschel & Schulz-Schomburgk, Eschwege
Printed in Germany

Wenn der Kommunismus nun sowohl die »Sorge« des Bürgers wie die Not des Proletariers aufheben will, so versteht es sich doch wohl von selbst, daß er dies nicht tun kann, ohne die Ursache Beider, die »Arbeit«, aufzuheben.

Karl Marx, Die deutsche Ideologie

Erster Teil

I

Es war eine Straße, durch die fast niemand kam, eine Straße mit einzeln stehenden Häusern, in einer Stadt im Westen Frankreichs. Unkraut wuchs auf der gestampften Erde der Bürgersteige und auf dem Fahrdamm, Gräser und Wegerich. Vor den Häusern Nummer 11 und Nummer 20 breiteten sich Ölflecke aus, die von den beiden einzigen Autos der Straße stammten.

An der Nummer 9 trug der Türklopfer, von der Form einer Hand, die wie die Rechte eines Kaisers eine Kugel hielt, eine schwarze Schleife; am Fuß der drei Granitstufen vor dem Eingang stand eine schwarze, mit weißen Streifen verzierte Schachtel, geschmückt mit einem Kreuz und weißen Tränen: es war ein Haus, in dem es einen Toten gab.

Die Tür stand halb offen: die Besucher konnten eintreten, ohne zu klopfen, denn das Läuten der Klingeln und das Echo der Türklopfer in der Tiefe der Zimmer stören den Schlaf der Toten. Ab und zu, vielleicht einmal in der Stunde, hob ein Vorübergehender den Kopf zu der blau-weißen Emaillenummer und trat ein. Er drückte gegen die schwarze Tür mit dem schwarzumflorten Türklopfer, dem kupfernen Spion, der ovalen Kupferplatte und dem kupfernen Briefkastenschlitz: auf der Kupferplatte war ein Name eingraviert: Antoine Bloyé. Der Besucher machte ein paar Schritte über rote und weiße Fliesen, von denen eine, die locker war, unter dem Fuß wie eine Ankündigung widerhallte: eine alte Frau in Filzpantoffeln tauchte im Halbdunkel auf und nahm den Hut oder den Schirm des Ankommenden. Er fragte:

»Kann ich ihn sehen?«

Die Frau antwortete:

»Ja, Sie müssen hinaufgehen ... wir haben ihn nach oben getragen... er ist in seinem Büro zusammengebrochen... wir konnten ihn dort nicht lassen.«

Er ging die glänzende Eichentreppe hinauf: auf dem Treppenabsatz der ersten Etage fiel aus einer halboffenen grünen Tür ein ungewöhnlicher gelber Schein, wie das Licht bei einer Sonnenfinsternis. Er ging weiter, gepeinigt durch das aufdringliche Knacken seiner Sohlen. In der Tiefe des Zimmers stand das riesige Bett des Toten. Der flackernde Schein der Kerzen in den Kristalleuchtern, die seit Jahren nicht mehr benutzt worden waren, denn sie dienten nur den Toten, erhellte das Bettzeug. Ein Mann und eine Frau, deren Gesichtszüge schlecht zu erkennen waren, erhoben sich aus ihren Sesseln und näherten sich, um zu sehen, wer es war, der mit der Februarkälte auf den Wangen hereinkam. Die Männer schüttelten sich die Hände, die Frauen küßten das feuchte Gesicht der Frau, sie sagten:

»Ich habe von dem großen Unglück gehört, das Sie betroffen hat...«

Oder:

»Wer hätte das erwartet, dabei war er doch noch so auf dem Posten. Wie schrecklich!... Wie vergänglich wir doch sind.«

Oder:

»Sie wissen ja, welch großen Anteil ich an Ihrem Schmerz nehme.«

Der Mann, Pierre Bloyé, der Sohn des Verstorbenen, zog sich wortlos zum Fenster zurück, nachdem er die ausgestreckten Hände geschüttelt hatte. Die Frau, Anne Bloyé, die Frau des Verstorbenen, verfiel wieder in ihr Schluchzen, das die Erschöpfung unterbrochen hatte und das jedes freundschaftliche Wort, jede Beileidsbekundung wieder neu hervorrief, wieder neu nährte, als würde sie dadurch daran erinnert, daß ihr Mann wirklich tot war, was sie bereits vergessen hatte. Alle, die kamen, nahmen einen Buchsbaumzweig vom letzten Palmsonntag aus einem tiefen Teller mit goldenen Streifen und sprengten ein paar Tropfen Weihwasser auf das Bett. Die Frauen näherten sich dem Körper, besprengten ihn und bekreuzigten sich mit der Sicherheit von Menschen, die ihre Bewegungen instinktiv und unbewußt wie Insekten ausführen;

die Männer segneten, verneigten sich ungeschickt. Dann fragten die Besucher:
»Wann ist die Beerdigung?«
»Übermorgen, morgen, heute nachmittag um vier«, antwortete Pierre Bloyé, der Zeit entsprechend, die vergangen war.
Die Leute gingen schließlich, und auf der Straße hielten sie noch einige Meter den Schwung und den Klang ihrer Schritte zurück, bis sie den magischen Kreis verlassen hatten, in dem die Gegenwart und die Macht des Todes alles beherrschte, bis sie sich berechtigt fühlten sich zu freuen, daß sie am Leben waren: und sie atmeten plötzlich ohne Zurückhaltung und ließen unbeschwert ihre Sohlen knacken.

In den Zeitungen der Stadt, im *Populaire*, im *Phare*, las man:

Madame verw. Bloyé
Madame Antoine Bloyé
Monsieur Pierre Bloyé
geben in tiefer Trauer den schweren Verlust ihres Sohnes, Gatten, Vaters bekannt,
Monsieur Antoine Bloyé
ehem. Ingenieur der Eisenbahngesellschaft von Orléans
Träger des Ordens für Verdienste um das Bildungswesen
verstorben in seinem 63. Lebensjahr.
Die Beerdigung findet am 15. ds. Monats in der Kirche Saint-Similien statt. Die Trauergemeinde versammelt sich um 15 Uhr im Haus des Toten, 19, Rue George Sand.

In seinem Zimmer lag Antoine Bloyé, zweiundsechzig Jahre alt, sein Gesicht war zur Hälfte von den Kerzen auf dem Nachttisch erleuchtet: da am andern Ende des Zimmers eine Petroleumlampe brannte, warf sein Profil drei Schatten an die Wand.
Pierre Bloyé betrachtete dieses Gesicht, das nicht ausgezehrt war wie das der Toten, die von tagelangem Todeskampf erschöpft sind: sein Vater war an einer Embolie gestorben, kampflos, er gehörte zu den Toten, von denen man sagt:

»Nicht wahr, er sah schön aus auf seinem Totenbett!...«
Die herabhängende Unterlippe unter dem weißen, vom Nikotin gelblich gewordenen kurzen Schnurrbart gab ihm einen schwer zu ertragenden Ausdruck von Enttäuschung, Hochmut und Verachtung. Wenn Pierre auch wußte, daß das die natürliche Wirkung des Todes auf einen zahnlosen Mund war, so sah er doch darin einen letzten Ausdruck der Gemütsverfassung seines Vaters, den Ausdruck eines Lebenden, das letzte Zeugnis, das er von seinem letzten Gedanken ablegte, seiner letzten Bedrängnis, der letzten Bedeutung, die er dem jähen Abschluß all seiner Jahre gab. Pierre wandte seine Augen von dieser steinernen Maske ab, zu der sie immer wieder hingezogen wurden. Seine Mutter weinte: bald mit einem Schluchzen, das ihren Körper wie ein heftiges Lachen hob, bald mit den spärlichen Tränen der Erschöpfung, dem versiegenden Rinnsal salzigen Wassers im Winkel der brennenden Lider.
So wachten sie drei eisige Februarnächte bei dem Toten. Die alte Hausangestellte, ein Nachbar und ein Vetter Anne Bloyés kamen von Zeit zu Zeit, um sie bei ihrer Wache abzulösen. In der Küche stand der Kaffee auf der Sparflamme des Gasherds, Pierre und seine Mutter tranken fröstelnd und legten sich dann für zwei Stunden hin wie Posten, die ihre Wache beendet haben. Sie fielen in einen tiefen Schlaf, aus dem sie hochfuhren, als wäre der Vater nur krank und hätte sie von seinem Bett aus wegen einer Medizin oder der Flasche gerufen oder um nach der Zeit zu fragen, und sie fühlten sich schuldig, daß sie geschlafen hatten; sie kehrten in das Zimmer zurück, in dem der Nachbar, die alte Hausangestellte, der Vetter gewacht hatten, bis zum Bauch in eine alte schottische Decke gehüllt. Wie kalt das Zimmer war! Das Fenster war etwas geöffnet: die Nachtfröste konservieren die Leichen. Sie blickten auf Antoine, immer noch heimlich erstaunt, daß er sich noch nicht bewegt hatte, sich noch nicht umgedreht hatte, um seine gewohnte Schlafstellung einzunehmen: vor der Reglosigkeit der Toten überkommt alle Men-

schen die Unruhe der Tiere und Kinder. Doch Antoine hatte nicht versucht, seine Lage zu verändern, er hatte sich keineswegs gerührt, er besaß bereits die steife Geduld der Toten.

In der letzten Nacht blieb der Sohn allein. Der Nachbar, die Hausangestellte und der Vetter waren es leid geworden; sie waren zu ihren Betten zurückgekehrt, zu ihren Häusern, die den Zauberbann des Todes, die Unordnung, die er in die Gewohnheiten des Lebens bringt, nicht kannten: der Nachbar war in sein Landhaus gefahren, der Vetter war zu seiner Frau gegangen, um mit ihr zu schlafen. Anne Bloyé, von Müdigkeit und Schmerz übermannt, schlief im Zimmer nebenan und wälzte sich schwerfällig im Schlaf, wobei die Matratze in der winterlichen Stille ächzte. Antoines alte goldene Uhr tickte immer noch auf dem marmornen Kaminsims und zerteilte die Nacht mit entsetzlicher Präzision: so folgen die Besitztümer der Menschen, von härterem Material als ihre Besitzer, noch lange nach ihnen ihrer Bestimmung; ihre Möbel überleben sie; ihre Kleidung, ihre Häuser, ihre Gedanken begleiten sie nicht. Von Zeit zu Zeit erhob sich Pierre, dessen Unbeweglichkeit ihn vor Kälte erstarren ließ, und ging auf und ab: jedesmal, wenn er sich bei der Tür umdrehte, sah er sein Gesicht in dem großen Spiegel über dem Kamin auftauchen: der bleiche Schatten im Schatten stieg herauf wie das Gesicht eines Ertrunkenen aus der Tiefe, und Pierre wandte seinen Blick ab von dem unbeweglichen Wasser, hinter dem das Land der Toten beginnt. Mehrmals berührte er die entblößte Stirn seines Vaters, die Hände dieses kraftvollen sanguinischen Mannes, aus denen das Blut gewichen war und die von nun an eisig blieben; er berührte die Kälte dieses Wesens aus Stein, dessen Lachen und dessen Wärme er gekannt hatte. In den Stunden, die auf Antoines Tod gefolgt waren, hatte Anne so ihren Mann berührt und zunächst gesagt:

»Er ist noch warm...«

Dann:

»Er fängt an, kalt zu werden...«

Als hätte sie das allmähliche Entweichen des Lebens beobachten wollen, seinen schrittweisen Rückzug, oder die Beweise für irgendeine Hoffnung. Als sie gemerkt hatte, daß der Körper wirklich steif und kalt wurde, war sie in Schluchzen ausgebrochen, in dieser Sekunde erst hatte sie begriffen, daß Antoine tot war; sie hatte aufgehört, mit ihm zu sprechen, ihn zu rufen, zu schreien: »Antoine, Antoine, antworte doch!» Sie hatte begonnen, von ihm in der dritten Person zu sprechen, nur in der dritten Person.

Der Tod eines Menschen löst eine genau geregelte Folge von Handlungen und Worten aus: diese Verwandlung eines Lebenden in einen stummen Gegenstand, der nicht mehr fragt, nicht mehr befiehlt, der nicht mehr befragt wird, der nicht mehr Ich antwortet, dieser Übergang von der menschlichen Beschaffenheit zum Zustand des Minerals bringt viele Leute in Bewegung, die für ihn bestimmen, und jede ihrer Entscheidungen stößt ihn weiter zurück zur Steilwand des Todes. In den zwei ersten Tagen hatten die Bewohner des Viertels, die Freunde, informiert durch die geschlossenen Fensterläden, die Nachricht in den Zeitungen, die Gespräche der Hausmädchen beim Bäcker und beim Fleischer, ihre Hilfe angeboten, um die Bräuche für die Ehrung der Toten zu erfüllen. Zwei Frauen aus der Rue Monselet, mit denen Anne noch nie gesprochen hatte, hatten den Körper mit Hilfe einer Nonne angekleidet. Die Nonne sagte zu Madame Bloyé:

»Ich möchte Sie nur bitten, Madame, ihm seine Hose anzuziehen.«

Welch ein Erstaunen vor soviel Schamhaftigkeit! Anne sagte später:

»Wie prüde diese Nonnen sind! Schließlich ist ein Toter doch kein Mann...«

Am zweiten Tag erschien ein Angestellter des Bestattungsinstituts: er hatte schwarze Gummigaloschen an und trug eine große Aktentasche aus Moleskin wie ein Vertreter, der seine Warenproben zeigen weill. Madame Bloyé bot ihm im Eßzimmer einen Stuhl an; er zog seine Angebote heraus, seine Zeichnungen, und gab seine Phrasen von sich. Madame Bloyé sprach, nicht ihr Sohn: der Tod ist die große Sache der Frauen, der Schmerz hindert sie nicht, eine entsetzliche Geistesgegenwart zu bewahren, das Unschickliche genau vom Schicklichen zu unterscheiden und auf Anhieb die Größe der Beerdigung mit ihrem Vermögen und ihrer Sparsamkeit in Übereinstimmung zu bringen. Pierre lehnte an dem imitierten Renaissancebuffet, rauchte, kaute an seinen Nägeln, während er zuhörte, wie die Beerdigung sich nach einer Regie ordnete, die nichts dem Zufall überließ. Obwohl es zehn Uhr morgens war, brannte in dem Zimmer im Erdgeschoß die elektrische Deckenlampe, eine schmiedeeiserne Lampe, die an die Krone eines Merowingerkönigs erinnerte. Madame Bloyé sagte:

»Wir könnten die Läden aufmachen... Sie würden besser sehen...«

Sie machte diesen Vorschlag fast ohne die Lippen zu bewegen, davor zitternd, daß der Angestellte ihn annehmen könnte; doch dieser kannte die Riten, da er schon so lange mit den Familien Geschäfte machte, er wußte, daß man bei einem Toten die Fensterläden nicht öffnet, er lehnte ab. Anne Bloyé weinte und verhandelte: manchmal gab sie der Geschicklichkeit des Verkäufers nach: er erreichte schließlich ein Begräbnis vierter Klasse mit Portieren an der Tür, Initialen des Toten, Kästchen für die Visitenkarten: mehr konnte er kaum erwarten von einer bürgerlichen Familie, die bemüht war, die den Toten gebührenden Ehren mit der Sparsamkeit in Einklang zu bringen, die ein mittelmäßiges Vermögen fordert. Er überprüfte alles noch einmal, während er sich entschuldigte: »Es darf nichts vergessen werden: es ist immer sehr unangenehm, für den Kunden ebenso wie für uns, wenn später noch 100 Francs dazu kommen...«

Sie sprachen über den Sarg: Anne liebte schöne Särge, sorgfältig gearbeitet wie Möbel. Sie hatte gelernt, schönes Holz zu würdigen, die Kunsttischlerei von der gewöhnlichen Möbelschreinerei zu unterscheiden. Sie hatte sich immer nach ihrem Tod einen ausgeschlagenen Sarg gewünscht: sie sah ihren Tod gern in einem gewissen behaglichen Wohlstand. Sie wollte, daß alle, die sie geliebt hatte, in den gleichen Zustand versetzt würden, sie weinte bei dem Gedanken, daß sie Antoine den Sarg schenkte, den er ihr so oft hatte versprechen müssen: ihr Mann war zehn Jahre älter gewesen als sie, sie empörte sich über den Irrtum des Schicksals, das ihn als ersten sterben ließ. Der Angestellte faßte zusammen:

»Sagen wir also: einen dreifachen Sarg, Tanne, gelackte Eiche und Zink, mit sechs Griffen, Kreuz, Schrauben... Wie möchten Sie die Griffe? Im allgemeinen liefern wir sehr große glatte Griffe...«

»Das ist sehr schön so«, sagte Anne seufzend. »Aber ich habe gar nicht ans Kruzifix gedacht... als meine Mutter starb, war keins darauf...«

»Hier wird das immer so gemacht«, sagte der Mann, »bei Särgen von einem gewissen Preis: das Kruzifix trägt zu ihrem Schmuck bei... mit einem Aufschlag von hundert Francs bekommen Sie ein Polster und eine Spitzenumrandung. Ein schöner, solider Sarg, schlicht, ohne Firlefanz... Natürlich ist Watte da und ein Kopfkissen.«

»Hauptsache, es ist bequem«, sagte Anne. »In der Watte liegt er sicher gut.«

»Ganz bestimmt«, schloß der Angestellte. »Im Ganzen beläuft sich das auf cirka zweitausendachthundert Francs...«

So fühlte Madame Bloyé, daß sie alles getan hatte, was sie zur Ehrung ihres Mannes tun mußte. Der Sarg, das Begräbnis, genau dem soliden, bescheidnen Leben des Bürgers angepaßt... Solid, schlicht, ohne Firlefanz, das war sein ganzes Leben. Es befriedigte sie vollauf. Im übrigen war diese Ausschmückung des Begräbnisses ein letztes Geschenk, wie ein letztes Zeichen der Liebe für Antoine: sie wollte ihn verwöhnen, ihm mit einem Mal alle Geschenke und alle Beweise der Zuneigung geben, die er verdient hatte, die sie vielleicht ver-

säumt hatte, ihm zukommen zu lassen. Vielleicht war der Sarg etwas teuer, aber das war gut so:
»Wir sind ihm das schuldig«, sagte sie... »Er war so gut, so aufopferungsvoll...«
Beim Weggehen wandte sich der Mann vom Bestattungsinstitut, der sein Metier beherrschte, die den menschlichen Schmerz begleitenden Beweggründe kannte, noch einmal zu Madame Bloyé:
»Übrigens habe ich vier Männer für die Feierlichkeiten vorgesehen, vier Leuchter, kurz, alles Nötige... Andererseits bleiben noch die Aushebung des Grabes, die Friedhofskosten, überhaupt alles, was die Friedhofsverwaltung betrifft... Ich sage Ihnen das alles dann später... Ich möchte noch hinzufügen, daß Sie die Kränze bei uns kaufen können... eine kleine Nebeneinnahme der Angestellten...«
Er empfahl sich endlich, nachdem er mit Pierre Bloyé eine Verabredung vor der Kirche getroffen hatte, um die Trauerfeier zu regeln. Pierre ging zu seiner Mutter, er haßte ihre Kenntnisse, ihre Sicherheit, diese Höflichkeit gegenüber ihrem toten Mann. Um zu verhindern, daß sie die Bestellung des Sarges, der Portieren noch kommentiere, fragte er sie:
»Warum darf man die Läden in einem Haus mit einem Toten nicht öffnen?«
Seine Mutter sagte ihm, daß sie es nicht wisse, aber man tue es nicht: im Sterbezimmer sei das ›verständlicher‹, dort schließe man sie, weil das Licht die Auflösung beschleunigt, aber Bräuche lassen sich nicht erklären. Es gibt noch merkwürdigere: in manchen Gegenden werden alle Eimer, alle Schüsseln im Haus geleert, damit die Seele nicht in ihnen ertrinkt. Pierre hielt seinen Zorn zurück: er wußte, daß es vergeblich war, daß es unmöglich war, seine Mutter zu überzeugen, er zuckte mit den Schultern: er fühlte, daß diese Bräuche, dieser Glaube, diese Höflichkeiten seine Mutter von ihrem Schmerz ablenkten, er wollte sie nicht noch mehr bedrücken, indem er die Weisheit der Sprichwörter, die Madame

Bloyés Denken formten, beleidigte. Sein Vater würde nach einem Gottesdienst begraben werden: das erzürnte ihn, er sagte sich:
»Schließlich ist das fast eine Beleidigung meines Vaters... Er machte sich über all diese Geschichten von der unsterblichen Seele nur lustig...«
Laut sagte er:
»Es ist lächerlich, ihm war das alles verdammt egal... Mir kommt das wie ein Vertrauensbruch vor...«
Madame Bloyé, die sich gesetzt hatte, fuhr aus dem Halbschlaf ihres Kummers hoch, der sie wie ein Gift lähmte:
»Wie kannst du nur so reden, Pierre... Wenn dein Vater hier wäre... er würde das alles akzeptieren, um mir eine Freude zu machen...»
Pierre verließ, ohne zu antworten, das Eßzimmer: er dachte darüber nach, daß sein Vater sein ganzes Leben lang Opfer dieses kleinen Satzes gewesen war.
Später traf er sich vor dem Pfarrhaus von Saint-Similien mit dem Angestellten des Bestattungsinstituts, der in der diensteifrigen, untertänigen Haltung neben ihm ging, die die Kuppler des Todes ebenso wie die Kuppler der Liebe annehmen. Eine alte Jungfer mit kalkiger Haut und einem kümmerlichen Haarknoten führte sie zu dem für diese Woche bestellten Pfarrvertreter. Es war ein dicker, rotgesichtiger Geistlicher mit verkniffenen Augen, der hinter einem schwarzen, fleckigen Schreibtisch hockte, der dem eines Polizeikommissars glich. Er lachte behaglich, als er den Vertreter des Bestattungsinstituts erkannte, erhob sich, machte einen Schritt auf den Fliesen des Büros und rief mit ländlichem Akzent:
»Ein Grüßgott dem Mann der Begräbnisse.«
Im Handumdrehen war alles beschlossen: der Gottesdienst entsprach der Begräbnisklasse. Der Vikar schloß geräuschvoll sein Register und sagte:
»Das wären sechshundertundacht Francs, Monsieur... keinen halben Centime mehr...«

Das Lachen breitete sich von seiner Stirn zu seinem Hals aus, der über den speckigen Kragen seiner Soutane quoll. Wieviel Geist bei dem Seelenhirten! Er fügte hinzu:
»Hat Ihr Verstorbener den Beistand eines Geistlichen gehabt?«
Pierre sagte, daß sein Vater keinen gehabt habe: der plötzliche Tod entzieht viele Seelen den Machenschaften der Betbrüder, dem Entreißen der letzten Beichte und dem Ritus der letzten Ölung. Der Vikar hörte auf zu lachen: das Lachen fiel von seinem Gesicht wie eine Karnevalsmaske, sein Gesicht zeigte mit aller Niedrigkeit die Verachtung eines Kaufmanns für einen Kunden, der seine Ware nicht will.
Pierre ging.

Am Morgen des Begräbnisses wurde der Tote aufgebahrt. Die Leichenträger stellten die Bahre in den Salon: sie füllte ihn aus, sie verdrängte die Sessel, es war ein Möbel ohne Maß, das nicht für die Größe von Zwergenwohnungen gemacht war, in denen lebende Menschen sitzen und stehen. Geöffnet zeigte sie ihren Satin, ihre Spitzen, die denen von Konfektschachteln glichen, ausgestanzten Papiertellern, auf denen die Sonntagskuchen liegen. Die Männer trugen Antoine herunter, der in sein Leichentuch gewickelt war. Sie hatten Mühe: die Biegung der Treppe war eng und die Stufen glatt, der Körper wog das Gewicht der Toten. Ein Leichenträger sagte halblaut:
»Wir hätten da nie einen Sarg heruntertragen können.«
Ein anderer murmelte:
»Es war höchste Zeit.«
Denn der Körper begann sich aufzulösen. Als er im Sarg lag, begann ein scharfer, süßlicher Verwesungsgeruch sich im dunklen Salon auszubreiten: er enthielt eine Art Nachgeruch von Hyazinthen, eine übernatürliche Erinnerung an die Place du Carrousel im zeitigen Frühjahr. Pierre kannte diesen Geruch nicht, er besaß nicht das bittere Wissen der Männer, die

getötet haben, die zwischen Toten gelebt haben, er war nicht im Krieg gewesen, er kannte vom Geruch des Todes nur den einer toten Ratte, die er eines Tages in seiner Kindheit gefunden hatte. Als er sich näherte, um seinen Vater zu küssen, bevor das Tuch über sein Gesicht gezogen wurde, als er sich zu der breiten entblößten Stirn hinunterbeugte, zu dem kräftigen Nasenrücken, hüllte ihn der Geruch ein, er wich zurück, er floh bis zur Tür, auf deren Schwelle seine Mutter stand, deren Augen endlich trocken waren vor Entsetzen. Dieser Geruch stieg wie eine unüberbrückbare Schranke zwischem ihm und seinem Vater empor, er verbot ihm die letzte Annäherung, er war wie der Wille des Toten, die Lebenden weit von sich zu stoßen, wie ein Zeichen des Hasses, das eindeutige Mal der Trennung. Pierre Bloyé lernte in dieser Sekunde den Tod kennen und weinte Tränen der Verzweiflung und des Abscheus. Die Leichenträger versprühten ein rosa Desinfektionsmittel und begannen den Zinkdeckel zu verlöten. Ihre Lötkolben lagen zum Erhitzen auf einem Holzkohlenöfchen, und die Männer arbeiteten mit den präzisen Bewegungen guter Handwerker. Die weiße Linie der Lötnaht schloß sich: die letzte Erscheinungsform von Antoine Bloyé, die Form seines Körpers unter dem Tuch, verschwand. Pierre Bloyé goß den Leichenträgern ein Glas Rum ein, sie stießen mit ihm an.

Am Nachmittag kamen die Trauergäste. Sie hatten schwarze Kleider angelegt und graue Gesichter mit dieser gewollten Erschlaffung, die die Maske des Kummers imitiert. Nachdem sie beim Eintreten Madame Bloyés Hand und die ihres Sohnes gedrückt hatten, gruppierten sie sich im Eßzimmer und in der Veranda. Im Vorbeigehen warfen sie einen flüchtigen feindlichen Blick auf den erhöhten Sarg unter seinem schwarzen Tuch, seinen Kränzen und silbernen Fransen. Sie wagten nicht zu sprechen, sie husteten hinter der vorgehaltenen behandschuhten Hand, sie winkten einander zur Begrüßung kurz zu. Sie dachten an ihre Geschäfte, ihr Leben, ihre Ver-

abredungen; sie dachten an die Grippe, die in der Stadt umging; einige stellten sich ihren eigenen Tod vor, andere erinnerten sich undeutlich an Antoine Bloyé. Alle bemerkten Einzelheiten an der Tapete, die bemalten Teller an den Wänden. Zwei Frauen stützten die schluchzende Madame Bloyé, deren Gesicht hinter ihrem großen Schleier verborgen war. Pierre Bloyé ging unentwegt zwischen dem Sarg und der Tür auf und ab, er wartete auf den Leichenwagen, wie man am Tag der Abfahrt in die Ferien auf das Taxi wartet. Er kam zur Bahre zurück, als wäre dieser steife und kalte Kasten aus Metall und Holz, ohne Glieder und ohne Gesicht, mit seiner Haut aus schwarzem Tuch, der neue Körper seines Vaters: er hatte Lust, ihn zu küssen, ihm einen kleinen Klaps mit der flachen Hand zu geben, so wie man auf die Schulter eines Mannes schlägt, um ihm seine Freundschaft zu zeigen, ihn zu trösten, ihn daran zu erinnern, daß man immer für ihn da ist. Er hatte noch Mühe, sich die Folge der entsetzlichen Verwandlungen vorzustellen, die unter diesem Panzer aus Metall und Holz abzulaufen begannen, unter dem Festtagsgewand, mit dem man Antoine bekleidet hatte. In der raschelnden, ungeduldigen Stille der Gäste, die alle ihre Ohren spitzten, kam der Leichenwagen im langsamen Trott seiner schwarzen Pferde, deren Hufe auf dem Steinpflaster am Ende der Straße klapperten: die Träger, die hinten rücklings saßen, ließen ihre Beine baumeln wie Kinder, die lange gerannt sind, um auf einen Lastwagen zu klettern aus Spaß daran, zwischen ihren Knien unten die Straße durchziehen zu sehen.
Der Trauerzug formierte sich, brach in Unordnung auf wie eine Kompanie Soldaten nach der Rast. Hinter den Fenstern wurden die Vorhänge von körperlosen Händen beiseite geschoben, die wie bösartige Vögel flatterten. So wurde Antoine Bloyés Körper von seiner Wohnung weggeführt. Pierre Bloyé ging allein hinter dem Wagen, der überwuchert war von der toten Vegetation der Kränze und den lila Bändern der Inschriften; er sah die Männer auf dem Bürgersteig die

Hüte ziehen, die Frauen sich bekreuzigen, diese Dummköpfe, die eine Höflichkeit zu erweisen und dafür Dankbarkeit zu erwarten schienen. Die eitlen Stimmen der Sänger und Priester zitterten, wurden leiser, schleppend, und blähten sich wie Taubenkröpfe. Sie sammelten sich wieder unter den schwarzen Tüchern, die an den Pfeilern im Chor von Saint-Similien herabhingen, nachdem sie sich im Wind der endlosen Straßen und Plätze verloren hatten. Sie jubelten das Latein mit vollen Stimmen, wie man es in den Seminaren gelehrt hatte, bald war es Geschrei, bald ein Geblöke: de profundis clamavi ad te, dooomine... dooomine, exaudi vocem meeeaaam... Dona eis requieeem sempiternam, dona eis, doomine. Von Zeit zu Zeit kratzten die Füße eines Betstuhls über die Fliesen, der Stock des Kirchendieners klopfte auf den Boden, die Menge erhob sich, setzte sich wieder, hustete. Die Priester in ihren schwarzen Chorröcken drehten und wendeten sich vor dem Altar wie die Tänzer eines finsteren, grotesken Balletts; sie setzten sich ins Chorgestühl, erhoben sich, verneigten sich vor dem Tabernakel, schwangen das Weihrauchfaß, kehrten zu ihren Sitzen zurück und sangen. Diese Vorführung war endlos, sie dehnte sich wie der Schluß eines bösen Traumes, und doch hörte sie mit einem Schlag auf. Alles beschleunigte sich, die Priester schritten ins Schiff, sie gingen um den Katafalk herum wie schwarze Hexenmeister um einen magischen Stein; das Weihrauchfaß schwang an seinen alten Ketten hin und her, vom Weihwedel fiel eine spärliche Wassersträhne auf das Gerüst aus Holz und Stoff.

Der Trauerzug formierte sich wieder. Auf den Stufen von Saint-Similien zog ein Chorknabe im Laufschritt einen der Sänger mit sich, einen blinden Mann. der hinter dem ungeduldigen Kind herstolperte: er hob ein aschfahles Gesicht zu den Wolken, einen großen, geschwungenen Mund, dessen eine Seite gelähmt war, schwarze Brauen und Wangen mit dichten Stoppeln. Von der höchsten Stufe aus sah man die untere Stadt: ihre schwarzen Schieferdächer zogen sich bis zu

den Türmen der Kathedrale Saint-Pierre hinunter, bis zum unsichtbaren Fluß; am Himmel jagten zerfetzte bleierne Wolkenstreifen dahin; plötzlich begann der Regen zu fallen; durch das Gewebe drang der Geruch des nahen Schlachthofs, des Gaswerks. Auf dem Platz vor der Kirche vertraten sich die Teilnehmer des Trauerzugs die Füße, und die schwarzen Pferde scharrten mit den Hufen. Die Träger schoben den Sarg auf die Gleitschienen, machten die Kränze fest. Die Priester unter ihren Schirmen vor den Pferden wurden ungeduldig. Der Zeremonienmeister stieß mit seinem schwarzen Stock auf den Boden und murmelte zwischen den Zähnen:
»Etwas schneller, schneller... wir sind sonst nicht vor abend fertig...«

Der Friedhof von Miséricorde ähnelte einer großen Stadt. Als der Trauerzug durch das Hauptportal schritt, läutete eine Glocke, die so klang wie jene, die man an nebligen Tagen am Ende der Hafenmolen hört. Die Hauptallee war schön angelegt: sie durchquerte das Viertel der Toten, die reich gewesen waren. Errichter von Besitztümern, Fabriken und Grabmälern. Durch die schmiedeeisernen und gläsernen Tore sah man im Innern dieser Pavillons aus schönem Stein, Granit, Kalktuff, kleine Hausaltäre mit gestickten Deckchen, blaue Vasen, Emailleporträts, bemalte Christusstatuen oder Madonnen, Herz-Jesu-Bilder, Tauben. Einige der Grabmäler erhielten ihr Licht durch farbige Fenster, wie die Ateliers der drei reichen Maler im Quartier Péreire. Es gab welche im romanischen Stil, andere im gotischen, wieder andere trugen Kuppelhauben, Spitzkuppeln, Prismenkuppeln, geschuppt wie Keramikechsen. Manche waren im Jugendstil, mit Lilien, Iris, Steinlocken verziert. Es waren Grabgewölbe, die man nicht betritt, ohne sich die Füße zu säubern, und es gab metallene Fußabtreter. Skelette von Bankiers, Reedern, Generälen, Damen der großen Welt ruhten in diesen Reliquienschreinen: Kartuschen trugen adlige Namen und jene Doppelnamen, die den bürgerlichen Adel darstellen und an die großen Heiraten des Bürgertums erinnern. Am Ende der Allee, auf einem Haufen Sand aus der Loire, hatten die armen Kinder des Quartier Miséricorde Gärtchen gebaut, Kanäle, Festungen und Häfen, und sie sangen in der regnerischen Dämmerung Pariser Chansons.

Der Zug gelangte zu dem großen Platz des Friedhofs; in der Mitte wölbte sich über dem feuchten Sand, der unter den Rädern knirschte, eine flache graue Zementkuppel mit rechteckigen Öffnungen wie Kanalgitter: das war das Dach des Massengrabes, in das die Körper geworfen werden, deren Konzessionsdauer verstrichen war, die Körper, die nur Anrecht auf fünf Jahre Einsamkeit hatten: ringsum verfaulten Sträuße, Kränze und zerfielen aus Perlen aufgefädelte Palmzweige.

Die Pferde bogen nach rechts ein, betraten ein neues Viertel ohne Kapellen, ohne Altäre, ohne Türmchen. Es war ein einfacher Ort, ohne Prunk, mit soliden Gräbern, großen Platten aus poliertem schwarzem oder grauem Granit, wie dicke Bücher in jansenistisch schlichten Einbänden. Hohe Marmor- oder Granitkreuze mit goldenen Buchstaben überragten sie, Kleeblattkreuze, lateinische Kreuze, Doppelkreuze, Kreuze in allen Formen. Einige Gräber waren vernachlässigt, doch die meisten zeugten von der Treue zu den Toten: sie waren mit frischen Blumen und Pflanzen geschmückt, mit Keramikkränzen, entweder aus Stiefmütterchen und Immortellen oder glatt wie Gummireifen, sie waren von geharkten oder glatt gewalzten Sandstreifen umgeben. Hinter den Gräbern sah man trotz der späten Stunde eine Frau in Trauerkleidung mit einer Zinkvase, einer grünen Gießkanne hin- und hergehen. Das war der Ort der Gräber des bürgerlichen Wohlstands, der Friedhof der Leute, deren Leben weder durch übermäßigen Reichtum, noch durch die Sorge um den kommenden Tag bewegt gewesen war. Der Friedhof der Kaufleute, Ingenieure, Lehrer, der unbekannten, sparsamen, grausamen Menschen, auf denen vor der Zeit der Katastrophen die Sicherheit des Staa-

tes ruhte. Die Konzessionsdauer belief sich hier im allgemeinen auf dreißig Jahre, einige waren unbegrenzt: unter diesen befand sich die Grabstätte der Bloyés.
Die Träger ließen den Sarg an Stricken hinunter; die Nacht brach herein, sie konnten schlecht die Unebenheiten der Wände erkennen, und der Sarg polterte dumpf in eine grenzenlose Stille, in deren Tiefe nur aus der fernen Stadt der Menschen das Bellen eines Hundes erklang, das Klingeln einer Straßenbahn. Ein Totengräber in der Dunkelheit der Grube schrie:
»Langsam!... Halt, halt!«
Seine Stimme tönte wie die eines Brunnengräbers; lehmbeschmiert kam er wieder nach oben. Die Anwesenden schritten jetzt am Grab vorbei, besprengten den unsichtbaren Sarg, Kies fiel hinunter und sprang vom Holz ab mit dem Geräusch dicker Wassertropfen. Madame Bloyé entfernte sich schwankend unter der Last ihres Schmerzes, Pierre Bloyé berührte eine Sekunde lang einen grauen Eisenpfosten der Einfriedung, wie um noch einmal durch diese letzte Antenne mit seinem Vater in Verbindung zu treten. Dann stieg ein Mann auf das Nachbargrab und las eine kurze Rede zu Ehren Antoine Bloyés; wegen der zunehmenden Dunkelheit blieb er öfter stecken, hielt den Zettel dicht an seine Augen.
»Antoine Bloyé begann als Maschinenschloser bei der Compagnie d'Orléans; er erklomm alle Stufen, wurde Leiter des Hauptdepots, Ingenieur. 1920 wurde er zum Ingenieur im Zentraldienst ernannt, ein Posten, den er bis vor wenigen Monaten innehatte. Überall, wo unser Kamerad Bloyé seine Pflicht tat, hinterließ er die Erinnerung an einen aufrechten Charakter, an Kraft, Willen, klare Intelligenz. Begabt mit einer außergewöhnlichen Arbeitskraft, einer bemerkenswerten Initiative, besaß er im höchsten Grad den Sinn für die Realitäten. Seine Gewissenhaftigkeit, seine Ehrlichkeit, die Kameradschaftlichkeit seines Verhaltens, die Warmherzigkeit, die von seiner Person ausging, hatten aus ihm einen von allen geliebten und geachteten Vorgesetzten gemacht. Wir möchten

seiner Familie, an deren Schmerz wir alle teilnehmen, unser herzlichstes Beileid aussprechen. Mein lieber Bloyé, nach einem schönen, der Arbeit und der Pflichterfüllung geweihten Leben bist du, ohne zu leiden, verschieden. Deine Kameraden sprechen dir durch mich ihren letzten Abschiedsgruß aus.«

Diese Worte erneuerten Anne Bloyés Kummer und mischten doch einen schüchternen, stolzen Trost in ihn. Pierre Bloyé stellte sich schwierige Fragen:

»Dieser große feierliche Dummkopf, wie er sich fühlt, daß er reden kann... Das ist nun die Schale von meines Vaters Leben... wie die Begründung für die Verleihung eines Tugendpreises, wie ein Polizeibericht... Im Grunde weiß ich überhaupt nichts von seinem Leben... Was für ein Mensch war eigentlich mein Vater?...«

Alle schritten an der Frau und dem Sohn des Toten vorbei, die dem Mann dankten, der gesprochen hatte. Es waren ehemalige Lokomotivführer von Antoine Bloyé, in Sonntagsanzügen, mit schwarzen Zwirnhandschuhen und gestrickten Schals, pensionierte Eisenbahner, die dem Sohn mit dem Ausdruck verständnisvoller Nachsicht die Hand drückten. Dann zerstreute sich der Zug zwischen den Gräbern. Alle gingen unter den glänzenden Kuppeln der Regenschirme fort, gleich hastigen Schnecken. In der inzwischen völlig hereingebrochenen Finsternis leuchtete nur die Lampe des Wärters; als niemand mehr da war, schloß er die Gittertore und ging nach Hause.

Antoines Körper, endlich befreit, endlich allein, verfolgte weiter seine Verwandlungen.

Anne versuchte an ihn zu denken; sie stärkte sich in dem Gedanken, ihn in Gesellschaft anderer Toten zu wissen: seiner Schwiegermutter, seines Schwiegervaters, seiner Tochter, die vor langer Zeit gestorben war; sie stellte sich so etwas wie ein endloses Gespräch zwischen den Bewohnern der Familiengruft vor, eine Art in sich geschlossenes, intimes Leben, das seine Freuden und seine Wärme hat; die Zuletztgekommenen brachten die Nachrichten aus der lebendigen Welt mit, sie fügten zu dem gemeinsamen Schatz ihren Teil an neuen Erinnerungen, neuen Geschichten hinzu, und die Alten lernten diese Reichtümer auswendig. Anne versuchte auch zu glauben, daß in diesem Grab die Toten nicht verwesen würden: ihre Pietät, ihre Erinnerungen wollten sich an unverwesbare Gestalten hängen. Eines Tages hatte sie den Wärter gefragt, wie sich die Körper auf dem Friedhof Miséricorde erhielten; der Wärter hatte ihr geantwortet:

»Da ist ein unterirdischer Wasserspiegel... die Särge stehen im Wasser... das konserviert die Leute völlig. Wir graben manchmal welche aus, die schon jahrelang da drin liegen... sie sind kaum verändert... als wären sie gestern beerdigt worden...«

Sie dachte unbestimmt daran, daß sie nach ihrem Tod, wenn sie den letzten Platz in der Gruft einnehmen und den letzten Vorrat an Bildern zu dieser unbeweglichen, eisigen Schiffahrt mitbringen würde, ihren Mann wiedererkennen würde und ihm sagen könnte:

»Mein Gott, Antoine, du hast dich kaum verändert.«

In der Rue George Sand öffnete Madame Bloyé die Fenster und nahm ihren Hut ab. Die Frau, der Sohn und die Verwandten, die aus einer andern Stadt gekommen waren, aßen und gingen dann schlafen. Auf dem Speicher stand ein großer Koffer mit Papieren, Taschenkalendern, Berichten, die Antoine in seinem Leben angehäuft hatte; im Schrank fingen seine Kleidungsstücke an, die Falten zu verlieren, die seine Bewegungen ihnen verliehen hatten. Seine Uhr blieb plötzlich stehen, wie ein Herz. Die Lampen erloschen. Durch die Fensteröffnungen entwichen die letzten Gerüche des Todes, der Kerzen und der Blumen.

So verflüchtigt sich ein Leben, so verläßt ein Mensch seine Gefährten.

II

Im Jahre 1864 wird ein Kind geboren. Es kommt zur Welt wie alle Menschen, inmitten von Geschrei, Blut, Wasser und großen Schmerzen der Mutter. Es stößt seinen ersten Schrei aus, mit geschlossenen Augen. Diese Geburt vollzieht sich in Pont-Château, einem kleinen Dorf im Département Loire-Inférieure, am Fuße der letzten Hügel der großen Erde, am Rande der Brière. Sonntagmorgens und in der Woche zu der Stunde, da die Geräusche und Echos der Arbeiten der Menschen verstummt sind, da ihre Stimmen und Bewegungen unterbrochen sind, und wenn der Wind trägt, hört man die Glocken der Brière, von Saint-Joachim, Saint-André-des Eaux, der Chapelle-des-Marais, von Montoire. Es ist eine flache Gegend unter einem weiten, gewölbten Himmel, im stillsten Winkel der Erde, ein von Wasser und Meersalz angefressenes Land. Inmitten der Brière, zwischen Binsenbüscheln, fahren flache Boote die Kanäle hinunter, und die Kanäle führen zur Loire.

Es ist März: es herrscht das feuchte und windige Wetter der Küstenbretagne, es nieselt, und die Gleise glänzen wie Quecksilber auf dem Eisenbahndamm hinter dem Haus, in dem Antoine Bloyé soeben geboren wurde. Ein leichter Nebel, der mit der Flut vom Meer kommt, weht das Tal des Brivet hinauf, das voller Binsen, Wasserpflanzen und Pfeilkraut ist.

Das Kind wird am gleichen Tag unter dem Namen Antoine Marie Joseph Bloyé ins Geburtenregister eingetragen. Auf dem Weg zum Rathaus halten Bekannte den Vater an und beglückwünschen ihn, weil er einen Sohn bekommen hat: ein Sohn erscheint ihnen viel bedeutender als eine Tochter... Dann geht der Vater mit den beiden Zeugen etwas trinken in die Kneipe, über deren Tür ein trockener Ginsterbüschel hängt, gegenüber dem Bahnhof.

Jean-Pierre Bloyé trägt die Uniform der Eisenbahner, er gehört zum Ladepersonal am Bahnhof der Compagnie d'Orléans. Er ist ein armer Mann; er weiß, daß er an einen gewissen Platz in der Welt gefesselt ist, einen fürs ganze Leben zugewiesenen Platz, einen Platz, den er im voraus abschätzt wie eine angebundene Ziege den Kreis, den ihr die Leine läßt und der, wie alle Verhältnisse dieser Welt, vom Zufall bestimmt wird, von den Reichen, von den Regierungen. »Von Gott«, sagt seine Frau. Gott ist das gleiche wie der Zufall und die Regierungen. Es ist alles, was zermalmt. Er weiß, daß ihm wenig Titel bestimmt sind, wenig Besitz, wenig Befehlsgewalt. Ehrgeiz und Auflehnung sind ihm fremd. Er ist gefügig, er gehört nicht zu den Menschen, die geduldig ewig auf eine große Gelegenheit warten, auf das Glück, das niemals kommt. Er macht keine Pläne. Er lebt von einem Tag zum andern, wohl wissend, daß die Jahre keinerlei Veränderung für ihn in Reserve halten, keinerlei Abenteuer. Er ist an einem Ort und in einer bestimmten Stellung und wird da bleiben: er sieht, wie die Menschen seines Standes leben, wie ihr Leben, ihr Tod, ihre armselige Erbschaft aufeinander folgen, es ist ein Weg, dessen Ende von weitem zu sehen ist. Viele Menschen sind mit zwanzig auf einem Niveau angelangt, über das sie sich kaum erheben werden, und selten nur sinken sie tiefer. Sie werden geboren, sie leben, sie sterben, erdrückt von der Arbeit: über ihnen sind andere Menschen, die nur wissen, daß sie sterben werden, doch die Umwege, die sie bis zu ihrem Tod machen, sind nicht so klar und führen über Kreuzungen. Bürger sind Menschen, deren Zukunft sich verändern kann und die nicht immer wissen, welche Form sie annehmen wird...
Die Eltern von Jean-Pierre Bloyé waren kleine Pächter in den kargen grünen Bergen. Im Zuge langsamer Ortsveränderungen im Herzen seiner Provinz zwischen fünfzehn und zwanzig Jahren hat er zufällig die Tochter eines Bauern von Allaire an der Grenze zwischen den Départements Morbihan und Ille-et-Vilaine geheiratet. Jean-Pierre Bloyé, auf dem Weg

zu seinem Haus, wo unter den Blicken der Nachbarn seine Frau und sein Sohn schlafen, sieht das Land seiner »jungen Jahre« wieder vor sich, diese weite einsame Erde, bald trocken wie ein von der Sonne ausgedörrter Knochen auf den Höhen aus kantigem Schiefer, der die Haut der Straßen aufschlitzt, bald weich und feucht, aus dem Schwamm der Sümpfe entstanden, in den Niederungen mit Weideflächen, in den hingebreiteten Tälern der gelben Flüsse, die ihre Schlammbänke zwischen Saint-Nazaire und Damgan zurücklassen. Das ist eine Gegend, wo die Menschen nicht viel reden, Jean-Pierre Bloyé ist schweigsam wie sie. Bloyé ist ein Name dieser Gegend, es gibt tote Bloyés in den Tiefen der Friedhöfe, lebende Bloyés, die ihr Leben auf den Höfen, in den schwarzen Dörfern fristen. Ein Bloyé war Pfarrer der Gemeinde von Allaire zur Zeit Napoleons I. Jean-Pierre sieht die schmalen Wege zwischen den Hügeln und den Dornenhecken wieder vor sich, die von großen senkrechten Schieferplatten eingezäunten Felder, die Kastaniengehölze, die Schlachten in seiner Jugend mit andern Bauernknechten. Er sieht seine Hochzeit mit Marie Lesoef wieder vor sich zu einer Zeit, da die Mädchen ihn mit ihren raschen heimlichen Blicken betrachteten und untereinander sagten, er sei der schönste Bursche des Dorfes, mit seinen starken Knochen, seiner frischen Farbe und seinen hellen Augen. Er denkt an den Tag, da sie den Hof der Lesoefs verließen, seine glänzenden Möbel, seine Bilder von der Heiligen Jungfrau, seine großen weißen Pferde, die wie Statuen in dem dunklen Stall standen, seine Nußbäume und seinen Ilex, die Wiese, auf der das riesige Essen zu ihrer Hochzeit stattgefunden hatte, um in die Welt der Bahnhöfe, der Signale, der starren Fahrpläne einzutreten.

Seit Jahren dringt die Eisenbahn in dieses Ende der Welt vor; die Linien breiten Kilometer um Kilometer ihre Stahlbänder, ihre Maste, ihre Drähte über die ganze Bretagne aus. Antoine Bloyé ist noch kein Jahr alt, als der Linienabschnitt von Rennes nach Brest eingeweiht wird. Seit fünfundzwanzig Jahren sieht man in ganz Frankreich die Einweihungszüge vorüberfahren, die Lokomotiven, deren hohe Schornsteine mit Bändern und Fähnchen geschmückt sind und deren Messingteile glänzen wie das Metall von Helmen, die Wagen, die noch der ausladenden Schönheit der Postkutschen die Treue halten, voll besetzt mit geladenen Gästen und Journalisten, die Frankreich entdecken, um ihren seßhaften Abonnenten davon zu erzählen. Die Damen in ihren weiten Kleidern halten mit ihren behandschuhten Händen ihre kleinen Hüte fest und winken mit Spitzentaschentüchern aus den Fenstern, die von grünen Zweigen und schon verwelkten Blumen eingerahmt sind wie die eines Zuges von Soldaten, die in den Krieg ziehen. In den frisch geweißten Bahnhöfen segnen Bischöfe, die mit ihren Mitren wie schillernde Insekten in der Sonne glänzen, von Podesten herab die Züge; Militärkapellen spielen, eingerahmt von grünen Palmen, kaiserliche Märsche. Die Dichter besingen die Maschinen. Monsieur Thiers persönlich billigt sie. »Auch das Finistère ist vom Dampf erobert«, schreiben die Zeitungen des Kaiserreichs. In ganz Frankreich warten die Männer in den Büros der Städte ungeduldig darauf, daß das Zauberwerk des Dampfs und der Rauch der englischen Steinkohle dieses in der Erstarrung verharrende Land verwandeln. Das Rollen der ersten Züge ertönt inmitten der Buchweizenfelder, am Rand der Heide von Lanvaux, hallt in den Landschaften der Bretagne wider, die Pfiffe der Lokomotiven ziehen durch die Schiefergräben und Täler des lorientaiser Landes, die zwischen Kiefern- und Eichenwälder und mit Apfelbäumen bepflanzten Hügeln eingezwängt sind.

Mehr als ein Bursche vom Land wird angelockt vom Fauchen der Lokomotiven mit den Messingkörpern, von den metallenen Bienen, die auf den neuen Eisenbrücken summen, die eine nach der andern die breiten Mündungen der Küstenflüsse überspannen. Früher oder später trennen sich die Bauern von ihrer Scholle und fühlen, wie die alten Versteifungen in ihren

Gliedern vom Pflügen und Mähen sich lösen. Sie schnüren ihr Bündel und machen sich auf den Weg in die Städte, die die Bahnlinie durchquert und wo die Eisenbahngesellschaft Arbeitskräfte einstellt. Sie lassen das armselige Leben auf den steinigen Feldern hinter sich, die dürftige Heidelandschaft, die mageren Gersten- und Zwiebelfelder, um ihre Körper an andere Haltungen zu gewöhnen, an andere Anstrengungen, um unter andern Chefs zu arbeiten, mit andern Muskeln und mit für Bauern unbekannten Materialien und Gegenständen.

Deshalb kommt Antoine Bloyé in den letzten Jahren des zweiten Kaiserreichs auf dem Gelände eines ländlichen Bahnhofs in Hörweite der Züge zur Welt. Und nicht, wie alle seine Vorfahren, inmitten der lastenden Stille der Wälder und Felder, wo seine Gattung Jahrhunderte überdauerte, die nie zu enden schienen, bis zu der stürmischen Epoche eines Guizot, eines Lamartine und des Prinzpräsidenten. Diese Bauern, diese starrsinnigen Landpächter, die zwischen Grundbesitzern und Pfarrern mit dem Boden verwurzelt waren, diese Royalisten, die die Füße der republikanischen Soldaten im Kamin ihrer Bauernhäuser rösteten, die sich an den Mauern ihrer Scheunen von den Republikanern füsilieren ließen – so war der Urgroßvater Antoine Bloyés gestorben – diese Männer hatten die Revolutionsgewitter nicht von ihrem Boden und aus ihren armseligen Gewohnheiten reißen können. Weder das Kaiserreich noch die wütenden Stürme des neuen Jahrhunderts hatten sie verändert: die Katastrophen der Städte erfassen nicht so schnell das Land. So leicht waren sie nicht in die Strömungen des offenen Meeres zu werfen... Doch zur Zeit der großen Umwälzungen in den Empfindungen, die die gärenden Massen der Städte durcheinanderbrachten, das Volk der auf ihren Profit bedachten Kaufleute, der Fabrikanten, der Rechtsanwälte und das verzweifelte Volk der Fabrikarbeiter, zeichneten geheimnisvolle Männer, die einsam in abgelegenen Grafschaften Englands saßen, Pläne von unmöglichen Maschinen und träumten von der Nutzung neuer mechanischer

Kräfte. Ein Mann, der bescheiden das Funktionieren der Pumpen in den Kohlenbergwerken Northumberlands überwachte, sah das große Spiel der neuen Antriebskräfte der Natur voraus: ein George Stephenson, der seine Eisenbahnlinien noch nicht über die wandernden Sümpfe geführt hatte, bereitete für die seit langer Zeit gleichförmig dahinlebenden Geschlechter auf dem ältesten Boden Europas eine schwierige Zukunft vor. Die Erfinder verändern die Menschen und die Welt mehr als Generäle und Staatsmänner. So wurde Antoine Bloyé in unmittelbarer Nachbarschaft der Signale geboren, die sein Leben bestimmen sollten, so wurde er endgültig den langsamen ländlichen Geschwindigkeiten und dem Halbschlaf der Felder entzogen...

III

Als Antoine zwei Jahre alt war, wurde sein Vater nach Dirinon versetzt: er folgte der Ausdehnung und Verlängerung der Linie von Paris nach Brest entlang der Südküste der Bretagne. Schon zu dieser Zeit schickten Papiere mit Briefköpfen, geheimnisvoll wie Seefrachtbriefe oder militärische Transportbefehle, Männer an den Eisenbahnschienen entlang entsprechend den Forderungen des Verkehrs und den mysteriösen Regeln der Beförderungen im Dienst und des Wohnsitzwechsels. Jean-Pierre Bloyé dachte, genau wie seine Arbeitskameraden, ständig an die unzugänglichen Regionen, von denen die Befehle ausgingen, die sein Schicksal leiteten. Wie bei ihnen waren seine Tage bestimmt von den Zufällen einer Verbindungslinie und den Plänen seiner Vorgesetzten. Sie waren wie auf einen langen Draht aufgefädelte Kugeln, die der ferne Wille eines Inspektors, eines stellvertretenden Betriebsdienstleiters hin- und herschob. Für Jean-Pierre Bloyé, wie später für Antoine, war Pont-Château die Stadt vom Kilometer vierhundertvierundachtzig, und Dirinon das Dorf vom Kilometer siebenhundertneunundfünfzig.

Doch in Dirinon ist Antoine noch durch viele Jahre von dem Spiel entfernt, das die Eisenbahner spielen. Die Schienen sind für ihn nur der Weg für ein schreckenerregendes Ungeheuer: wenn die Züge wie Drachen vorbeidonnern, versteckt er sein Gesicht in der Schürze der Mutter und weint vor Angst. Er beginnt, auf unsicheren Beinen umherzustreifen...

Dieses zwischen den Anhöhen der Reede von Brest eingeschlossenene Land ist eine grüne, hell-dunkle Gegend, von Flußmündungen sanft durchdrungen, in denen grasbewachsene, abgerundete Schlammbänke wie Wachstropfen auf dem Wasser liegen. Früher war es der Aufenthaltsort wunderbarer Wesen, das ganze Finistère ist von Wundern erfüllt: unter den Gehölzen sind heilende und prophetische Quellen versteckt, zu denen die jungen Mädchen laufen, um ihre Zukunft zu lesen und die Geschichte ihrer Liebe; Felsen zeigen im Granit die Abdrücke von Knien, die das Gewicht von betenden Heiligen hinterlassen hat, und Vertiefungen von Körpern heiliger Neugeborener, für die der Granit zu Federn und Wolle geworden war. Man findet Steintröge, die über das Meer geschwommen sind, um von Irland die Apostel des neuen Glaubens zu bringen. Kapellen wachsen unter den Bäumen mit der großen Geduld gelber Flechten und grünen Mooses. Die Quellen, die vom Moos befreiten Heiligtümer, die von schwarzen Dornenhecken und Maulbeerbäumen eingefaßten Pfade sind Kinderkrankheiten geweiht: die Heilige Nonne und der Heilige Divy behüten das erste Wachstum der Kinder und heilen das Divy-Übel, dessen Zeichen ein blauer Fleck auf der Stirn ist. Alle Kräfte der alten Magie leben an den Ufern der Flüsse. Marie Bloyé ist nicht umsonst die Enkelin eines Hexenmeisters, der durch Zaubersprüche die Milch der Kühe und Frauen zum Versiegen bringen konnte, sie glaubt an die Kraft der Wunder, an die Geheimnisse der Zauberer und Priester, und in den Sommermonaten taucht sie ihren Sohn in die Steinbecken der heidnischen Götter, die nur schlecht in römische Heilige verkleidet sind, sie gibt ihm das eiskalte Wasser der Quellen zu trinken und setzt ihn auf die Steine von Divy. Antoine spielt am Ufer des eiskalten Teiches von Rouazlé. Er wächst abgehärtet auf, er bekommt den Bauernkörper seines Geschlechts.

Nichts am Ende der weiten europäischen Erde, an diesem kleinen Finger Asiens, erschüttert den ländlichen Frieden und den Frieden der Kindheit. Die Jahreszeiten wechseln ab, die Äpfel fallen ins Gras, die Schweine werden geschlachtet, und ihre Schreie durchdringen den Herbst; Gewitter brechen los, die rötlichen Stengel des Buchweizens wachsen auf den Feldern, die Heuwagen fahren in die Hoftore ein, das Getreide wird gemäht, die Züge brausen vorbei, die Kinder spielen, die jungen Mädchen heiraten... In Paris, Lyon, Marseille gehen die letzten Jahre des Kaiserreichs wirbelnd zu Ende. In Paris fallen die Granaten der Belagerung. In Paris besetzt die Kommune die Stadt; ihre Kämpfer werden von den Soldaten der Regierungstruppen umgebracht, Männer werden füsiliert, andere gehen ins Exil. Monsieur Adolphe Thiers hält Reden, Monsieur Jules Simon hält Reden, der Marschall nimmt Paraden ab, und sein Bild mit der großen Schärpe der Ehrenlegion wird in die Küchen der Bauernhäuser gehängt. Die Republik richtet sich ungeschickt ein, und die Arbeiter hocken schweigend in den Städten zusammen. Doch alle diese Ereignisse, die fähig wären, die Gefühle, den Zorn, die einfachen und starken Wünsche eines Kindes seiner Klasse zu fesseln, spielen sich so weit von Antoine ab, daß sich der letzte, abgeschwächte Kreis ihrer Wellen am Fuß der Montagnes de la Séparation verliert. Zu spät wird er erfahren, daß sein Vater zu jener Menschenklasse gehörte, deren letzte Verteidiger zu dieser Zeit im Viertel des Père-Lachaise fallen. Auch Jean-Pierre Bloyé weiß davon nichts: kein Gedanke der Auflehnung streift diesen entwurzelten Bauern, den Respekt vor den Mächtigen, Unwissenheit, das Gefühl eines unerschütterbaren Schicksals und einer unabwendbaren Notwendigkeit unter seine Pflicht und sein Elend beugen. Auch Marie Bloyé weiß davon nichts: sie versorgt ihr Haus, bebaut die Gemüsebeete, kümmert sich um die Wäsche, sie ist eingeschlafen in Gebeten, in der Anstrengung ihrer Tage und der frommen Lektüre, die ihr der *Pèlerin* ins Haus bringt: sie spricht voller Furcht von den Roten, den Republikanern, die gegen Gott Krieg führen.

Antoine braucht nichts anderes zu tun, als die ihn umgebende enge Welt kennenzulernen. Er kommt ins schulpflichtige Alter, er geht morgens weg, kommt abends zurück. Die Schule liegt in einem andern Dorf, und er legt täglich acht Kilometer zurück, um lesen und den Katechismus zu lernen. Er läuft auf der Landstraße mit anderen Jungen und Mädchen zusammen, die alle Ranzen und Körbe tragen: sie lernen gemeinsam die Formen und Namen der Pflanzen, das Leben des Waldes, die Gewohnheiten der Tiere. Sie klettern auf Bäume und kommen mit Nestern in ihren Taschen wieder herunter. Durch das Wasser der Gräben flitzen durchsichtige Kaulquappen; Laubfrösche springen schwerfällig, Vögel hüpfen und fliegen davon, die Kuhfladen summen von Fliegen. Ab und zu entdecken sie in der Mitte der Straße einen toten Maulwurf mit seinen rosa Wühlpfoten, von Ungeziefer wimmelnd und fast ausgetrocknet, die alte Haut einer Schlange, die wie Pergament aussieht, wie von Menschen gemacht. Sie fangen Igel, die von den schlammbespritzten Hunden der Bauernhöfe angebellt werden, sie stellen Vogelfallen auf. Die Eichhörnchen lassen sich nicht fangen, sie blicken sie zwischen den Ästen mit ihren wie Knöpfe glänzenden Augen an. Eines Tages finden sie ein junges, verlassenes Käuzchen, das blind vom Tageslicht ist und vom Schlaf gelähmt. Sie tragen es abwechselnd unter ihrem Hemd, um die seltsame Vogelwärme auf ihrer Haut zu spüren. Im Sommer brechen sie herabhängende Kastanienzweige ab, um sich gegen die Sonne zu schützen, und trinken an dem dünnen Strahl der Quellen. Die Bauern auf den Feldern antworten von weitem auf ihre Rufe, ihre Fragen. An Markttagen nehmen die Fuhrleute sie mit im holpernden Trott der Pferde, zwischen Säcken und Körben, in denen bei jeder Biegung die Hühner aufflattern. Die Schule ist ein altes Haus unter Bäumen: an den Wänden zeigen geheimnivolle Bilder Landschaften, die es nicht gibt, Pflanzen und Tiere mit Fellen, die leuchtender sind als in der Natur, Serien von runden glänzenden Gewichten und Messingmaße. Antoine beginnt zu lesen und Wörter zu bilden.

Pont-Château ist in die Nacht der Erinnerungen der ersten Kindheit getaucht, die nur ab und zu von den großen Lichtern der Träume erhellt wird. Dirinon entfernt sich ebenfalls auf den langen Wegen des Gedächtnisses: Jean-Pierre Bloyé ist in Pontivy, das jetzt nicht mehr Napoléonville heißt. Die Monate, die vorüberziehen, vertreiben bereits die Schatten des französisch-deutschen Krieges, der nur so schwach diese Ecke der Welt erschüttert hat: nur ein paar vergessene deutsche Gefangene bleiben von ihm zurück, nach denen die Kinder mit Äpfeln durch die Gefängnisfenster werfen, bemüht, zwischen zwei Stangen hindurchzuzielen.

Antoine spielt mit den Kindern des Majors Dalignac: es sind Verwandte von Mademoiselle Zénaïde Fleuriot. Diese Romanautorin mit ihrer aufreizenden Moral schreibt lange Geschichten für Bücher mit roten und goldenen Einbänden, in denen diese Kinderbande sich wiedererkennen könnte. Vielleicht dient Antoine Bloyé ihr als Modell für die Gestalt eines armen, von den guten Reichen freundlich behandelten Kindes, diesen Reichen, deren Söhne alle auf die Ecole Navale, nach Saint-Cyr gehen werden, so wie man es sich schuldig ist: einer von ihnen, der tugendhafteste, wird Priester werden und die Familienangehörigen trauen, und es wird bewegende große Bankette geben. Doch die Kinder des Majors, die zehn und elf Jahre alt sind, denken noch nicht über all das nach. Sie spielen gutmütig mit einem Jungen ihres Alters, der kräftige Arme hat, der rennen kann und der besser als sie die vielen Geheimnisse des Landes kennt. Zweifellos haben Antoines Eltern Verpflichtungen gegenüber dieser reichen Familie: Marie Bloyé kommt ziemlich häufig in die Nebengebäude des Hauses, um die große Wäsche zu waschen, doch Antoine ist noch nicht alt genug, um diese Dinge zu beachten und sich deshalb Gedanken zu machen. Er fühlt sich nicht gedemütigt, er kann noch keine Vergleiche anstellen, er spielt. Er schlägt sich mit seinen Kameraden herum, die von einem schwarzen Kindermädchen schlecht beaufsichtigt werden, das mit Kolonialerinnerungen von den Antillen heimgebracht wurde: ein lang aufgeschossenes, undurchsichtiges Mädchen, das lacht, sich wie eine Ziege im Gras wälzt, seine mageren Beine, seine feste Brust zeigt und seine Baumwollhaare schüttelt, die von einem rot-gelben Kopftuch nur schlecht zusammengehalten werden. Die ganze Bande haust in einer Höhle, in der sie die auf den Feldern gesammelten Vorräte und die in den Häusern gestohlene Beute aufhäuft. Sie lebt in der Unbekümmertheit der Kindheit, die nicht die Einteilungen der Zeit bemerkt, nicht das tötende Summieren der Jahre und die Fallen der Moral. Sie ist ein Teil der Natur, die mit ihren Wünschen und ihren Spielen eine Welt bildet, in der das Wachen sich nicht vom Traum unterscheidet. Die Dalignacs besitzen Bücher, die ihr Leben ebenso nähren wie die Bäume und das Laufen: Antoine liest mit ihnen die Romane Fenimore Coopers: Am Ufer des Blavet rennen die letzten der Mohikaner, der Jäger mit der langen Büchse und die Skalpjäger, die Taschenmesser sind bowie-knives, die vorbeikommenden Bauern Vorhuten der Navajos auf dem Kriegspfad, die Bäche sind der Rio Grande del Norte, die Negerin Zoé ist eine Indianerkönigin, die sie gefangennehmen und mit einem Vergnügen zu Boden werfen, dessen Ursache sie nicht ahnen: bei dem Entführungsspiel pressen die Jungen, die inzwischen dreizehn, vierzehn Jahre alt geworden sind, ihre Finger auf die Hüften und weichen Brüste des schwarzen Mädchens, sie ergreifen sie an den Beinen, damit sie hinfällt, und sie schreit, weil die Jungenhände ihre mit Wollstrümpfen bedeckten Knöchel zusammenpressen. So leben sie in einer Welt, die mit der ihrer Eltern keine Verbindung hat. Diese wunderbare Zeit der Abenteuer gibt es für alle Kinder, für die Kinder der Armen ebenso wie für die der Reichen. Alle Menschenkinder sind zunächst gleich, ehe diese naive Gleichheit im erbarmungslosen Licht der Zusammentreffen und Zwänge, die sich schlecht mit den Phantasien der Kindheit vertragen, erstirbt. Zwischen fünf und zwölf Jahren sind alle Menschen befähigt, sich zu verstehen: die dem Nachspionieren der Großen entronnenen Kinder begegnen sich, die schnell geschlossenen kindlichen Freundschaften übersehen alle Barrieren und spielen respektlos mit den Ketten und finsteren Idolen der Familien.

Viele Jahre später wird Antoine sich der Armut seiner Eltern zu dieser Zeit erinnern, ihn wird die Erinnerung an alte, jetzt endlich begriffene Not quälen, an die Jahre, in denen er auf der Liste der Bedürftigen in der Volksschule stand; er wird seinem Sohn davon erzählen, alles wird sich wiederfinden: nichts verliert sich am Ende von den Konten, die in der Welt geführt werden... Doch auf den Wiesen in der Umgebung von Pontivy, bei den Kinderspielen, ist alles einfach, jede Kindheit schafft sich mit Leichtigkeit ihr Glück, leichter noch in dieser entlegenen Gegend als auf den geharkten Wegen öffentlicher Anlagen, wo die Kinder sich nicht zusammenfinden, als auf den rußigen Straßen der öden Vorstädte, in denen die Arbeitersöhne schlecht gedeihen.

Inzwischen blühen und verblühen die Apfelbäume, die Körner des Buchweizens werden dick. In der Schule ist Antoine Klassenerster, der Lehrer spricht mit dem Schulleiter, der Schulleiter mit dem Abgeordneten: Verbindungen knüpfen sich zugunsten dieses begabten Sohnes eines ehrbaren Arbeiters, dieses anonymen Jungen in der Tiefe seiner Provinz, man erinnert einander an erwiesene Gefälligkeiten: Antoine erhält ein Stipendium für die Höhere Schule, ein Stipendium für eine

Oberrealschule natürlich. In Pontivy gibt es Oberrealschulen: keine Rede davon, daß Antoine Latein lernt, und noch viel weniger Griechisch: die Verwandten von Mademoiselle Fleuriot lernen Latein, doch Antoine wird niemals die drei ersten Verse der ersten Ekloge Vergils, die zwei ersten Verse des ersten Gesangs der Odyssee auswendig aufsagen können, er wird niemals ein gebildeter Mensch sein, wird nie in seine Gespräche Zitate aus der *Lateinischen Flora* von Monsieur Larousse oder die Immortellen aus dem *Garten griechischer Wurzeln* einflechten können. Söhne von Bauern, Handwerkern, kleinen Beamten kommen auf diese Oberrealschule: Was sollen sie mit den Humaniora anfangen? Die schönen Voluten der freien Künste sind nicht für ihre Stirnen bestimmt. Künste der freien Menschen? Freie Menschen sind diejenigen, die von ihren Renten leben... Unbestimmt spürt Antoine im ersten Jahr in der Höheren Schule, daß er nie über die gleichen Sesam-öffne-dich-Wörter verfügen wird wie die Söhne des Herrn Major Dalignac, Offizier und Grundbesitzer, doch er ermißt noch nicht die Tragweite dieses den anderen vorbehaltenen Wissens, und inzwischen eignet er sich mit der Gier des armen Stipendiaten das begrenzte Wissen an, das man ihm bietet. Kräfte, deren Ursprünge weit entfernt von seinem Leben liegen, lenken ihn bereits in Richtungen, die die Gesellschaft bestimmt hat: er weiß davon nichts, er denkt nicht so weit; nach Schulschluß streift er noch durch die Felder, er verläuft sich halb absichtlich, er macht Klingelputzen und schlägt Fensterscheiben ein, er kommt spät nach Hause, ohne Mütze und mit aufgeschürften Knien, er ist wild und verschwitzt und hat die Bewegungen eines jungen Hundes. Er holt sich die Wunden der Jugend, deren schmale weiße Narben der erwachsene Mann noch auf seiner Haut findet: er bricht sich das Nasenbein, und seine Nase bleibt sein ganzes Leben lang schief und dick; ein andermal, beim Jägerballspielen, schlägt er sich die Stirn an einem Baum auf: er liegt mit Fieber im Bett, alle glauben, er werde an einer Hirnhautentzündung sterben, doch nach zwei Tagen ist er

wieder auf den Beinen. Menschen seiner Rasse sterben nicht so leicht.
Wenn er spät abends erschöpft, ohne Mütze, nach Hause kommt, schreit seine Mutter ihn an:
»Antoine, Antoine, wo hast du dich wieder herumgetrieben? Wo hast du deine Mütze gelassen?... ich habe kein Geld, dir alle acht Tage eine neue zu kaufen...«
Und manchmal steht sein Vater auf, der vor dem Kamin gesessen hat, bindet seinen breiten schwarzen Ledergürtel ab und verprügelt ihn wortlos, die Stahlschnalle in seiner großen Hand, seine blassen Augen starr auf ihn gerichtet. Antoine unterdrückt ohne große Kämpfe seine Auflehnung: er kennt den Preis der Freiheit. Er weiß bereits, daß man für alles bezahlen muß, für die Ruhe mit Anstrengung, für die Freiheit mit Schlägen, für die Liebe mit Sehnsucht und für das Leben mit dem Tod...

IV

Im Jahre 1878 wird Jean-Pierre Bloyé zum Zugrevisor am Bahnhof von Saint-Nazaire ernannt: er ist der Mann, der Tag und Nacht mit seiner Tasche und seinem Essen unterwegs ist und die im dunklen Geruch der Wagen eingeschlafenen Reisenden weckt. Saint-Nazaire ist nicht weit von Pont-Château: Antoine kam zurück, um seine Jugend in der Gegend zu verbringen, in der er geboren war. Im Gymnasium der Stadt hatte er Kameraden, die zu glänzenderen Karrieren bestimmt waren als er, Karrieren, die er später in den »Mitteilungen der Vereinigung ehemaliger Schüler«, in den Zeitungen verfolgte: unter ihnen war Aristide Briand, der Sohn des Cafébesitzers, und Antoine sagte sich lange, daß er sich notfalls an ihn wenden, ihn um einen Gefallen bitten könne: er tat es nie, es war nur eine jener fast magischen Zufluchtsmöglichkeiten, die die anonymen Menschen in Reserve halten...
Die Schule war nicht weit vom Meer: in den dunklen Aquarien,

in denen die Schüler lernten, was man ihnen beizubringen entschieden hatte: Grammatik nach Larive und Fleury, Philosophie, Geschichte nach Victor Duruy, Algebra und Englisch, hörten sie die lauter und schwächer werdenden Windstöße der Equinoxien; das große Meertier Wind heulte, und sie spürten in den Beinen die Lust, am Meer entlangzulaufen. Die unachtsam offen gelassenen Fenster schlugen, Scheiben zersplitterten; die Kinder, die gegen die Langeweile des Unterrichts die Erinnerungen an den Sonntag zu Hilfe riefen, stellten sich in der Ferne ihre auf den kurzen Wellen des Hafenbeckens schaukelnden flachen Kähne vor und die langen weißgrünen Wasserzungen, die schräg über den Sand auf dem Strand des Petit Traict leckten.

Doch während all der Zeit, die die Kinder mit dem Lernen ihrer Lektionen verbrachten, mit Rechenaufgaben, Strafarbeiten, Streitereien, Ferienspielen, wuchs Saint-Nazaire noch schneller als diese Kinder.

Saint-Nazaire war keine Stadt nach der alten Idealvorstellung, unveränderlich, in einem Panzer von Mauerwerk, Bastionen und Erinnerungen vor sich hinträumend, mit einer Vergangenheit, deren sich ihre Bewohner stolz erinnern. Einst hatte es auf dem flachen Sand eine keltische Stadt gegeben, dann eine Stadt, die von den neuen Christen mit Kapellen geschmückt wurde und die Gregor von Tours erwähnte; dann war dieser geschichtliche Anfang zerfallen und es gab nur ein unbekanntes Dorf, Dünen und Muschelschutt. Kein Einwohner von Saint-Nazaire kümmerte sich um diese verschwundenen Spuren, die keine Denkmäler, keine legendären Erinnerungen hinterlassen hatten. Die Stadt war zur Zeit von Antoines Jugend nach Jahrhunderten der Stille unbedeutender Fischerei eine Erfindung des Kaiserreichs.

Dreizehn oder vierzehn Jahre vorher hatten die Auguren der großen Handelswelt, die Spezialisten des Seeverkehrs, die Augen auf die Karten des Westens gerichtet. Die großen Handelsleute errechneten, daß eine Abfahrt von Saint-Nazaire die lange Überquerung des Ozeans um drei Tage verkürzen würde; sie rechneten: soundsoviele Tonnen Kohle, soundsoviele Lohntage auf dem Meer weniger, und so weiter. Die Transatlantische Gesellschaft entschied schließlich, daß dieses Fischerdorf an der Loire Ausgangshafen der Überseelinien werden sollte wie Le Havre. Das war zu der Zeit, als die gesetzgebenden Körperschaften dem Ehrgeiz der Franzosen die Gewinne großer öffentlicher Unternehmungen und den Stolz darauf anboten; der Kaiser versuchte, alle, die Groll im Herzen trugen, die letzten Revolten und die letzten Ressentiments durch das Versprechen nationaler Größe und kommerzieller Gewinne zu entwaffnen; Guizots lebenstüchtige Devisen begannen zu wirken, das »Enrichissez-vous« des alten Ministers war wie die Bergpredigt der jungen Bourgeoisie mit den gierigen Zähnen. Die Zeitungen begannen, von der zukünftigen Stadt am Atlantik zu sprechen; die *Illustration* veröffentlichte Holzschnitte, die die zukünftigen Bauten zeigten. In den Pariser Blättern las man: »Das Staunen der Öffentlichkeit ist nicht verwunderlich angesichts der Entwicklung von Saint-Nazaire, das sich in wenigen Jahren von einem kleinen verschlafenen Ort zu einer unserer ersten Hafenstädte entwickelt hat.« Die Finanzleute von Nantes, die sich in den Louis-XV-Appartements auf der Insel Feydeau, der Insel Gloriette niedergelassen hatten, auf denen die Sklavenhändler einst die Gewinne aus ihren Geschäften einsteckten, überwachten diese Entwicklung, die sich am Ende ihrer Hauptsaße, der Loire, vollzog. Die Gebrüder Cézard, die damals in Nantes an führender Stelle standen, nahmen die Zukunft Saint-Nazaires in die Hände und gründeten die Gesellschaft der Generalkredite.

Das Grandhotel wuchs wie eine wuchernde Pflanze, die überdeckte Markthalle funkelte eines Tages in der weißen Atlantiksonne mit allen ihren Scheiben, ihrem gesamten Metallgerüst; die Hafenbecken fraßen sich nach und nach in die weichen Ufer der Flußmündung; 1879 entstanden in Trignac die Metallwerke der Unteren Loire, 1881 die Loire-Werften.

Antoine Bloyé verschlug es mit vierzehn Jahren ins Zentrum dieser Stadt, die sich über der glatten Wasserfläche erhob und nach besten Kräften entwickelte; sie vervielfältigte ihre Schieferdächer, ihre Häuser vermehrten sich wie Korallen, Becken wurden gemauert, die Masten der Dampfer, der großen Segelschiffe schwankten über den Giebeln, zeigten sich von weitem den Bauern der Brière, die zum Markt kamen. Wie im Fieber zog es die Männer auf der Suche nach Arbeit und das Kapital auf der Suche nach Vermehrung zu den Quais, den Werften, den Baugerüsten. Zwischen Bretterzäunen bahnten sich gerade, einander im rechten Winkel schneidende breite Straßen ihren Weg, auf denen der Seewind den Parisern und Nantaisern die steifen Hüte von den Köpfen riß: er fand seine Hindernisse, seine Winkel, seine Spielplätze und alten Verstecke hier nicht mehr, er wirbelte an den neuen Kreuzungen Wolken von Gips und Staub auf und stieß sich an den Spitzen der Fabrikschornsteine, die in einen bis dahin klaren Himmel rauchten.

Die Zeitungen ließen sich hinreißen: »Alles in Saint-Nazaire erinnert an die märchenhaften Unternehmen, die die Goldminen von Sacramento in Kalifornien haben erstehen lassen...« Antoine erlebte diesen Gründungsrausch; er wurde vom Wachsen dieser Stadt erfaßt: in einer Epoche, in der die reifen Männer sich dem Rausch des Bauens hingaben, ließen sich die jungen Leute auf billigere Weise beeindrucken. Wie hätte ein Junge von fünfzehn Jahren dieser Industriebegeisterung widerstehen können, die die Erwachsenen ergriff? Antoine machte es wie seine Landsleute aus der Grande Brière, die das Elend, die öde Freiheit ihrer Torfmoore und Sümpfe, den langsamen Verkehr ihrer flachen Kähne auf den Kanälen verließen, um sich von den Fabriken einstellen zu lassen, deren Feuer sie abends leuchten sahen, wenn sie auf den Straßen ihres Schattenreiches spazierengingen. Die Werke auf der Insel Indret leerten bereits die Brière: die Maschinen begannen in allen Ecken Frankreichs die ländliche Jugend anzusaugen.

Alle die aufeinander abgestimmten Bewegungen der Industrie und der Flüsse, der Schienen und der großen Schiffslinien entrissen Antoine endgültig der Ackerfurche, in der er gekeimt hatte und aus der er vorzeitig gelöst worden war. Er fühlte sich arm, er lernte zeitig den schmerzaften Ehrgeiz jener Arbeitersöhne kennen, die die Türen zu einem neuen Leben sich öffnen sehen. Wie sollten sie sich weigern, die freudlose Welt zu verlassen, in der es ihren Vätern an Atem, an Nahrung gemangelt hatte, an Muße, an Liebe und Sicherheit? Das Unglück ist nur, daß sie sofort diese Welt vergessen und zu Feinden ihrer Väter werden. Mit fünfzehn Jahren vermochte Antoine sich nicht mehr vorzustellen, daß sich seine Zukunft woanders abspielen könnte als in den Gegenden, wo Eisenbleche dröhnen, wo genietet, gehämmert wird, wo Dampfsirenen den Himmel zerreißen und die hohen Skelette der Baustellen wachsen. Naiv sah er sich in der Gestalt eines Vorgesetzten. Der bäuerliche Gleichmut, die Passivität, die er zunächst unter den Bäumen, am Fuße der vertrauten Hügel des Finistère mit allen Fibern aufgesogen hatte, verflüchtigte sich mehr und mehr bei jedem Anlassen eines Motors, bei jeder Ausfahrt eines Schiffes, jeder Abfahrt eines Zuges.

An seinen freien Tagen lief er zu den Werften von Penhoet und Indret: deshalb wird sein Schicksal mehr als man denken könnte dem der Männer von Saint-André-des-Eaux gleichen, die ihr Leben inmitten von Fabrikbränden verbringen. Alle seine Kräfte waren von dem großen Spiel angezogen, das begann: ein Antoine Bloyé ist mit sechzehn Jahren nicht mehr fähig, die Tätigkeit eines Mannes anders als von den industriellen Gegebenheiten bestimmt zu sehen, die das gefährliche Zeitalter beherrschen, in das seine Jugend fällt. Dem Meer, das die langen Strände ringsumher bespült, das bis in die Stadt reicht und die Plätze und Straßen zurückdrängt, gelingt es nicht, Antoine von der Faszination zu lösen, die auf ihn der Bau der Überseedampfer und der Verkehr der Züge ausübt. Das Herumfahren in den flachen Kähnen von einem Ufer der

Loire zum andern, das Baden am Strand, am Fuß der senkrechten hohen Beckenmauern, die Postschiffe von Santander und den Antillen, die Papageien aus Südamerika, die Zigarren von Havanna und das Rosenöl, das die Seeleute in Bleiflaschen mitbringen, die goldbetreßten Mützen der Schiffsoffiziere üben auf ihn eine geringere Anziehungskraft aus als die Maschinen und ihre Schwungräder, als die Gürtel von Schienen, Hochöfen und Fabriken, die Frankreich sich zu dieser Zeit um die Taille bindet. Vielleicht erfüllt ihn auch die unbestimmte Abneigung, das Mißtrauen von Katzen, das Bauern dem Meer gegenüber empfinden: nur ungern verlassen sie die sichere Festigkeit der Erde oder verlieren sie aus den Augen. Antoine folgt seinen Kameraden, um nicht ausgelacht zu werden, aber er gesteht sich ein, daß er sich aus Wasser nichts macht.

Antoine kennt auch das Prestige, das die Männer umgibt, die die Arbeit bestimmen und die Maschinen in Gang setzen. Sein Vater, der im Betriebsdienst ist, redet mit einer Art Eifersucht von den Männern im Fahrdienst: der Mann, der der Produktion am nächsten ist, zählt am meisten: Antoine begreift, daß ein Lokführer auf der endlosen Leiter der Berufe eine beneidenswertere Stufe einnimmt als ein Gepäckmeister oder ein Aufseher. In Saint-Nazaire öffnen die magischen Titel Ingenieur, Oberingenieur sämtliche Türen; diese Wörter drücken vollständig die Vorstellung aus, die Antoine sich von wirklicher Macht und Bedeutung machen kann. Er bemerkt auch, daß die Lokführer besser als sein Vater, als Bauern und Seeleute leben. Er unterscheidet kaum zwischen dem Lokführer und dem Ingenieur, beides Männer der Maschinen, doch beginnt er, von Größe zu träumen, sich eine bedeutende Zukunft zu versprechen inmitten von Dampf, Befehlen und den glatten, geölten Gliedern der Maschinen. Vielleicht wird er Mühe haben, das zu erreichen, doch er kennt sich, er kennt seine Härte, seine Zähigkeit bei der Arbeit, er läuft abends draußen umher und sagt sich, daß es ihm gelingen wird...

Inzwischen schmuggelt er unter den argwöhnischen Blicken der Zöllner die berühmten Flaschen mit Rosenöl aus Übersee: man wird ihn erwischen, der Geruch dringt durchs Blei, er hat das Gefühl, in einer Wolke von Rosenduft zu stecken, die man von weitem riecht. Doch wird er nie erwischt, die Zöllner sagen ihm Guten Tag wie allen Jungen des Hafens, die sie hin- und herlaufen sehen. Jean-Pierre Bloyé schmuggelt wie sein Sohn: er führt Zigarrenkisten aus Havanna ein, die er den Köchen und Heizern der Überseedampfer abkauft, und verkauft sie an Inspektoren, Abteilungsleiter, an die Chefs der großen Hotels und den Bahnhofsvorsteher. Jedes von den Antillen einlaufende Schiff bringt Geld ins Haus, der Schmuggel erleichtert ein eng begrenztes Leben. In der Umgebung der Bloyés würde kein Mensch solche natürlichen Unternehmen verurteilen: später wird Jules Ferry den staatlichen Schulen die Aufgabe zuweisen, den Arbeitern die Achtung vorm Gesetz und die Ehrfurcht vor den Staatsfinanzen beizubringen. In Dirinon hatte Jean-Pierre Bloyé die Schweine der Fleischerin geschlachtet, Marie Bloyé verdiente etwas Geld, indem sie nachts Telegramme austrug: oft lief sie zehn Kilometer durch dunklen Wald, umgeben von den Geräuschen der fliehenden kleinen Nachttiere und den Schreien der Käuzchen, sie hielt ihren Stock in der Hand, gewillt, Gespenstern und Herumtreibern einen schlechten Empfang zu bereiten. Bei diesen Gängen verdiente sie ein bis zwei Francs, manche Schloßherren waren überzeugt, daß sie die Mühe der Nachrichtenüberbringung, der Ankündigung von Besuchen, Geburten, Todesfällen gut belohnten. Der Schmuggel in Saint-Nazaire brachte mehr ein.

Mit den Jahren jedoch begann Antoine unter mehreren Dingen zu leiden, die er bemerkte... Zum Beispiel, daß man seinen Eltern versteckt Almosen zukommen ließ, daß man ihnen, weil sie ergeben und ehrerbietig waren, alte Hosen schickte, alte Jacken, die noch gute Dienste leisten konnten auf Rücken, die weniger anspruchsvoll waren als die ihrer ehemaligen Besitzer. Seine Mutter durfte die große Wäsche des Bahnhofsvorstehers waschen: das sind Dienste, die man Vorgesetzten nicht verweigern darf. Sein Vater wurde für kleine Gefälligkeiten bezahlt, die er leistete. Antoine wurde hochmütig, um sich gegen diese Dinge zu wehren... Gut gekleidete Herren sprachen auf der Straße Jean-Pierre Bloyé an; sie fragten ihn von oben herab nach seiner Gesundheit, dann rückten sie mit der Sprache heraus:

»Sagen Sie mal, Bloyé, können Sie mir nicht ein paar Kistchen Zigarren beschaffen, mein Vorrat ist bald erschöpft...«

Bloyé antwortete, er hätte Freunde, bald lege ein Überseedampfer an, es gäbe immer Möglichkeiten... Der Kunde sagte ihm dann, er solle auf die Zöllner achten, die weniger dumm wären, als es aussähe, er fürchtete unbestimmt, eines Tages, wenn Bloyé geschnappt würde, in eine Sache verwickelt zu werden, die Staub aufwirbelt, doch Bloyé antwortete:

»Die Spürnase, die mich erwischt, ist noch nicht geboren...«

Der andere lachte. Antoine konnte den Ton dieser Herren von Saint-Nazaire nicht leiden, dieser Inspektoren von Nantes, die keine Uniform trugen, es war ihm peinlich, seinen Vater so ehrerbietig grüßen, so höflich ertragen zu sehen, wie man ihm gönnerhaft auf die Schulter klopfte.

»Man muß die Menschen achten, die über einem stehen«, sagte Jean-Pierre, der die Worte und Gesten nahm, wie sie kamen, der nie in ihnen Bosheit sah. Nie dachte er an etwas Böses. Es würde immer Große und Kleine geben. Immer. Das ist wie die Kriege, wir werden die Welt nicht ändern können...

Und Marie Bloyé fügte hinzu:

»Gottes Wille und das Glück bestimmen unsern Platz im Leben.«

Antoine wußte nicht, was sein Vater dachte, welche Vorstellungen hinter diesen passiven Worten steckten, vielleicht akzeptierte Jean-Pierre diese Dinge weniger gefügig, als es den Anschein hatte, es gab Tage, an denen er mit einer Art traurigem Zorn nachdachte, man sah, wie sich die Muskeln seiner Kinnbacken anspannten. Doch es gehört nicht zu den Gewohn-

heiten der Menschen, daß die Söhne in alle Gedanken dringen, die sich in den Köpfen der Väter entwickeln wie große schmerzhafte Blasen, und die Söhne sind keine leidenschaftslosen Richter.
Ab und zu begegneten Damen, bei denen Marie Bloyé putzte, Antoine in Begleitung seiner Mutter. Sie trugen der, die sie Mutter Bloyé nannten, auf, an dem und dem Tag, zu der und der Stunde zum gründlichen Hausputz oder zur Großen Wäsche zu kommen. Und plötzlich bemerkten sie zerstreut Antoines Gegenwart, sie erkundigten sich bei seiner Mutter, sie wollten wissen, was sie mit »ihrem großen Sohn« für Pläne hätte. Marie Bloyé antwortete, daß sie es noch nicht wisse, daß Antoine immer in der Umgebung der Fabriken stecke, der Eisenbahn, daß jedenfalls nicht daran zu denken sei, einen Seemann aus ihm zu machen.
»Er ist wie sein Vater, er macht sich nichts aus dem Wasser...«
Die Damen gaben gute Ratschläge: sie solle dies tun und jenes. Als ob sie alles wüßten, als ob sie die ganze Welt von der Höhe ihrer Hüte aus lenken könnten. Antoine machte den Mund nicht auf, was er tun würde, ging diese langen Röcke, diese Gipüren, diese Fischbeinkragen nichts an, er wußte nicht wohin mit seinen Handgelenken, die zu weit aus seinen Ärmeln hervorsahen, die vielleicht die eines alten Mantels waren, den die Damen ihm geschenkt hatten, er sah auf seine groben Schuhe, die kleinen Mädchen neben den Damen sahen ebenfalls auf diese groben Schuhe. Antoine haßte die Damen und ihre Töchter...

Die Tage flogen vorbei. Antoine arbeitete wie ein Junge, der keine anderen Mittel hat als seine Arme und seinen Kopf, seine eigenen Arme, seinen eigenen Kopf, und nicht die Arme der andern, den Kopf eines Onkels, die vollen Schubladen eines Vaters, wie ein Junge ohne Erbschaft. Er lernte Geometrie, Algebra, Physik, Geschichte, er merkte sich Namen, die ihm nichts sagten, die nicht zu seinem täglichen Leben gehörten,

Athalie, Andromache... Was hatten diese Heldinnen gebildeter Familien mit dem Nachtdienst seines Vaters zu tun, den geschmuggelten Zigarren, dem dampfenden Blut der geschlachteten Schweine? *Le Cid, Chimène...* Was verband sie mit der Wäsche von Madame Dubuis und dem Schmutz der im Wohlstand lebenden Leute? Einmal wurde er zum Wettbewerb der Akademie von Rennes für Höhere Schulen geschickt: Kommentieren Sie folgenden Gedanken Pascals: Was diesseits der Pyrenäen eine Wahrheit ist, kann jenseits von ihnen ein Irrtum sein. Antoine verstand den dressierten Affen zu spielen wie alle anderen. Er erhielt seine erste Auszeichnung und gewann in diesem Jahr in der Schule alle Preise.
Eines Sonntags stand er auf dem rot bespannten Boden eines Podiums, er hatte die Sonne im Rücken, er fühlte, wie sie durch seine Jacke drang, er sah die Lehrer in ihren Roben vor sich, eine Art General, der der Präfekt war, einen Priester: Man hatte gerade den Namen des Prämierten seiner Klasse verlesen: Französisch, erster Preis: Bloyé (Antoine), aus Pont-Château, Externer; Mathematik: Bloyé (Antoine). Der Präfekt verteilte grüne Kränze. Er sprach, vom Direktor, der ihm ins Ohr flüsterte, rasch informiert, doch Antoine, dessen Kopf ein Nebel von Licht umgab, vernahm nur Bruchstücke von Worten, »beglückwünschen, Hoffnung, unserer tüchtigen arbeitsamen Bevölkerung«. Ein Mann hinter einem Tisch überreichte ihm einen Stapel Bücher. Er drehte sich um, er sah die kleine Wellenbewegung der Köpfe und Hüte, die weich gegen den Rücken der Musiker brandete, Kastanien fielen in der morgendlichen Stille herab, die von der Menge nicht gestört wurde, die Sirene eines ausfahrenden Ozeandampfers heulte plötzlich, mehrere Leute klatschten Beifall; in der ersten Reihe klatschte eine elegant gekleidete Dame in einem lila Kleid mit gelblichen Spitzen, ihre weißen Hände flogen wie ein Paar Flügel über den lockigen Haaren des Posaunenbläsers, sie waren unabhängig wie Luftgebilde. Weiter hinten entdeckte Antoine seine Mutter in ihrem steifen schwarzen Rock, ihrer dazu pas-

senden Bluse und ihrer Redon-Haube; sie starrte aufs Podium und klatschte; ihre runden Backen waren rot vor Freude. Antoine bemerkte unter den schwarzen Maschen des Haarnetzes die hellen Haarsträhnen seiner Mutter, die mit dreißig Jahren weiß geworden war. Ein Kamerad, der ebenfalls seine Preise bekommen hatte, stieß ihn an, er stieg hinunter und ging vor den Musikern vorbei; die Dame in der ersten Reihe beugte sich zu ihrer Nachbarin und lachte, zweifellos lachte sie über ihn, sie folgte ihm mit den Augen, er glaubte zu hören »dieser kleine Bauer«... Sein Vater war nicht gekommen, er hatte Dienst im Zug nach Nantes. Später – die Preisverteilung war gegen Mittag zu Ende – ging seine Mutter mit ihm zum Fotografen, der ihn ebenfalls beglückwünschte. Antoine trug eine Art Gehrock, der Falten schlug, er mußte sich in Positur stellen, die eine Hand auf seinen Preisen, die zu einer Stufenpyramide aufgestapelt waren wie ein kleiner assyrischer roter und goldener Tempel. Wozu? fragte sich Antoine. Der Fotograf rief ihm aus dem Hintergrund des Ateliers mit den blauen Glasscheiben die professionellen Sätze zu:
»Sehen Sie bitte ganz geradeaus... einen lebhaften und entschlossenen Ausdruck bitte... Den Kopf heben, geradeaus sehen, den linken Arm ganz natürlich... ausgezeichnet, bitte nicht bewegen... Und fertig!«
Antoine fragte sich, ob er wirklich Grund habe, stolz zu sein, ob dieser Schulerfolg für sein späteres Leben etwas bedeute. Doch sein Vater, von Nantes zurückgekehrt, erzählte den Nachbarn von ihm.
An diesem Abend, dem Abend des kindlichen Erfolges, denkt Antoine daran, daß seine Mutter nicht schreiben kann, daß sie nur Druckbuchstaben liest, aber keine Schreibschrift, daß sie schwierige Wörter falsch ausspricht, sie sagt Ozandampfer, sie verwendet Dialektwörter ihrer Gegend, über die die Leute in der Stadt lachen, sie glaubt an Zaubersprüche, sie erzählt mit Überzeugung von ihrem Großvater, der Hexenmeister in Béganne war und nachts die Toten reden hörte, sie glaubt an

die Wahrheit der Sprichwörter, an Wetterregeln, ihr ganzes Wissen ist in einem alten zerschlissenen, angeschimmelten Buch enthalten, das alle Geheimnisse des Albertus Magnus enthält. Antoine beginnt an diesem Abend, vor der Haustür sitzend, unbestimmt zunächst noch, zu fühlen, daß die Welt, zu der ihn seine Studien führen, zu der ihn ein naiver Ehrgeiz zieht, sehr weit entfernt ist von der, in der seine Eltern seit ihrer Jugend gelebt haben, er spürt den Anfang einer Trennung, er gehört nicht mehr ganz ihrem Blut an, ihren Lebensbedingungen, er leidet bereits unter einer Art Abschied, einer nicht mehr rückgängig zu machenden Untreue. An diesem Abend, dem 4. August 1879... Nach dem Abendessen versucht er das Buch zu lesen, das er als Ersten Preis bekommen hat: *Die Pflicht* von Jules Simon von der Académie Française, und er stößt zufällig auf die Sätze:

»Der Mensch ist frei... er erkennt in sich immer die Möglichkeit, nicht zu tun, was er tut, und zu tun, was er nicht tut...«

Antoine denkt über diese Worte nach, und über einige andere, er versteht sie schlecht. Ist sein Vater frei, nicht arm zu sein, keinen Nachtdienst zu machen, nicht dorthin zu gehen, wohin er geht, seine Mutter frei, den Rücken nicht von Arbeit verspannt zu haben, vor der Zeit abgeschafft und alt zu sein? Er selbst, wieso ist er frei? Frei zu sein bedeutet vielleicht nur, nicht arm zu sein und nicht immer Befehle zu erhalten. Die Reichen besitzen eine Art Freiheit. Jene, die von ihren Renten leben. So nimmt er, den Absichten von Monsieur Jules Simon ganz entgegengesetzt, die für einen Arbeitersohn zu himmlischen Worte auf. Er ist nicht feinsinnig, er erfaßt die zu edlen Gedankengänge nicht, er besitzt eine Schlichtheit, die er nur schwer verlieren wird, doch schließt er für sein ganzes Leben das goldverzierte Buch von Monsieur Jules Simon.

Man sprach über ihn wie einst in der Volksschule: Leute, die er nur vom Sehen kannte, gaben Jean-Pierre Bloyé, der bei seinen Vorgesetzten sehr angesehen war, gute Ratschläge. Der Bahnhofsvorsteher Monsieur Dubuis, ein junger Mann, dessen junge Frau viel Neid in Saint-Nazaire erregte, wenn sie mit ihrer schönen, bewegten Stimme in den Salons und bei Wohltätigkeitsfesten sang, sagte zu Bloyé:

»Ihr Sohn verdient es, gefördert zu werden... Es wäre schade, ein so begabtes Kind wie ihn in eine Lehre zu geben... Er wäre sehr unglücklich als Arbeiter, dafür hat er schon zu viel Schulbildung... Das gibt nur verbitterte Arbeiter... Sie könnten es bei der Ecole des Arts et Métiers versuchen, er könnte eine gute Karriere machen, egal wo, bei der Marine oder der Eisenbahn, er würde Eisenbahner werden wie sein Vater... Es gibt auch Schüler der Arts et Métiers, die in der Industrie eine gute Karriere machen...«

Jean-Pierre Bloyé war von dem Gedanken verführt, aus seinem Sohn einen Herrn zu machen, einen Bürger, trotz der Opfer, die dafür noch zu bringen wären. Ein Junge, der studiert, verdient nichts, er kostet nur, und die Nachbarn kritisieren deinen Ehrgeiz hinter deinem Rücken, als würdest du sie verraten, indem du versuchst, dein Kind der Härte des Arbeiterlebens zu entziehen... Doch man hatte sich nun einmal an das Lernen gewöhnt, und Bloyé gab sich Zukunftsträumen hin: er sah seinen Sohn eines Tages im Zentrum dieser weitverzweigten unbekannten Regionen, in denen die Ingenieure und Oberinspektoren tätig sind. Er besaß die Achtung vor der Bildung, er betrachtete sie als ein Zaubermittel, das die Tore der Freiheit und der Macht öffnet: ihre Geheimnisse würden Antoine von den Ketten befreien, die er selbst getragen hatte. Wie sollte ein Vater seinen Sohn daran hindern, dem Elend zu entgehen, wenn er das kann: er hatte Antoine viel geschlagen, aber er liebte ihn. Noch ein Jahr Höhere Schule, Antoine folgte gehorsam den Ratschlägen, die ihm sein Vater überbrachte: ein Sohn widerspricht nicht. Im übrigen stimmten diese Pläne zu gut mit seinen Vorstellungen vom Befehlen und von Maschinen überein, als daß er Lust gehabt hätte, ihnen zu widerstehen. Der Tag kam, Ende des Jahre 1880, da er allein den Zug nahm, der nach Angers fuhr.

V

Während dieser Reise war Antoine glücklich, er fühlte sich leicht wie die Reisenden, die Reichtum oder Abenteuern entgegenfahren; in Nantes, während des Wartens auf den Anschlußzug, lief er ungeduldig auf dem Bahnsteig hin und her, er ging bis zu dessen Ende wie an die Spitze einer Mole, an die ein Dampfer aus Übersee anlegen wird. Ganz Frankreich und das ganze Leben östlich seiner Heimatgegend lagen offen vor ihm, er verließ zum erstenmal seine Provinz, und der Bahnhof von Nantes war für ihn wie eine Grenzstation. Trotzdem fühlte er sich in einer vertrauten Gegend, weil sein Fluß, die Loire, der Eisenbahnlinie folgte: diese freundliche Gesellschaft des Flusses, der sich vom Bahndamm entfernte, dann wieder durch halb überschwemmte Wiesen, an Weiden mit dicken Köpfen vorbei auf ihn zufloß, verhinderte, daß er sich völlig verlassen fühlte. Er war wie ein zwischen Saint-Nazaire und Angers gespannter Faden, zwischen dem, was er hinter sich ließ und dem, was er antreffen würde, zwischen seiner Vergangenheit und seiner Zukunft: mehrere Monate später, wenn er sich an seinen freien Tagen bei den Ponts-de-Cé über die Loire beugte, glaubte er im Rauschen des großen sandigen Flusses die Hammer von Penhoet zu hören und die Sirenen der großen Schiffe, die den Anker lichten, um nach Santander zu fahren.

Angers, achtzehnhundertachtzig, einundachtzig, zweiundachtzig, dreiundachtzig: drei Jahre lang führte Antoine das strenge Leben der Ecoles Nationales des Arts et Métiers, die die Unteroffiziere und unteren Offiziersgrade für die Armeen der französischen Großindustrie ausbilden.

Alles verlockte damals die Arbeiterjugend, die ehrgeizigen Abkömmlinge von Handwerkern und kleinen Beamten, sich in die Planung der Herrschenden einzufügen; Antoine war wie die anderen hineingezogen worden, ohne eine Ahnung zu haben von den treibenden Kräften, die dieses große Unternehmen bewegten, er wußte nicht, daß er mit vielen andern Jugendlichen seines Alters einen der Einsätze in dem großen Spiel bildete, das die wichtigsten Herren der französischen Bourgeoisie begonnen hatten. Man hatte ihm lediglich gesagt, daß er dem Elend, der Unsicherheit des Arbeiterdaseins entgehen könne, und diese Verheißungen hatten nur zu gut den Versuchungen seiner Heimatstadt entsprochen, als daß er ihnen hätte widerstehen wollen. Er war ahnungslos. Weit weg von ihm, noch vor seiner Geburt, waren in den Büros, in Aktionärsversammlungen, Parlamenten seit dreißig Jahren die Forderungen der Fabrikbesitzer erhoben worden: die Industrie verlangte neues Menschenmaterial, sie fühlte das wachsende Bedürfnis nach Menschen, die fähig waren, technische Zeichnungen zu lesen, die Herstellung eines Maschinenteils zu leiten, von oben kommende Anordnungen zu erklären, die begrenzten Projekte und Detail-Erfindungen zu verwirklichen, die den industriellen Fortschritt sichern und die Produktion steigern. Keineswegs aus Menschenliebe hatte das Parlament am 15. März 1858 einen Gesetzestext über den Berufsschulunterricht verabschiedet; der Fachunterricht war keine Laune gewesen in einer Epoche, da die Kräfte der Maschinen, die Förderung von Rohstoffen, die industrielle Produktion, die Geschwindigkeit der Lokomotiven sich mit jedem Jahr steigerten.

Zu der Zeit, als Antoine am Rand seiner friedlichen, verschlafenen Brière zur Welt kommt, gibt es in Frankreich hundertfünfzigtausend Fabriken aller Größen; eine Million fünfhunderttausend Fabrikarbeiter, fünfhunderttausend Pferdestärken Dampfkraft stehen im Dienst der Industrie: geschickte Männer werden gebraucht, die diese Arbeitermassen leiten, Unteroffiziere, die diese abstrakte Kavallerie arbeiten lassen können. Die Verwaltungsräte verlangen nach ausgebildeten Leuten, die Aktionäre geben den öffentlichen Stellen zu verstehen, daß sie Spezialisten brauchen, Werkmeister und Vorarbeiter. Als General Morin und Monsieur Tresca, beide in der angewandten Mechanik bewanderte Männer, 1862 von der Industrieausstellung in London zurückkommen, rechnen sie aus, daß die drei Ecoles des Arts et Métiers in Aix-en-Provence, Angers und Châlons, und die Ecole Centrale, die Ecole des Mines, die Ecole des Ponts-et-Chaussées pro Jahr im Durchschnitt siebenhundert Absolventen hervorbringen: hundert Diplome in der Ecole Centrale, dreihundert Schüler aus der Ecole des Mines und der Ecole des Ponts-et-Chaussées und dreihundert aus den Ecoles des Arts et Métiers; sie stellen gleichzeitig fest, daß die Fabriken ihrer vorsichtigen Schätzung nach eine Million zweihunderttausend Menschen beschäftigen; das Verhältnis der mittleren Kader zur Truppe ist eins zu zweitausend: das sind sehr wenig Furiere und Feldwebel. Den Söhnen der Großbourgeoisie, der Bürger mit freien Berufen, sind höhere Lebenswege vorbehalten, solche, die mit den Schlüsselwörtern der Humaniora geschmückt sind, aber welche Reserven gibt es unter den begabten Arbeitersöhnen, welche unerschöpflichen Quellen an ergeben Dienenden. Man braucht sie, man verlockt sie also, indem man ihnen die große Zukunft der gleichen Chancen verspricht, die Demokratie geht auf wie eine Sonne, jeder Arbeitersohn hat in seiner Schulmappe das Diplom eines Führers von Menschen, das Blanko-Diplom eines Bourgeois...

Diese massiven Beweggründe, die in den großen Städten am Werk sind, wo sich die Geschichte der Landgebiete entscheidet, die in den Kabinettssitzungen der Regierung den Ausschlag geben, haben Antoine Bloyé auf einen Weg gebracht, den er vielleicht freiwillig gewählt zu haben glaubt; er wird diesen langen Weg in einem Tempo gehen, das nicht von den verschwommenen Wünschen eines achtzehnjährigen Jungen bestimmt wird, dem die Welt in den grauen Farben der Bahnhofsumgebung und der Häuser auf gestampfter Erde erschienen ist.

Der honigsüße scheinheilige Jules Simon hat einmal gesagt:

»Die Ecoles des Arts et Métiers... können zur Not als Lehrlingsschulen betrachtet werden, denn hier lernt man gründlich theoretisch und praktisch eines der folgenden Handwerke: Schmied, Schweißer, Maschinenschlosser, Metalldreher und Tischler. Doch vermitteln diese Schulen bereits mehr als die eigentliche Berufsausbildung: sie ziehen Elitearbeiter heran und Vorarbeiter...« Das ist der Grund, weshalb am 15. Oktober 1880 Antoine Bloyé auf dem kahlen Platz vor dem Bahnhof in Angers steht.

Angers träumt vor sich hin mit seinen schönen Bäumen, seinem hohen Schloß mit den runden rohrartigen Türmen, seinen Erinnerungen an den König René, seinen mit Blumenmosaiken gesäumten Promenadenwegen, seinen verschwiegenen Häusern, deren Fassaden abbröckeln, seinen Weißweinkellern, seinen Offizieren und seinen hübschen Provinzmädchen, die stolz auf ihre Busen sind. Am Ufer des Maine funktionieren die Werkstätten der Ecole des Arts et Métiers wie gut geölte Maschinen und stellen die Männer her, die ihre Produkte sind. Antoine nimmt mit der Unbekümmertheit seiner achtzehn Jahre alles auf, was die Schule ihm bietet, Nahrung und Wissen, mit einem großen Appetit seines Kopfes und seines Körpers: er ist gieriger nach den irdischen Dingen, als er je glauben wird, er lacht über die Lehrer, die ihre Schüler wie Feinde betrachten: fast alle Vorgesetzten sind so. Er errichtet schöne ephemere Gebäude aus Zahlen und Strichen, er drückt Farben durch Baumwollsäckchen, um seine Zeichnungen von Maschinen, Räderwerken zu verzieren, er hat Freunde: in der dritten Abteilung, der seinen, leben hundert junge Männer seines Alters im gleichen militärischen Rhythmus wie er, ohne die Zeit, an Gutes oder Schlechtes zu denken: sie bewegen sich innerhalb der geregelten Tätigkeiten des Tages, auf die nach dem Abendgebet der tiefe Schlaf folgt bis zum Aufstehen am Morgen, das vom eiskalten Wasser der Waschräume beschleunigt wird. Es gibt die Schreie der Aufseher, ehemaliger Soldaten, die primitiven Mahlzeiten von zwanzig Minuten, bei denen man große Etiketts noch im Erbsenbrei findet, rote Bohnen, die sie ganz einfach Fraß nennen, das Gefängnis, die Polizeiwache, die Krankenstube mit der religiösen Wärme der Öfen und den Stimmen der Nonnen, die endlosen Stunden des theoretischen Unterrichts, die Arbeitsstunden in den Schmiede- und Gießereiwerkstätten. Kurze Ausgänge zwängen sich zwischen zwei Wochenenden mit dem einen wöchentlichen Franc, den die Direktion genehmigt. Stunden türmen sich auf Stunden: fünfdreiviertel Stunden Unterricht, sieben Stunden Werkstatt pro Tag. Diese Anhäufung von Tätigkeiten, der Mangel an Geld, die genau verzahnten Räder eines sorgfältig geregelten Mechanismus lassen Antoine nicht viel Muße zum Träumen und zum Nachdenken über sich selbst: über diese Muße verfügen nur die jungen Leute, die vom Gymnasium in die offenen, freien, gemächlichen Studien der Universitäten überwechseln: nicht jeder studiert Jura. Wer würde in jenen achtziger Jahren daran denken, einen Bloyé an eine eigene Existenz zu gewöhnen, an liberale Gedanken? Übrigens täuscht man ihn kaum darüber, man macht ihm fast keine Versprechungen mehr, die das Leben nicht halten wird, dergleichen Versprechungen waren gut für Reden bei Preisverleihungen. Man sagt den jungen Männern keine glänzende Zukunft voraus, man bringt ihnen bei, für welche Aufgaben sie bestimmt sind, daß sie nach Beendigung ihrer Schulzeit als Mechaniker zur Flotte gehen werden, zur Handelsmarine, zur Eisenbahn, oder daß sie Handwerker werden, Werkmeister, Werkstattleiter; andere werden, aufmerksam über schräge Tische gebeugt, Pläne in Entwurfbüros zeichnen; einige werden die Herde überflügeln, man wird von ihnen sprechen, sie werden die Ährenspitzen sein, die sich über die Halme des Feldes erheben, die Spitzen, die ungezählte mittelmäßige Existenzen rechtfertigen...

Antoine wächst, ziemlich spät; in seinem Wachstum hatte es eine Unterbrechung gegeben, nach seiner rauhen ländlichen Kindheit war er ein Jugendlicher aus dem Arbeiterviertel gewesen mit zu langem Haar, mageren Armen und durchscheinenden Schläfen: die drei Jahre in Angers tragen ihm breite Schultern ein und die festen Muskeln, die sich durch das Handhaben der Vorschlaghammer in den Schmiede- und Gießereiwerkstätten entwickeln. Der magere Junge, der im Herbst achtzehnhundertachtzig auf die Schule kam und die Winter- und Frühjahrsmonate in der erstickenden Wärme der Krankenstube verbrachte, unter den Händen der Schwestern, die schließlich weniger derb waren als die der Männer, mit Fieber, mit der Furunkulose der zu rasch wachsenden jungen Männer, seine Gedanken von den Erinnerungen an die Haltung der Mädchen genährt, von den Hüftbewegungen der jungen Nonne Sainte Marguerite, ist nur noch ein toter Bruder des jungen Schmieds im Lederschurz, der hinter einem Amboß für das Jahresfoto der dritten Abteilung posiert. Er hat seine Haut gewechselt, er hat den Mann, der in ihm steckte, sich befreien lassen, er ist mit neunzehn Jahren wie die Bauern von Allaire gebaut, die ihn an seiner Farbe, seiner Statur als einen der ihren erkennen würden, wenn er sie eines Tages besuchte: er ist einen Meter fünfundsiebzig, sein Haar ist rötlich, die Augen blau in einem gut durchbluteten Gesicht. Plötzlich ähnelt er seinem Vater. Eine gewisse Kraft wohnt in diesem großen Körper, der sie unbestimmt fühlt und sie ungeschickt zurückhält: eine Stärke, die sich bescheiden ankündigt, die verborgen bleiben wird, doch die fähig wäre, sich deutlich zu bekunden. Aber Antoine hat kaum Muße, daran zu denken, daß er Kraft besitzt und größere Wünsche, als er jemals befriedigen kann: er handhabt die Kreide, den Federhalter, den Hammer, er ergeht sich in plumpen Witzeleien, er ist stumpfsinnig vor Müdigkeit, wie ein Soldat, seine Stärke verausgabt sich, so gut sie kann, im Treiben, im Austoben eines großen Schülers. Ihm fehlt der Reichtum der zu verschwendenden Zeit: während der Jahre des Sich-selbst-Kennenlernens, die man im Leben als erwachsener Mann nur schwer ersetzen kann, hat er nicht einmal Ferien: im August und im September verbringt er seine zwei freien Monate in Saint-Nazaire in den Schmiedewerkstätten der Loire-Werften. Sein Vater sagt zu ihm:

»Du brauchst das Jahr über Geld für deine Kleidung. Ich habe keins... Du mußt dir welches verdienen, mein Junge...«

Er verdient es, er verdient es hart, dreizehn Stunden täglich, und der Lohn ist keine große Summe für das ganze Jahr: von Mai ab geht er in Angers sonntags nicht mehr aus. All diese Hetze, all diese Arbeit! Es genügt nicht zu wissen, daß die Zeit der Armut eines Tages zu Ende sein wird, er lehnt sich auf, er fühlt all diese Dinge in sich, die keine Beschäftigung finden, Kräfte, Sehnsüchte und Wünsche, die Ferien haben wollen, um sich entfalten zu können, er ahnt, daß feindliche Mächte gegen die Entfaltung junger Männer seiner Klasse wirken, er lernt den Zorn kennen, in diesem Kopf von neunzehn Jahren ist Platz für den Haß, Haß gegen die Sklavenaufseher der Schule, gegen die Ingenieure der Werften. Auf welcher Seite steht er? Er fühlt, wie er von der Empörung der Arbeiter erfüllt ist, doch steht er am Rand eines Lebens, in dem er, wie er weiß, Arbeiter befehligen wird: wie soll man sich da zurechtfinden?

Eines Tages, im Hof der Werften, steigt er nach Arbeitsschluß auf einen Stapel Balken und redet zu seinen Kameraden über die Notwendigkeit, zu streiken, er läßt seinem Zornesstrom freien Lauf:

»Kameraden, wir können das nicht mehr länger erdulden, wir sind wie Dienstboten vor diesen Herren der Direktion. Ihr könnt eure Frauen und Kinder nicht ernähren, eure Arbeitszeit beträgt vierzehn Stunden, ihr müßt Bußgelder zahlen. Unser Unglück ist, daß wir allein sind, jeder hockt in seiner Ecke, wir werfen uns gegenseitig Knüppel zwischen die Beine... unsere Vorgesetzten können nichts gegen uns ausrichten, wenn wir einig sind...«

Rufe waren im Hof zu hören, und die Männer sind davongelaufen, Antoine ist allein auf der Straße fortgegangen, machtlos, sein ganzer Zorn war verraucht. Es hat keinen Streik gegeben, der Direktor hat zu ihm gesagt:

»Sie sind noch ein Kind, diesmal will ich das noch einmal übersehen, aber machen Sie so etwas nie wieder... Ich hätte das von einem so intelligenten Jungen wie Ihnen, der vielleicht morgen schon ein Vorgesetzter ist, nicht erwartet...«
Man nimmt ihn nicht ernst, man sieht in ihm nur einen vorläufigen Arbeiter, und sein Zorn tut niemandem weh. Morgen ein Vorgesetzter? Jean-Pierre sagt zu ihm:
»Du bist verrückt, deine Zukunft für solche Kindereien aufs Spiel zu setzen... Schlechte Zeugnisse können dich verfolgen... Das ist ein schlechter Dank dafür, daß ich so viel für dich getan habe, so viele Opfer gebracht habe...«
Wie sollte man da klar sehen? Antoine hatte revoltiert, ohne etwas zu wissen, er hatte niemals etwas von Sozialismus, von Gewerkschaften gehört: die Zeit ist noch nicht gekommen, wo Pelloutier in Saint-Nazaire die erste Bourse du Travail gründet. Diese Rede in der Fabrik ist später, viele Jahre später, eine wichtige Erinnerung in seinem Leben. Er erklärt sich seinen Zorn nicht: seit seinem fünfzehnten Lebensjahr ist er auf eine festgelegte Bahn geworfen, auf der es keinen Platz für die Entspannung des Körpers und des Geistes gibt, auf der es keine Abzweigungen, kein Herumtreiben gibt, sondern nur kurze Aufenthalte. Auf dem Land findet man auch heute noch kleine lokale Eisenbahnlinien, bei denen die Zeit nicht kostbar ist: zwischen Brest und Ploudalmézeau hält der Lokomotivführer an, um Blumen zu pflücken, um mitten auf der Strecke Bäuerinnen einsteigen zu lassen, die auf den Markt von Saint-Renan wollen, um mit einem Freund vom Bahnhof eine Partie Karten zu spielen. Doch Antoines Leben erinnert bereits an die Schnellzüge, die er morgen fahren wird und die von einer selbstsicheren, beklemmenden Kraft fortgerissen werden.

Antoine verließ die Ecole des Arts et Métiers, wurde wieder ein Mensch in Zivil zwischen anderen Menschen, ein Mensch mit einem Diplom, das ihn im voraus Jahren ohne Zwischenfälle verschrieb, in denen fast alle Dinge bereits festgelegt waren. Seine letzten Ferien gingen vorbei. Er befand sich am Rand des Lebens, in dessen Strom er sich jetzt fallen lassen würde, ohne auch nur zu wissen, ob er fähig wäre, zu schwimmen und sich über Wasser zu halten. In der Mitte des Jahres achtzehnhundertdreiundachtzig bereitet er sich auf ein Spiel vor, dessen Regeln ihm niemand beigebracht hat: er verfügt über seine Jugend, einen Ehrgeiz ohne Anmaßung, über Kraft und Zorn und ein Diplom mit dem Briefkopf des Handelsministeriums, das seinen zukünftigen Vorgesetzten verkündet, daß er als achtzehnter von siebenundsiebzig die Ecole des Arts et Métiers verlassen hat: erster in Mathematik und fünfundsiebzigster in Zeichnen.

VI

Antoine Bloyé trat bei der Compagnie d'Orléans ein: seine ganze Vergangenheit, seine ganze Geschichte zogen ihn zu den schönen Kurven der Eisenbahngleise. Man hatte ihm angeboten, bei einer Schiffahrtsgesellschaft einzutreten, die Kohle aus Wales an die Quais von Nantes und Bordeaux brachte: er hätte zwei Jahre Probezeit in Cardiff und Swansea verbracht, für Jean-Pierre Bloyé, für Marie bedeutete das das Abenteuer, den Aufbruch über das Meer: wie konnte man eine Laufbahn im Handel wählen, mit Gefahren, die man sich nur mit Mühe vorstellen kann, einen Beruf ohne Pension, bei dem es einem von heute auf morgen »an allem fehlen« kann, weil man alles verbraucht hat, was man verdiente. All das sagten ihm seine Eltern, sie sagten ihm auch:

»Und wenn wir sterben, während du bei den Engländern bist?... Du kannst nicht einfach so von uns weggehen... uns allein sterben lassen in unserm Winkel, wie alte Hunde...«

Es ist schwer, solchen jämmerlichen Forderungen zu widerstehen; im übrigen gab es zu dieser Zeit in der Bretagne in den Arbeiterfamilien noch die väterliche Macht. Die Kinder von Arbeitern siezten oft noch ihre Eltern und konnten sich

nicht einmal vorstellen, daß sie ihren Befehlen nicht gehorchten. Als Jean-Pierre Bloyé seinem Sohn gesagt hatte:
»Wenn du nach England gehst, kannst du gleich dort bleiben... du setzt dann keinen Fuß mehr hier ins Haus...«
gab Antoine nach. Er würde nicht für ein Leben kämpfen, dessen Vorteile er nur sehr verschwommen sah: vielleicht war es ihm lieber, nachzugeben, das Verbot enthob ihn der Wahl. Sein Ehrgeiz ging nicht sehr weit, er zielte lediglich darauf, sich ein wenig über seinen Vater zu erheben: der Ehrgeiz junger Leute ist oft auf den Wunsch beschränkt, ihren Vater zu überflügeln... Dieses Überflügeln rächt sie für die kleinen Demütigungen ihrer Kindheit. Es war für Antoine Bloyé leichter, sich als Lokomotivführer auf Schnellzügen vorzustellen denn als Direktor einer großen Schiffsagentur...
Als Maschinenschlosser im Depot von Tours machte er die Bekanntschaft mit den schwarzen Lokomotivschuppen, mit den verrußten, zerbrochenen Fensterscheiben, den Kesselschmieden, in denen die Gerippe der Lokomotiven liegen, mit den Kneipenwirten und den ersten Nutten seines Lebens: das waren Mädchen mit herabhängenden Haaren und in Pantoffeln, die an den endlosen Mauern der Bahnanlagen unter dem grünen Licht der Gaslaternen auf und ab gingen: von ihren Zimmern aus hörte man das Pfeifen der Züge, sie kannten die Fahrpläne und die Dienstzeiten, sie waren nicht teuer: ein Maschinenschlosser verdiente fünf Francs pro Tag, und die Liebe war abhängig vom Lohn der Arbeiter. So tritt die Liebe ins Leben vieler Männer: eine Frau, die dich in der regnerischen Nacht anspricht und sich in einem armseligen Zimmer oder im Stehen im Winkel eines Schuppens, in dem alter Uringeruch hängt, für dich öffnet. Kaum erst hatte Antoine die kleinen Mädchen am Hafen in Saint-Nazaire geküßt, kaum hatte er an Sommerabenden ihre Brust berührt, seine Hand unter ihre Röcke gleiten lassen, in den weichen Stoff ihrer zackig gesäumten Hosen...

Das Alter des Militärdienstes kam heran: er brach auf. Es war im Winter 1885. Das zweite Pionierregiment lag in Montpellier. Wenn man noch nie über Tours herausgekommen ist, welch ein Rausch beim Anblick der Landschaft des Languedoc, der großen Salzseen, des endlosen Horizonts, des glitzernden Meeres des Südens! Oberst Baron Berge befehligte das Regiment und verachtete die Männer, es war ein ruhiges Regiment... In Palavas-les-Flots streckten die Soldaten sich sonntags im Sand aus und aßen Oliven, mit denen sie ihre Käppis gefüllt hatten; sie badeten in blaugestreiften Unterhosen und kniffen die Kellnerinnen des Gasthauses in den Hintern. In Montpellier gingen sie nach der Abendsuppe bis ans Ende der Promenade du Peyrou, in den heroischen Schatten des Denkmals Ludwigs XIV., und sahen auf die flachen Weinberge, die sich in der Ferne mit dem unendlichen Himmel verbanden. Ihre Märsche führten über weiß verstaubte Straßen; am Kanal war die Pontonierschule, und die Männer lungerten faul in den flachen Pontons herum. Im Herbst rochen die braunen und roten Dörfer nach Trauben und Trester: vor den Schwellen der Bauernhäuser trockneten violette Tresterstapel, deren Geruch den Abend erfüllte; fahrende Destillierapparate, die ein Pferd von Haus zu Haus zog, zitterten und spuckten, und die Soldaten tranken literweise schweren Rotwein zu zwei Sous, der ihnen die Beine wegzog. In diesen Jahren waren die Kasernen noch nicht die großen Kriegsfabriken von heute, in denen die übermüdeten Jugendlichen den Maschinen dienen, die den Tod mit der Sauberkeit von elektrischen Stühlen vorbereiten: das Pionierregiment war eine ruhige Truppe, bei der Antoine das militärische Nichtstun kennenlernte, die in der Stube auf dem harten Bett verschlafenen Nachmittage, wo der Schlaf kaum von den Rufen der Vorgesetzten getrübt wird oder dem Fanfarenstoß des Postens, der dem Unteroffizier vom Dienst gilt. Er bummelte unter den schönen Bäumen der Stadt umher, ohne an etwas zu denken, in den Gasthausküchen ließ er sich große Stücke roten Fleisches braten. Es waren lange monotone Ferien, die ein Jahr dauerten...

Seine Militärzeit war zu Ende. Antoine ging zur Compagnie d'Orléans zurück, ins Depot nach Paris, er wurde Lokführeranwärter, dann Lokführer. Dieses Leben dauerte...
Das Depot, die Bahnhöfe Austerlitz und Orléans-Ceinture bildeten eine kleine turbulente Welt inmitten des XIII. Arrondissements. Das Arrondissement selbst war eine Stadt innerhalb der Städte von Paris: man fuhr nicht einfach von einem Ende von Paris zum andern wie heute, die Omnibusse fuhren die Straßen entlang wie Flußkähne, an allen Schleusen der Plätze und Kreuzungen haltend, es gab Leute, die Zeit genug hatten, ganze Strecken auf dem Oberdeck zurückzulegen, allein des Vergnügens wegen, die Landschaft zu betrachten; man fuhr nach Auteuil, um dort die Ferien zu verbringen. Die einzelnen Stadtviertel kapselten sich ab, hatten ihre eigenen Sitten und Gebräuche. Antoine war ein Provinzler aus Paris, das aus schlecht zusammengefügten Provinzen bestand: wenn er aufs rechte Seineufer in Richtung Bastille, auf die Boulevards zu ging, sagte er sich beim Überqueren des Pont de Bercy: »ich gehe in die Stadt...« Und wenn er bei der Rückkehr die gewölbten Rücken der breiten Avenuen vor sich hatte, die in die Place d'Italie münden, die Kuppel des Hospitals der Salpétrière, den Turm der Kirche Jeanne d'Arc, betrat er eine Welt, die ihm vertraut war wie ein Gemeindehaus. Diese in sich abgeschlossene Welt genügte Antoine, er ruhte zu dieser Zeit in einer kargen, überschaubaren Einsamkeit, der er nur langsam entflieht.
Antoine wohnte in der Rue du Chevaleret in der ersten Etage eines Hauses mit einem kleinen, rot angestrichenen Restaurant, in dem er Pensionär war: Madame Decailly machte sein Zimmer und kümmerte sich um seine Wäsche. Zu beiden Seiten der Eingangstür waren zwei Billardqueues gemalt, um die sich ein sorgfältig gezeichnetes Band schlang. Eine Inschrift

verkündete: Beaujolais, Pelure d'Oignon. Seit langem war das Billard verschwunden, und die langen Abende in dem großen Raum wurden nur noch von dem unregelmäßigen Rauschen des Gases begleitet. Die Rue du Chevaleret bestand aus einer langen Reihe niedriger Häuser, zwischen denen sich Passagen und Gänge öffneten, die den ganzen Tag widerhallten von den Hammerschlägen auf Faßdauben und -reifen aus den Böttchereien; unter dem kalten, weißen Licht der armen Viertel gab es unscheinbare Wäschereien, vor deren Türen Büglerinnen mit wirren Haaren die schwadenreiche Luft einatmeten, unbebaute Grundstücke, Arbeiterhotels. Das ganze Viertel war voller baufälliger Bretterhäuser, langer Krankenhausmauern und Werkstätten: Elend, Müdigkeit und Tod bilden die Atmosphäre der Arbeiterstraßen. Am Ende der Sackgassen standen zweirädrige Karren, die ihre Deichseln in die Luft reckten, wie auf den Feldern; Baumzweige, gefiederte Akazienblätter ragten über manche Zäune wie eine letzte Hoffnung.

Im Sommer, wenn Antoine keinen Dienst hatte, aß er auf der Terrasse der Pension Decailly hinter den staubigen Blättern der Spindelbäume zu Abend; neben ihm unterhielten sich zwei oder drei Angestellte aus dem Viertel über ihre Büros und erzählten Weibergeschichten, deren rühmliches Ende sie frei erfanden; manchmal kamen Maurer, Gipser und drehten nach getaner Arbeit die Rotweingläser in ihren groben weißen Händen, die wie Gipsabgüsse aussahen; Böttcher sprachen über ihr Handwerk. Antoine sah Lokführer vorbeigehen, Heizer, Zugführer, Schaffner, die auf dem Weg zum Dienst waren oder von ihm zurückkamen, ihren schwarzen Korb schlenkernd, und er grüßte sie fast alle, er war einer von ihnen. Hübsche blasse Mädchen kamen vorbei mit großen Haarknoten und Bändern um den Hals und in Glockenröcken, die an der Taille zusammengerafft waren, Frauen mit müdem Gang, die das Essen für den Abend in einem Netz trugen, das ihnen die Schulter herunterzog, Kinder mit durchsichtigen Backen, die in den überfüllten Räumen des Elends langsam die empörendsten Krankheitskeime aufsogen. Die letzten Frachtwagen mit ihren kräftigen Pferden rollten vorbei, der Lärm der Züge, die unterhalb der Straße entlangfuhren, drang bis zu den kümmerlichen Bäumen der Rue de Patay und glitt an den bröckligen Mauern der Rue du Dessous des Berges entlang. Antoine dachte damals sehr deutlich an das Elend seines Viertels, an den angstvollen Blick der Frauen, an den Schmerz in den schwarzen Häusern der Rue Jeanne d'Arc, in denen die Klosetts überliefen und im Treppenhaus von Stufe zu Stufe ständig ein stinkendes Rinnsal sickerte. Ein Zorn war in ihm, der nicht ausbrach, ein Zorn, der Teil seiner Herzschläge war: Antoine verband die Straßen des XIII. Arrondissements mit den baufälligen Häusern von Saint-Nazaire, in denen die Metallarbeiter lebten: es war ein Zorn gegen die Dinge, die man nicht hinnehmen kann, er würde ihn vielleicht sein ganzes Leben lang nicht verlieren. Und doch hatte sich Antoine bereits von seinen Kameraden entfernt, unter denen er aufgewachsen war, es gab Tage, an denen er an sie dachte wie jemand, der nicht mehr an ihren Ängsten und ihrem Unglück teilnimmt, er litt für diese verhärmten Menschen, aber bereits von ferne, ihr Elend war nicht mehr das seine, es gab bereits eine Trennung, er litt nicht mehr mit ihnen: er teilte sich, und sein Mitgefühl kam wie von außen, es schien sich von seinem Körper zu lösen: diese freudlose Welt war wie ein Land, das man bald verlassen wird – und die Vorbereitungen für den Aufbruch hindern die Reisenden, auf seine Bewohner zu achten.

Unter den Lokführern des Pariser Depots war eine kleine Gruppe junger Leute, die nur vorübergehend da waren: sie kamen von der Ecole des Arts et Métiers, einer von ihnen hatte sogar die Ecole Centrale besucht. Für ein paar Jahre standen sie auf der Lok: es waren fünf Unzertrennliche, die ihre Junggeselleneinsamkeit, das Gemeinsame der Erinnerungen, der Ausdrücke und Anspielungen und eine Zukunft, die so gewiß war, daß sie nur selten darüber nachdachten, was sie zwanzig oder dreißig Jahre später sein würden, fest zu verbinden schien... Bloyé, Vignaud, Rabastens, Le Moullec und Martin waren vom gleichen Schuljahrgang und besaßen die gleichen Bilder, die sich wie ein leicht zu entziffernder Text unter einem mit Girlanden und Ambossen geschmückten Diplom ausbreiteten: Angers 1880-1883. Es waren Bilder, zu denen sie selten griffen: sie behielten sie sich vor für die Zeit, wo das Leben, die Verbindungen, die Erfolge, die Ehe, die Kinder, die Krankheiten sie so weit voneinander getrennt haben würden, daß sie ihre gesamte Jugend heraufbeschwören müssen, um nicht gemeinsam zu schweigen, zu zittern, sich zu langweilen.

Diese Schnellzug-Lokführer, die fünf oder sechs Jahre lang geduldig die Vorschriften, Fertigkeiten, Tücken der Eisenbahnen lernten, hatten andere Gewohnheiten als die Berufslokführer, deren Ehrgeiz sich auf die weit entfernt liegenden Grade eines Oberlokführers, Gruppenleiters oder Fahrmeisters beschränkte. Sie waren alle Junggesellen und wohnten in möblierten Zimmern in der Nähe der Rue Nationale, des Boulevard de la Gare. Es waren Männer ohne eigenes Heim. Sie wurden nicht erwartet von Kindern oder müden Frauen, die wie leere Säcke aus glanzloser Haut waren oder aufgeschwemmt vom Stillen, vom Wäschewaschen, von der Hausarbeit. Die Frauen ohne Erdschwere, ohne Verankerungen, die sie manchmal abends empfingen, waren keine Hausfrauen oder Familienmütter, es waren Gefährtinnen in zu reich verzierter Wäsche, die für sie ebenso provisorisch waren wie ihre Tätigkeit als Lokführer. Die Depotprämien, die Ersparnisse an Kohle und Öl verschafften ihnen Einkünfte, die sie mit der Unbekümmertheit von Seeleuten rückhaltlos ausgaben, sie vergrößerten in unglaublichen Proportionen ihren festen Lohn. Im Jahre achtzehnhundertneunundachtzig, dem Jahr der Weltausstellung, in dem die Leute aus der Provinz in Massen zu den ausländischen Wundern auf dem Champs de Mars strömten, verdiente Antoine monatelang neunhundert Francs pro Monat...

Jede Woche ging die Gruppe der Freunde an den Anfang der großen Boulevards, um im Restaurant der Quatre Sergents de la Rochelle zu Abend zu essen; sie nahmen in den Theatern Logenplätze und setzten an diesen Festabenden Zylinder auf, die sie für fünf Francs erworben hatten. Sie kannten die Repertoires vom Theater Ambigu, von der Komischen Oper und dem Chatelet. Manon sang vor dem Chevalier des Grieux, der bleich war wie ein verkommener Priester; im Hippodrom trabten die Pferde mit bandagierten Beinen vorbei, von Reiterinnen mit kräftigen Schenkeln gelenkt, Michel Strogoff strich sich mit zitternder Hand über seine mit glühenden Eisen geblendeten Augen, der Postbeamte schrie: »zehn Kopeken für ein Wort! Die Leitung ist unterbrochen...« Auf dem Boulevard forderten Mädchen in Federn, Spitzen, stumpfem Samt – mit geschnürten Taillen und hohen Brüsten, Schnürstiefeln, ihr wirklicher Körper war unsichtbar – sie auf, mit ihnen zu kommen: oft folgten sie ihnen. Ihr Aussehen von nicht menschlichen, luxuriösen Maschinen verführten die Männer vielleicht mehr als die Dirnen von heute in ihren Kleidern, die sich ihnen wie ein klares Wasser anschmiegen. Oft liefen sie aufs Geratewohl durch die Straßen von Paris: die Stadt war ruhig; eine heimliche Atmosphäre von Provinz, die kaum vom Trott eines Droschkengauls erschüttert wurde, durchströmte sie; um Mitternacht konnte man die Mitte des Fahrdamms benutzen, und die fünf Freunde benutzten sie. Sie gingen nebeneinander, sprachen wenig, vermischten Geschichten vom Depot mit obszönen Bemerkungen. Sie durchquerten die nördlichen Viertel und gingen zum Montmartre hinauf, wo sie sich aber nicht aufhielten: das war ein Ort, der wirklich zu weit von ihrer Gegend entfernt lag, von den Gittern des Jardin des Plantes, von dem gefährlichen Wasser der Contrescarpe. Sie blieben gerade so lange, um in einer Kneipe etwas zu trinken, in der ihnen alles fremd erschien, wo große Phonographen mit blauen oder roten Schalltrichtern gleich sterilen Blumen kreischten, um auf das zu ihren Füßen liegende Paris zu sehen, das sie leicht beunruhigt betrachteten wie ein für sie zu bewegtes, zu großes Meer: die Ketten der Straßenlaternen gingen auf und nieder, die Züge aus Ost und Nord pfiffen, wenn sie sich den Bahnhöfen näherten oder in die Provinzen, in die fernsten Teile Europas abfuhren. Sie waren ein bißchen stolz darauf, über der Stadt zu stehen: es ist unmöglich, auf der Höhe nicht das Herz eines Bergbewohners in sich zu spüren, der die Ebene von oben herab behandelt – doch die jungen Männer dachten nicht an eine Eroberung von Paris, dieser Traum war nicht für sie. Dann gingen sie wieder hinunter, durch die Bankviertel, die Wollviertel, die Leinwandviertel, und aßen gegen vier Uhr morgens in den Markthallen. Zu jeder Stunde der Nacht wurden sie im Quartier Sébastopol, wo der Geruch der Gemüseberge hing, von Straßenmädchen vor den Türen von Hotels mit schmalen Fassaden und beunruhigender Höhe am Arm genommen, von Mädchen, die noch die romantischen Kostüme der »realistischen Chansons« trugen. Wenn sie die Markthallen, die Boulevards, die Wärme der Kneipen, die eindeutigen Gesichter, die man damals bei Vater Lunette, bei Mutter Moreau sah, verlassen hatten, waren sie allein in der nächtlichen Welt der gelben Gasflammen und der Ungewißheit käuflicher Liebe. Sie liefen ziellos, grundlos, aus Freude, zusammen zu sein und zu wissen, daß alle andern Menschen in ihren weichen Betten schliefen; die Plätze und Kreuzungen waren verlassen wie Gletscher im Hochgebirge, wie die Städte, die die Archäologen von ihrer Last aus Sand oder Lava befreien; auf einigen Bänken schliefen Männer, den Kopf auf einem Brotbeutel, einem grobleinenen Sack voller Erinnerungsfetzen; Katzen liefen davon, als einzige vor Gefahren gewarnt, die Menschen nicht ahnen können; endlose Avenuen dehnten sich, Kirchen, Asyle, Gefängnisse, Schuppen reckten ihre unverwechselbaren Mauern. Antoine und seine Freunde fühlten sich als die letzten wachen Lebenden der

Stadt, sie machten mit ihr, was sie wollten. Diese nächtliche Welt hatte keinerlei gemeinsame Grenze mit der Welt des Tages, es schien ihnen, daß Abenteuer auf sie lauerten, die ihnen Gelegenheit geben würden, ihre Kraft zu beweisen, doch geschah ihnen fast nie etwas. Nur eines Abends wurden Antoine und Le Moullec in der Rue du Château des Rentiers von zwei Herumtreibern angegriffen, Antoine schlug einen von ihnen mit einem Schlag seines Schlüsselbundes gegen die Schläfe nieder, der andere lief davon wie eine kleine Kanalratte; Antoine und Le Moullec setzten ihren Weg fort und hörten nie wieder etwas darüber, doch Antoine dachte später ab und zu an dieses Erlebnis und sagte sich mit einem Vergnügen, das ihn entsetzte: vielleicht habe ich einen Menschen getötet? An einem anderen Abend war Martins Geliebte, die sie die Große Marie nannten, mit ihnen zusammen: sie hatten viel getrunken und lachten wie Männer, aus deren Mundwinkel der Wein in einem kleinen Rinnsal fließt, das Mädchen lief mit Mühe:

»Das machst du extra, Mistvieh«, sagte Martin.

Und die Große Marie lachte wiehernd. Sie zogen sie mit sich, sie beschimpften Martin, denn sie hatten nicht gern Frauen dabei.

Auf dem Boulevard de l'Hôpital hob sie ihre Röcke und hockte sich in eine Ecke, ihre Begleiter gingen weiter, während sie schrie:

»Wartet auf mich!«

Martin kehrte um, die andern sagten zu ihm:

»Das ist schließlich deine Frau, du mußt dich um sie kümmern, wenn sie besoffen ist...«

Die Große Marie verschaffte sich Erleichterung, und Martin sagte zu ihr: »Mach schnell.« Es gelang ihr nicht, wieder auf die Beine zu kommen, sie fiel in der Hocke in ihre Exkremente zurück, lachend wie ein Kleinkind, das auf das Produkt seines Leibes stolz ist. Ernüchtert hoben sie sie auf; Rabastens mit seinem Libourner Akzent sagte:

»Wie die Hure stinkt!«

Später, als Martin und Le Moullec mit dem Orden der Ehrenlegion ausgezeichnet waren, erinnerten sie sich an diese Nacht im dreizehnten Arrondissement wie an das abenteuerlichste Symbol ihres Junggesellenlebens in Paris.
So führten diese Lokführer ein Leben, das ziemlich genau den kostspieligen Vergnügungen der Söhne reicher Leute glich, über deren Abenteuer sie zwischen den Zeichnungen der kleinen Zeitungen lasen. Antoine fühlte manchmal, daß er Besseres zu tun hätte, doch wie konnte man dem Vergnügen widerstehen, sich wie die andern sagen zu können: wir sind Nachtschwärmer? Sie gaben dem Reiz des schäbigen Glanzes, dessen Widerschein aus den reichen Vierteln kam, nach. Auch diese Nächte trennten Antoine von seinen Brüdern.

Es kam vor, daß Antoine von Martin zum Essen bei seiner Mutter eingeladen wurde. Madame Martin führte in einer Privatpassage zwischen der Rue Bréa und der Rue Notre-Dame-des Champs eine stille Familienpension mit alten, verwitweten Damen, deren verheiratete Kinder in der Provinz lebten. Das Haus stand voller schwarzer, mit rotem Plüsch bezogener Möbel; vor allen Fenstern hingen vom Staub schwere Vorhänge mit gestickten Mäandern am Saum, die von Gardinenbändern mit Goldquasten zurückgehalten wurden; der Salon quoll von Lehnstühlen, Bergèren, Gueridons mit gedrehten Beinen, niedrigen Sesseln, Puffs und Kissen über, alles war von einem bürgerlichen Komfort, der aus dem zweiten Kaiserreich stammte; in einer gelackten Vitrine in Form einer Sänfte waren kleine Tiere und Schäfer aus Porzellan zur Schau gestellt, Meißner Tänzerinnen in Spitzenröckchen, große stachlige Muscheln mit exotischen Namen, auf die Madame Martin mit ihren in Halbhandschuhen steckenden Händen wies und sagte:
»Das sind Stachelschnecken, sie leben im Mittelmeer, das dort ist eine Herkuleskeule, das ein Hochschwanz, eine Rotmund-Maulbeere...«

und man glaubte das Rauschen sämtlicher Meere zu hören. Mit Seidenschnüren umwundene Lackkästchen enthielten Münzen von der Krim, von Mexiko; vergilbte Stiche stellten Jagdszenen dar und Zusammenkünfte treuer Verliebter; in einem Rahmen aus Eisenholz bildeten Haare das Bild eines von einer Weide beschatteten Grabes, Mademoiselle Martin sagte: »Das sind die Haare meines Großvaters, meines kleinen Bruders, der mit einem Jahr gestorben ist, und meiner Großmutter.«

Sie war nicht so naiv, ihr Lächeln gab zu verstehen, daß sie einer anderen Zeit angehörte, daß sie sich ein Urteil über ihre Mutter erlaubte. So paßte alles zur Stille der mit Gittern verschlossenen Passage, in die keine Wagen fuhren und in der die kleinen Mädchen der Rue Bréa abends ihr erstes Stelldichein vor den Gärtchen hatten. Über den Korridor trippelten alte Damen, die grüßend den Kopf neigten, bevor sie in ihre Zimmer hinaufgingen. Die beiden Dienstmädchen mit weißen Manschetten glitten auf ihren Filzsohlen vorbei...

Antoine machte die Bekanntschaft einer Welt von kleinen Industriellen, seßhaften Beamten mit Prinzipien, Tradition und Formen, an die sich sein Vater sehr schlecht gewöhnt, in der er sich nicht zurechtgefunden hätte: der alte Martin hatte den Posten eines Bürochefs im Arbeitsministerium innegehabt. 1815 waren Madame Martins Vorfahren bereits Kaufleute in Paris gewesen. Antoine lernte hier die Anfangsgründe einer sehr anspruchsvollen alten Höflichkeit, die des Pariser Kleinbürgertums; unter Madame Martins strengem Blick und den spöttischen Augen ihrer Tochter bemühte er sich um die guten Tischsitten, er hatte größte Mühe, sein Brot nicht mit dem Messer zu schneiden; diese zeremoniösen Essen, diese endlosen Abende im rot-schwarzen Salon voll tückischer Fallen zwangen ihn zu einigen der bürgerlichen Beherrschungen und Aufmerksamkeiten: beim Schein der großen Stehlampen mit den Rüschenschirmen spielte Valentine Martin Klavier, Romanzen und Walzer für junge Mädchen, Madame Martin erzählte mit ihrer monotonen Stimme von den Abendgesell-

schaften des Ministeriums, an denen sie zu Lebzeiten ihres Mannes teilgenommen hatte, von dem sie zu verstehen gab, daß er ein Dummkopf war. Um zehn wurde Valentine nach oben geschickt:
»Valentine, mein Kind, es ist Zeit... Verabschiede dich bitte.«
Valentine ging. Jetzt erzählte Madame Martin anderes: die Skandalgeschichten aus den Tuilerien, die Abenteuer des Duc de Morny, sie erzählte von den Zügellosigkeiten der Damen des Zweiten Kaiserreichs und den Opernbällen. Sie nannte eine Fülle von Namen, die Antoine nicht kannte, Namen, die zum bürgerlichen Erbe gehörten, das ihm nicht zuteil geworden war; tausend Anspielungen, die sich aufs Theater, auf Konzerte bezogen, die Madame Martin oft besucht hatte, waren ihm fremd. Sie waren wie Schlüsselwörter, die er nicht verstand. Er trat nicht in die Welt ein, die von ihnen bezeichnet wurde. Er tat, als ob er sie kenne, und er fühlte unbestimmt, daß er immer tun würde »als ob«... Madame Martin fand sicher eine uneingestandene Befriedigung darin, den jungen Männern ziemlich freie Geschichten zu erzählen, noch wohler fühlte sie sich, wenn sie mit sehr viel Strenge den Skandal der Passage brandmarkte: in dem kleinen Privathotel der Nummer 7 lebte eine junge Frau allein, die ihren Mann verlassen hatte, man hatte es von ihrer Zofe erfahren, und die Tag und Nacht Männer empfing, vielleicht auch einen einzigen Mann, ganze Nächte, ganze Tage, ganze Wochen verließen die Verliebten das Haus nicht: Ausschweifungen schienen für Madame Martin nur an einem Hof, im Faubourg Saint-Germain erlaubt zu sein, sie haßte sie bei einer Frau ihrer eigenen Welt, ihrer Straße:
»Diese Catherine«, sagte sie, »... dieses schmutzige Weib... es ist eine Schande, wenn ich an Valentine denke, an dieses Kind, dem ich alles Schlechte fernhalte... die Männer gehen von diesem Weib fort, völlig ausgelaugt, wie Hunde... Es heißt, sie gäbe ihnen Opium zu rauchen. Opium in meiner Passage...«
Wie kompliziert diese Leute sind, dachte Antoine. Soviel

Nachsicht für die Aristokraten, soviel Strenge für sich selbst, ich hätte Mühe, mich da zurechtzufinden. Was würde passieren, wenn ich ihr erzählte, daß Martin sich die Syphilis von der Großen Marie geholt hat. Sie bekäme vielleicht einen Herzschlag... Diese Abende langweilen mich fürchterlich.
Er langweilte sich, aber er entfernte sich ganz allmählich von den Schwierigkeiten und der Schlichtheit der Arbeiter, von der Umgebung seiner Jugend, er lernte trotz allem, sich zu benehmen, wie man sagt. In Madame Martins Salon trennte er sich von den Seinen, ohne es zu bemerken. Er glaubte sich dort nur zu langweilen, doch insgeheim schmeichelte es ihm, in einem ruhigen Salon zu verkehren. Gewisse Kräfte zogen ihn auf die bürgerliche Seite. Andere Kräfte versuchten, diesen Übergang zu bremsen. Es gab die Kraft Martin, aber es gab auch die Kraft Marcelle...

Marcelle war die Witwe eines Heizers, die mit ihrer Mutter eine kleine Kneipe am Ende der Rue du Chevaleret einsam inmitten unbebauter Grundstücke führte: der Tür gegenüber tauchte die Rue Watt unter eine Eisenbrücke, von der das Wasser auf den Hals der Pferde tropfte; weiter entfernt sah man die grüne Böschung der Ringbahn mit ein paar kümmerlichen Sträuchern: die Kneipe lag am Ende mehrerer Straßen, es war wie ein Vorgebirge, an dem die Steinflut der Rue Jenner aufgehalten wurde, die zwischen Bauzäunen und schlammigen Erdbuckeln mündete.
Eine Art außerordentlich eindringlicher Verzweiflung, eine die Sonne scheuende Verzweiflung lag über dieser Kreuzung. Es war wie eine Kreuzung am Ende der Welt. Nacht für Nacht hielt eine Frau an der Ecke der Rue Jenner, vor den spitzen Pfählen eines Bretterzauns, die wenigen Passanten an, nicht wartend oder fragend, sondern mit Heftigkeit und gleichsam in einem Überfall auf die Männer. Sie sprach nicht mit ihnen, sondern trat auf sie zu, öffnete ihre Bluse, ihren Rock, und ihre Brust, ihr Bauch schimmerte wie eine von der Nacht um-

rahmte Lampe, sie sagte kein Wort, sie beschränkte ihre Kunst aufs Wesentlichste, auf die direkteste Herausforderung, als wäre sie der unwiderstehlichen Macht sicher, die ihr Dunkelheit, Feuchtigkeit und die Einöde verliehen, die höchstens ein paar von der Angst der Menschen geschaffene Phantome bevölkerten. Sie war wie die Königin dieses Landes, eine Hekate der Kreuzungen. Niemand kannte einen Zuhälter von ihr, keiner der Passanten, die ihr gefolgt waren, sprach über sie. Sie war im tiefsten Abgrund des Elends. Nach ihrer Niedrigkeit gab es nur noch den Tod.

Antoine lief auf dem andern Bürgersteig, wo sie nicht hinging, doch er wußte, daß sie da war, er beeilte sich, zu der Kneipe zu kommen, die mit ihren roten Vorhängen leuchtete, wie am ersten Abend, als er zufällig hier eingetreten war, um der Gräßlichkeit dieses Viertels und der Verführung dieses Mädchens zu entgehen. Er war oft wiedergekommen.

Marcelle trieb gern ihren Spaß mit den Männern und lachte ihnen mit ihren gelben Augen und ihrem großen Mund mit den wulstigen Lippen zu. Er folgte ihr mit den Blicken, zwischen zwei Tischen wackelte sie mit den Hüften. Er redete mit ihr, und sie verstand die Sprache der Eisenbahner; schließlich setzte sie sich neben ihn auf die Plüschbank, nachdem die letzten Gäste gegangen waren. Das Gas rauschte, Fliegen summten; wenn Marcelle die Beine übereinanderschlug, hörte er die dünnen Strümpfe der jungen Frau knistern, die sein Körper begehrte. Sobald er allein mit ihr war, scherzte er nicht mehr, er drehte den Löffel in seiner Tasse, während er versuchte, eine Form für sein Verlangen zu finden:

»Trinken Sie doch«, sagte sie, »Ihr Kaffee wird sonst kalt...«

Und sie brach in Gelächter aus. Er trank und fühlte, wie er rot wurde, sie schüchterte ihn ein, sie weckte in ihm verworrene Gefühle, die die Mädchen, die er gekannt hatte, niemals in ihm erweckt hatten und die sein Herz schlagen ließen. Eines Abends sagte Marcelle:

»Warten Sie auf mich, ich gehe hinauf und ziehe mich um.«

Und mit einem kurzen Lachen fügte sie hinzu:
»Ich ziehe mein Korsett aus, es ist ja so warm...«
Im Hintergrund der Gaststube führte eine mit billigem roten Baumwollstoff bespannte Wendeltreppe in den ersten Stock: Antoine sah sie hinaufgehen. Er wartete. Marcelles Schritte hallten auf der Decke über seinem Kopf. Ein Gegenstand fiel klirrend zu Boden; er hörte auch den Regen und das dumpfe Pfeifen von der Gare d'Austerlitz. Er erhob sich, stieg die Stufen dieses mauerlosen Turmes hinauf; Marcelle stand im Hintergrund ihres Zimmers, im Schein einer Petroleumlampe, unbeweglich wie ein Hase neben der roten Federdecke ihres Bettes. Antoine legte seine Hand auf die nackte Schulter der jungen Frau, sie wandte sich um und ließ sich in die Arme nehmen:
»Oh du!...« murmelte sie zwischen den Zähnen.
Die großen Schatten der Lampe kletterten über die Wände, deren schwarze Risse sich wie Haare verschlangen.
Antoine gab die langen nächtlichen Wanderungen mit seinen Kameraden auf, er gab die Abendessen bei der verwitweten Madame Martin auf, aller Zwang, alles Nachahmen wurde abgelegt, er atmete auf, er vertrödelte die Zeit, rauchend, die Ellenbogen auf dem Tisch. Im Café d'Orléans zeigte Marcelle ihm Bewegungen, deren Kraft er nie geahnt hätte. Ihre Brüste, auseinanderliegend wie die schwarzer Frauen, ihre langen Schenkel, die an schwierigen Tagen mit schwarzen Strümpfen bekleidet waren, deren unbezwingliche Macht die sichersten Verführungen für einen Mann bedeuteten, der die Haut einer Frau zuerst durch die Strümpfe der Negerin Zoé in Pontivy berührt hatte, ihr rotes Haar, die auf ihren Armen verstreuten Sommersprossen, ihr Geruch, ihr Taubenlachen ließen Antoine ohne Umschweife in eine Welt eintreten, in der alle seine Kenntnisse und die ersten bürgerlichen Versuchungen versanken. Wie hätte das wohlerzogene Bild Mademoiselle Martins gegen eine so heftige und warme Gegenwart ankämpfen können? Seine Freunde spotteten und machten

sich über seine »Rote« lustig, doch er setzte sich ohne Hintergedanken, ohne sich zu schämen, über die ehrbaren Anschläge der Freundschaft, des Ehrgeizes hinweg, er wühlte sich in Marcelles Federbett wie in das brennende, arme Universum, das am besten zu ihm paßte. Marcelles Liebe kämpfte gegen die Verlockung eines sorgfältig vorausbedachten Schicksals. Neben der jungen Frau ausgestreckt, redete er von seiner Arbeit mit Fachausdrücken, die sie verstand; sie erzählte ihm voller Haß gegen die reichen Leute traurige Geschichten von Paris.

Inzwischen floß die Seine an den Ufern von Bercy und la Rapée entlang zu unbekannten, vom Meer begrenzten Landstrichen, Gleise drängten sich zwischen den Lagerhallen, den Fabriken von Bercy und Ivry hindurch nach Châteauroux, Quimper und anderen Landstrichen, die andere Meere begrenzten.

VII

Nicht alle Brücken waren abgebrochen... Antoine war auch ein Mann, der ganz in seiner Arbeit aufging. Die größte Anzahl Stunden verbrachte er in Gesellschaft von Lokführern, Heizern: das waren seine häufigsten Gefährten, diese Männer, die zwanzig, fünfundzwanzig Jahre auf der Lok gestanden hatten und deren Verhalten nicht wie das der andern war. Er begegnete ihnen auf der Strecke, in den Depots der Compagnie, er aß mit ihnen, je nach den Fahrplänen, in kleinen Restaurants in Saint-Pierre-des-Corps, Saint-Sulpice-Laurière, Aubrais, Vierzon, er schlief neben ihnen in den Eisenbahnerunterkünften, die von kleinen, tragbaren Öfen verräuchert waren. Nach den Lehrjahren wurde er für den Dienst auf den großen Strecken bestimmt: das war gut so, er brauste über die Strecke Paris-Bordeaux, über die Strecke Bordeaux–Limoges, Limoges–Paris. Er hatte die Güterzüge kennengelernt, er war von einem kleinen Bahnhof zum andern gefahren, mit einer langen Reihe Wagen im Rücken. Die Bahnhöfe erwarten einen zwischen zwei Personenzügen: der

Bahnhofsvorsteher, die Angestellten rennen am Zug entlang, lassen die Weichen spielen, der Zug entläßt einen Teil der Wagen auf Abstellgleise, und die Angestellten schreien dem Lokführer zu:
»He, Faulpelz, kannst du nicht ein bißchen helfen?«
Und der Lokführer sieht von oben auf sie herab. Es dauert eine Weile auf dem Gleis, die Schnellzüge, die einem entgegenkommen, die einen verfolgen, sind weit weg, wenn sie herandonnern, macht man Platz, um sie vorbeizulassen. Die Hand, die den Dampfregler bedient, ist lässig, die Blicke schweifen über die Landschaft. Friedvolle Arbeit, die Geschwindigkeit ist in den Gliedern der Maschine eingeschlafen; auf den Straßen, vor allem sonntags, ziehen die Mädchen in Gruppen entlang, man hat Zeit, ihnen mit den Blicken zu folgen und ihnen Scherzworte zuzurufen, die sie nicht verstehen; die Frauen stehen vor den Schranken; man erkennt eine Schrankenwärterin, ruft ihr zu:
»Einsteigen!... Wollen Sie nicht mitfahren?«
Und sie schüttelt den Kopf. Der Kamerad witzelt zwischen zwei Schaufeln Kohle:
»Ich werde ihrem Mann sagen, daß du unterwegs seiner Frau schöne Augen machst...«
Beim Halten fragt er:
»Willst du einen Schluck Rotwein, Kamerad?«
Der Korb wird aus der Kiste geholt, man trinkt auf dem Bahnsteig der kleinen Stationen, die Nacht bricht herein, man steuert wie auf einem Flußkahn auf freundliche Lichter zu. Doch Antoine fuhr Schnellzüge. Er behandelte die Bummelzüge von oben herab, denen es nicht gelingt, sich der Verführung der ländlichen Bahnhöfe in verlassenen Gegenden zu entziehen – das Dorf liegt kilometerweit entfernt, im Garten des Bahnhofsvorstehers stehen Sonnenblumen. Doch auf den Lokomotiven der Schnellzüge rast man durch sein Leben. Antoine fand, daß es ein ziemlich schönes Leben war... In jenen Jahren bildeten der Lokführer, der Heizer und die Lokomo-

tive eine vielleicht noch festere Einheit als heute: sie blieben jahrelang verbunden. Die Männer und die Maschine bildeten eine kleine bewegliche Welt, die sich nach ihren eigenen Gesetzen fortbewegte, auf ihren eigenen Bahnen, die ihre Gewohnheiten hatte, ihre Sprache, ihre Vorzüge. Jede Lokomotive ist wie ein Lebewesen, sie hat ihre Besonderheiten, ihre Gefälligkeiten, ihre Widerstände, ihr Launen. Die Zufälle des Metalls und ihrer Zusammensetzung bilden eine schwer zu erfassende Persönlichkeit. Eine lange Vertrautheit zwischen der Lokomotive und den Männern schuf schließlich eine Art Treue, eine Art Ehe: man mußte geduldig in dieses schwarze und gelbe, wie ein Mensch verschwiegene Tier eindringen. Und wenn Antoine ins Depot kam, um seine Lokomotive fahrbereit zu machen, erkannte er von weitem ihren Messingkörper, ihren Dampfdom, ihren Sanddom, ihren Schornstein, ihre hohen Räder, sie bot den Anblick einer Lokomotive aus der Zeit Stephensons, den um das Jahr 1887 die Schnellzuglokomotiven noch hatten. Grand, sein Heizer, sagte:
»Wir müssen sie pflegen... eine saubere Maschine macht mehr Spaß... Es ist unser Heim, manchmal sind wir länger da drin als zu Hause... Nicht aus Angst vor Strafe, wirklich nicht, aber wenn jemand einsteigt... wir haben schließlich auch unsern Stolz...«
»Hast recht, Kamerad«, antwortete Antoine.
Sie empfanden Zuneigung zu ihr, so wie Seeleute zu ihrem Schiff. Sie sprachen von ihr wie von einem Menschen: Grand sagte, wenn er den Heizkessel mit den sicheren Bewegungen eines guten Heizers auffüllte, mit Schaufelwürfen, die die Kohle gut verteilten, eine Schaufelvoll nach rechts, eine nach links, eine gestreut:
»Geben wir ihr was zu futtern, damit die Alte nicht kreischt!«
Wenn sie nach Bordeaux hinunterfuhren, waren Antoine und Grand stolzer auf sich, als sie zugegeben hätten. Die Zeiger der Druckmesser zitterten wie Kompaßnadeln, die Maschine schwankte, rollte und machte die Schlingerbewegungen, die die

Seeleute so fürchten, in den Kurven mußte man sich an den Führerhausstreben festhalten, um nicht weggerissen zu werden. Alle Bewegungen, die die Schiffe selbst inmitten heftiger Windstöße weitläufig und schwingend ausführen, erleiden die Lokomotiven hart und zusammengedrängt: der Lokführer lebt im Zentrum eines Ungewitters. Die Lokomotive eilte die Abhänge mit der jubelnden Freude eines Läufers hinunter, sie neigte sich in den großen Kurven. In dem dröhnenden Führerhaus war es Antoine, als ströme eine Kraft von der Maschine in seine Glieder, eine Kraft, die die Ausdehnung des Dampfes, der ungeduldige Lauf der Pleuelstangen seinem Körper übermittelte. Unmöglich, im Dröhnen des Metalls viel zu sprechen, man bleibt allein mit seinen Gedanken und seiner Aufmerksamkeit, während die Hand unablässig vom Steuerrad zum Regler wechselt, von der Schmiervorrichtung zum Gebläse, das Gesicht angespannt zu den heranfliegenden Gleisen hinausgebeugt ist, zu den Signalen, die ein Geflecht von Warnungen bilden, die es zu deuten gilt, »Fahrt erwarten« »Fahrt« »Zughalt« »Fahrt!« »Halt erwarten«. Man weiß, daß es unsichere Signale gibt. Die Bewegungen des Heizers sind ein für allemal auf die seines Kameraden abgestimmt: die geringste Bewegung des Lokführers löst die seines Heizers aus. Sie brauchen keine Worte. Der Heizer überwacht den Injektor, stochert im Feuer, füllt tonnenweise Kohle in die Glut der Feuerbüchse, und jedesmal, wenn die Tür aufgemacht wird, übersprüht ein Feuerregen seinen Körper und erleuchtet die ständige Wolke, die über der Schutzwand steht, in der Nacht... Bei den Aufenthalten kann man dann reden, und Antoine sagt:

»He, Grand! Wir müssen feuern... wir haben von Châtellerault her drei Minuten Verspätung...«

Oder auch: »Hinter Saint-Sulpice müssen wir Volldampf geben.«

Oder: »Die haben uns wieder einmal verdammt schlechte Kohlen angedreht...«

Manchmal kommt ein Gruppenleiter und verkündet mit er-

hobenem Kopf: »Das Signal nach 300 Metern steht auf Halt, es ist schadhaft, Sie müssen langsam fahren...«
Die Bahnhöfe, durch die der Zug braust, fielen zurück in einem kurzen Donnern, einer kurzen Folge von Lampen, Antoine zog die Lokpfeife, deren Gellen die Nacht zerriß. Er sah nicht die Landschaften vorbeiziehen, für einen Fahrer von Schnellzügen gibt es keine Landschaft, es gibt nur von der Geschwindigkeit rechts und links vom Zug gezogene Striche, die breitesten Flüsse sind nur ein metallisches Dröhnen. Es gibt nur Gleise, die äußerste Anspannung der Augen, der Ohren, des Geistes, die Konzentration auf das Diktat der Geräusche, das die Lokomotive hören läßt: alles kann passieren, der Dampfdruck kann nachlassen, es kann einen Heißläufer geben, ein Gabelgelenk springt ab, es gibt die Männer und Frauen im Zug, die schlafen, die lesen, die sich unterhalten und die nicht zu spät kommen wollen, ihr Leben ist kostbar... Es gibt die Bahnübergänge, über die die Leute gehen, als hätten die Schnellzüge Zeit, sie hinüberbummeln zu lassen, die Selbstmörder, die mitten auf dem Gleis auftauchen, und es ist zu spät zum Bremsen, um Gegendampf zu geben, diese Tonnen von Metall halten nicht an wie ein Mensch, der geht, und man glaubt, den kleinen weichen Stoß ihres Körpers voller Blut und Wasser zu spüren: Antoine hatte drei Menschen getötet, wie die andern...
Ein Lokführer kann der Liebe zur Geschwindigkeit und der Begeisterung für seine Aufgabe nicht widerstehen: Antoine war stolz auf diesen schweren Beruf, und die Stunden des Rasens nach Bordeaux waren die besten seines Lebens. Sie prägten ihm für immer ihren Stempel auf. Doch waren diese Jahre hart: die Herren der Gesellschaft nahmen ziemlich wenig Notiz von den Mühen ihrer Männer, und bei den Mahlzeiten, in den Schlafsälen der Eisenbahnerunterkünfte flammte häufig Zorn auf, an dem auch Antoine beteiligt war. Wenn die Lokführer und Heizer sagten:
»Da oben, im Zentraldienst...«,

schienen sie den Sitz ihrer Feinde zu bezeichnen. Feinde, die sich wenig um ihre Sorgen kümmerten. Sie brausten von einem Bahnhof zum andern fast ohne Aufenthalt. Es mußte klappen wie bei der Armee. Paris-Tours: zweihundertsechsunddreißig Kilometer, eine Stunde Verschnaufen, Tours-Paris: zweihundertsechsunddreißig Kilometer. In Tours hatte der Heizer kaum Zeit, ein neues Feuer zu machen. Auf den Güterzügen hatte es Tage mit zwölf, vierzehn Stunden auf den Gleisen gegeben. Manchmal kam das Lokpersonal in Tours an, der Depotchef schickte sie nach Bordeaux: das waren Tage mit sechshundert Kilometern. Die Betriebsleiter kümmerten sich ziemlich wenig um die Arbeitsbestimmungen: an Festtagen, zu Ostern, zu Pfingsten, in den großen Ferien, während der Weltausstellung mußten die Sonderzüge besetzt werden. Die Männer kamen an, fuhren wieder ab, die Fahrzeiten häuften sich wie Getreidekörner in einem Sack, und die Müdigkeit schloß den Begleitern die Augen. Manchmal gab es Massen von Pilgerzügen, die nach Lourdes fuhren, und die Lokführer sahen voller Zorn die Priester wie Schäferhunde an den Wagen entlanglaufen, den Pilgern, den Nonnen den Weg zum Bahnhofsbuffet, zu den WCs zeigen; und sie fuhren ab mit ihrer Ladung Krankheiten, mit Lupus, Rachitis, Krebs, Neurosen, Magie und Dummheit. Die Lokdienstleiter sprangen ein und fuhren die Züge. Antoine erzählte sein Leben lang von den Tagen, wo er zweiundsiebzig Stunden im Dienst war. Die Gesellschaft machte Versuche: es gab Lokomotiven, die mit Kohlengrus geheizt wurden, der wie Papier brannte, und in den Unterkünften rechnete sich das Lokpersonal die Verringerung ihrer Prämien aus. Es gab Depotchefs, die am Schmieröl knauserten, und die Lokführer betrachteten bei den Aufenthalten voller Sorge das weiße Gestänge. Auf der ganzen Strecke schimpften die Männer:

»Das ist kein Leben«, sagten sie...

Verweise hingen ständig über ihren Köpfen. Der Stolz auf ihren Beruf, der für sie trotzdem der schönste der Welt war, dieser Stolz, dank dem ihre Vorgesetzten sie so gut einwickeln konnten, verflog in der Nervenaufreibung, der Verärgerung, dem Zorn gegen die Herren der Verwaltung, die ihre Kräfte ausnutzten. Sie dachten an ihr Rheuma, an ihre Krampfadern, an ihr Herz, und sie sagten von den Betriebsleitern:

»Die haben Angst, sich die Hände schmutzig zu machen... wir rackern uns ab, und die suchen friedlich mit erhobenem Schwanz das Weite... Aber ewig geht das so nicht weiter...«

Doch es ging so weiter.

Antoine ergriff Partei für diesen Zorn. Er stand bei diesen Männern, ihre Angelegenheiten waren seine Angelegenheiten. Grand erzählte ihm seine Sorgen, von den Krankheiten der Kinder, der Abgeschafftheit seiner Frau. Antoine entwickelte Arbeitergedanken: zwischen Marcelle und dem Fahrdienst vergaß er völlig, daß er eines Tages, morgen, auf der Seite der Vorgesetzten stehen konnte. Ihm fehlte es an Phantasie, um sich seine Zukunft auszumalen, er hielt sich an die Gegenwart. Er war ein Lokführer unter anderen, ein allen möglichen Befehlen unterworfener Mann, der eine Maschine beherrschte, deren Verhalten er kannte. Er dachte nicht daran, daß diese Jahre ein Ende haben würden – jedenfalls nicht in der Zeit, in der er auf seiner Lokomotive stand oder im Zimmer seiner Freundin lag...

VIII

Im Depot von Paris stand am Ende des Terrains mit Hügeln aus Briketts und Kohlebrocken, auf dem schließlich Gräser aus den von den Zügen mitgebrachten Samenkörnern wuchsen, auf einem Boden, der von Gleisen und Drehscheiben zerschnitten war, getränkt von Öl und Kohlenstaub, gebuckelt von Eisenschlacken, das Haus des Depotchefs. Es war eines jener dunklen Häuser mit Schieferdächern und Bändern gelber Ziegel, ein langes flaches Gebäude, wie die Häuser in allen Depots – und die Menschen, die hier geboren sind, können sie nicht

vergessen. Es hatte Rundbogenfenster und war von einem dunklen Garten mit einem Zaun aus schräg geschnittenen Schwellen umgeben, in dem Liguster, Astern, japanische Apfelbäume und Yukkas wuchsen.
Täglich kam Antoine an diesem Haus vorbei, wenn er ins Depot ging und wenn er nach dem Dienst von dort zurückkehrte, er verglich es mit einem dicken löchrigen Brikett.
In diesem Haus, das auch auf die Rue du Chevaleret ging, wohnte ein junges Mädchen, das die grünen Plüschvorhänge mit den Troddeln und die Scheibengardinen aus Tüll zur Seite hob, wenn die Lokführer vorbeigingen. Es war die Tochter Monsieur Guyaders, des Depotchefs. Antoine ahnte nicht, daß ein Mädchen, dessen Haar noch am Rücken herabhing und dessen Figur sich kaum rundete, sein Vorübergehen beobachtete und seinen Vater fragte:
»Wie heißt der große Lokführer mit dem rötlichen Schnurrbart und dem braunen Wachstuchbeutel, der immer einen steifen Kragen trägt?«
»Das muß Bloyé sein, Antoine Bloyé...«
»Was für ein häßlicher Name«, sagte Anne.

Monsieur Guyader kam ebenfalls von der Ecole des Arts et Métiers. Er war zweiter Mechanikermeister in der kaiserlichen Marine zwischen achtzehnhundertvierundsechzig und einundsiebzig gewesen. Er hatte den Feldzug in Mexiko mitgemacht, hatte das Gelbfieber bekommen und Skorbut wegen des gesalzenen Specks, den die Besatzungen während der endlosen Überfahrten aßen. Auf dem Wachtschiff vor Island hatte er die Mitternachtssonne gesehen; das Schiff war durch die Nebel der Fangstellen der Fischer geglitten und hatte abgetriebene Angelboote zurückgebracht; an Land sahen die Seeleute sich die Geyser an, die Vulkane, sie bummelten in den schlammigen Straßen von Reykjavik umher, durch die kleine struppige Pferde liefen. In Neu-Kaledonien war er vier Jahre zur See gefahren, von Insel zu Insel, von Bucht zu Bucht auf dem Kanonenboot »Caiman«, die Kanaken brachten die entflohenen Sträflinge wieder zurück, die wie tote Wildschweine an eine Stange gebunden waren, und die Insekten wimmelten in den Wunden, die von den Steinwaffen herrührten; die Stämme tanzten um ihre großen Feuer. Er hatte das Kap Horn vor dem Bau des Suez- und des Panama-Kanals umschifft inmitten der großartigen Stürme, die die Berichte aller ehemaligen Seeleute schmücken. Der Krieg achtzehnhundertsiebzig hatte die Möglichkeit zu einer Beförderung genommen, Monsieur Guyader hatte es in Lyon abgelehnt, die Schiffskanonen gegen die Aufständischen der Kommune einzusetzen, »auf Franzosen schießt man nicht«, sagte er... Er hatte eine republikanische Marine verlassen, die jetzt ohne Zukunft war und deren Sitten den Männern, die zur Zeit des Krimkrieges vierzehn Jahre alt waren, seltsam vorkamen. Das war eine Niederlage seines Lebens, die Monsieur Guyader dem Kaiser, den er Badinguet nannte, nicht verzieh: dieser seßhaft gewordene Seemann bewahrte inmitten von Depots, von Bahnhöfen und Lokschuppen die magische Erinnerung an seine großen Fahrten auf den Segelschiffen und den ersten Panzerfregatten, er sehnte sich nach den Jahren seiner Pensionierung, um das Ende eines Daseins, dessen Verlauf er nicht gewählt hatte, mit den Bildern seiner Jugend zu schmücken. Bei der Arbeit, in seinem dunklen Büro, wurde er manchmal von den Windstößen der großen Brisen geschüttelt, und er fuhr wieder über ein tropisches Meer oder ein eisiges am Polarkreis. Mit größter Strenge übte er die Pflichten eines Berufes aus, den er nicht liebte: dieser schweigsame Mann verzieh keine Fehler. Seine Frau sagte:

»Er ist gegen die andern ebenso hart wie gegen sich selbst...«

Er trug einen großen dichten Schnurrbart und hatte buschige Augenbrauen, die seinen Blick verdunkelten. Sobald er eingeschlafen war, träumte er: in seinem Bett, auf einem Stuhl wurde er von weit heranrollenden Wogen erfaßt, und sein Gesicht nahm einen schmerzlichen Ausdruck an, er gab kleine Seufzer von sich, seine Härte verschwand. Beim Erwachen sprach er niemals von seinen Träumen, die nur selten von den Ereignissen seines gegenwärtigen Lebens genährt wurden... Madame Guyader sprach ohne Unterlaß, sie rollte auf ihren kurzen Beinchen von einem Ende ihres Hauses zum andern, ständig von Aufgaben in Bewegung gehalten, die nicht immer zu begreifen waren, und schob ihren festen spitzen Bauch vor sich her; ihre grauen Haare trug sie im Nacken zu einem dürftigen Knoten zusammengedreht; ihr Gesicht war fleckig und gelb wie das einer Schwangeren. Madame Guyader war in Brest geboren, in einem Hotel, in dem die Kapitäne der Überseeschiffe und die Maate der Kriegsmarine bei ihren Landaufenthalten wohnten; so hatte sie den zweiten Maat Guyader aus Lorient kennengelernt, in Recouvrance, auf der andern Seite des Pont Tournant. Sie waren vier Jahre verlobt gewesen; die Briefe, die sie gegenseitig voneinander empfingen, waren älter als sechs Monate, es war zu der Zeit, als die Fahrt von Brest nach Numea hundertzehn Tage dauerte; die Reisen wurden endlos, und die Frauen der Seeleute warteten Jahre auf sie im dünnen Regen der glitschigen Straßen und im Nebel des Léon. So bildeten sich zur Zeit, als das Leben langsam ging, Treueverhältnisse, die zu brechen nur wenig Menschen den Mut hatten und die Schicksale verwandelten. Ein bestimmtes Gefühl von Treue hatte Monsieur Guyader gehindert, mit seiner Verlobten zu brechen, als diese ihn aufforderte, zwischen den Abenteuern auf dem Meer und ihr zu wählen: sie war das leicht zu ersetzende Bild der leicht zu erringenden Vorteile der Landberufe. Sie hatte, als sie alt geworden war, sparsam wie eine Ameise, reizbar, rechthaberisch, den Preis einer Frau, der man sich geopfert hat: wie viele Frauen besitzen allein diesen Wert! Man darf sich nicht umsonst geopfert haben: Monsieur Guyader rühmte die häuslichen Tugenden seiner Frau. Doch dieser Mann, der wie so viele andere die einzige Zukunft, die ihn vielleicht ausgefüllt hätte, sich hatte entgehen lassen, war nicht glücklich...

Antoine wurde zu seinem Depotchef eingeladen. Monsieur Guyader dachte daran, seine Tochter zu verheiraten, er fand, daß sein bester Lokführer einen guten Ehemann abgeben würde, er beurteilte die Menschen nur nach dem Gewicht ihres Berufes. Wie Valentine Martin spielte auch Anne Guyader *Estudiantina* auf dem Klavier und brillante, nichtssagende Variationen über *Faust*, über *Le Désert*. Ihre Eltern sagten: »Ein junges Mädchen muß ein paar unterhaltsame Künste beherrschen...«
Das sagten auch alle ihre Freunde. Es war ein wohlerzogenes Mädchen... Diese Abende wären denen von Madame Martin sehr ähnlich gewesen, hätte nicht in dem kleinen Salon eine Eisenbahnluft geweht, die Monsieur Guyader und seine Freunde von draußen mit hereinbrachten: im übrigen dröhnten nur ein paar Meter vom Haus entfernt die Schnellzüge, die Leerloks manövrierten, um in den Rundschuppen zu fahren, und ließen die Zylinderventile pfeifen. An den Wänden zitterten die bemalten Teller aus Quimper, Madame Guyader erzählte immer wieder, wie der Rahmen vom Porträt ihrer Mutter eines Abends beim Vorbeifahren eines Schnellzuges zersprungen war, das ganze Haus sei erschrocken aufgewacht, es war ein sehr schlechtes Vorzeichen, zum Glück war ihre Mutter bereits seit Jahren tot, das Vorzeichen konnte keine Wirkung haben... Monsieur Guyader sprach mit Antoine über seine Erfahrungen, die er bei der Eisenbahn gesammelt hatte, und über die Gedanken, die er sich machte.
»Am meisten fehlt es an der Ausbildung«, sagte er, »es kommt vor, daß Oberlokführer und sogar Lokführer zu Depotchefs ernannt werden... das ist eine Funktion, die sie gar nicht ausfüllen können. Ich habe mal einen von diesen Lokführern, die Depotchef geworden sind, gekannt. Die Arbeitsberichte mußte seine Frau machen. Als sie starb, hat er darum gebeten, wieder auf die Lok zu kommen. Solche Sachen dürften nicht passieren. Ich frage mich, wie es manchen von ihnen gelungen ist, überhaupt Lokführer zu werden, wieso sie nicht Maschi-

nenschlosser geblieben sind. Unser Beruf wird jeden Tag schwieriger... Es wäre zu wünschen, daß alle Depotchefs von den großen Schulen kommen. Ich kann diese Gleichmacherei, die bei uns noch herrscht, nicht leiden; Arbeiter sind Arbeiter, sie müssen auf ihrem Platz bleiben... Es genügt, daß es ihre Söhne zu etwas bringen.«

Monsieur Guyader konnte die Arbeiter, die er als faul und habgierig darstellte, nicht ausstehen. Sein Vater war unter Louis-Philippe Arbeiter im Arsenal von Lorient zu einer Zeit gewesen, in der fünfzig Centimes Lohn täglich nicht reichten, um einer Familie mit sieben Kindern Brot zu verschaffen: Monsieurs Guyaders Erinnerungen an die bitterste Not in seiner Kindheit und an die großen Reisschüsseln, die zur Zeit des Krimkrieges das Brot ersetzten, waren mit Zorn und Scham gemischt. Er hatte die harte Lebensweise der Arbeiter hinter sich gelassen, er zog daraus einen ungeduldigen Hochmut, er sagte auch:

»Man zieht sich mit seiner Arbeit immer aus der Affäre. Aber das geht nicht an einem Tag, dazu bedarf es einer oder zwei Generationen. Es bedarf der Geduld und der Sparsamkeit. Heute ist die Lage der Arbeiter ganz bedeutend verbessert, es ist sehr viel für sie getan worden, ich verstehe nicht, daß sie noch mehr wollen... Wenn ich daran denke, wie sie in meiner Jugend lebten! Und trotzdem waren sie nicht so aufsässig, sie warteten ab, heute wollen sie alle den Chef spielen.«

Monsieur Guyader haßte die Pfarrer, weil eine seiner Schwestern von den Priestern überredet worden und in einen Orden eingetreten war, sie war mit zwanzig Jahren bei der Mission in Tahiti gestorben: er sah in der Religion die Quelle aller menschlichen Übel, er bewunderte Voltaires Kampf gegen den »Aberglauben«. Das war alles, was in ihm von einem Rebellen geblieben war... Am anderen Ende der Eisenbahnerpyramide gab es die großen Ingenieure. Monsieur Guyader beurteilte sie, wie er einst den Fregattenkapitän beurteilt hatte, der die »Danae« befehligte: dieser höhere Offizier kannte die

Erfordernisse eines Dampfkessels und die Gesetze eines Exzenters schlecht: Monsieur Guyader sprach noch immer voller Zorn von diesem »Schwachkopf« wie von einer Niete. Die »großen Chefs« kannten häufig nur sehr schlecht die bescheidenen Details, die den Tageslauf eines Depotchefs ausfüllen, sie sahen von weitem nur das Ganze. So viele notwendige Nachlässigkeit erschien Monsieur Guyader als der Gipfel der Dummheit: er erweckte bei Antoine den Eindruck, als wäre er nur von Dummköpfen angeleitet worden. Zwischen den dreisten Arbeitern, von denen endlich getrennt zu sein man sich glücklich schätzen konnte – und sie könnten einen nachahmen, man empfahl ihnen, einen nachzuahmen – und den vielbeschäftigten und fernen Chefs im Zentrum ihrer Gespinste aus irrealen Träumen und unverständlichen Plänen zählten allein die Leute des juste Milieu, sie waren es, die die Weltmaschine in Gang hielten... So brachte Monsieur Guyader den jungen Männern, die er genügend schätzte, um ihnen seine Erfahrungen zu vermitteln, den Dünkel eines industriellen Kleinbürgertums bei, das auf seine Tüchtigkeit stolz war, das aber für seine Tugenden schlecht belohnt wurde und dessen Herren ihm wenig Dank wußten dafür, daß sie die Arbeiter verlassen, verraten hatten.
Madame Guyader stellte die kleinen Schüsseln in die großen, die Höflichkeit Antoines, der mit soviel Achtung zu ihr sprach und zu ihren Ansichten den Kopf neigte, gefiel ihr, ebenso wie sein Appetit, eine gute Hausfrau empfindet Stolz bei Gästen, die von allen Gerichten zweimal nehmen. Antoine fühlte, daß eine Falle von Geruhsamkeit, von Zukunft sich um ihn herum entwickelte, er verweichlichte in diesem Haus, in dem es so warm war, in dem die Stimmen schnurrten.
»Wer kümmert sich um Ihre Wäsche, lieber Freund?« sagte Madame Guyader...
»Sie sind nicht ehrgeizig genug, Bloyé«, sagte Monsieur Guyader, »ein Mann von Ihren Fähigkeiten müßte höher hinauswollen...«

»Haben Sie Kinder gern, Monsieur Bloyé?« sagte Anne...

Der heimtückischste Friede kam auf ihn zu, es war wie eine steigende Flut, die auf dem Sand ein weichliches Plasma ablagert. Nach dem Essen fühlte er sich leicht schläfrig; diese Schläfrigkeit hatte durchaus ihren Reiz. Anne Bloyé betrachtete ihn verstohlen, sie errötete, wenn er mit ihr redete. Sie sprach über ihre Erinnerungen, die nicht zahlreich waren: das junge Mädchen mit den dicken Zöpfen und der schmalen Taille hatte mit ihren Freundinnen auf dem gut gewachsten Parkett des Ursulinerinnen-Klosters in Quimperlé getanzt; im Kloster war ein schöner Garten gewesen, der bis zu den Terrassen am Fluß ging; unter den Buchen, oberhalb des Flusses, sah man auf die grauen Dächer unter sich, auf die Rauchfahnen der Züge der Bretagne; manche junge Mädchen hatten sehr viel Einfluß, sie waren die »kleinen Mütter« der Jüngeren; es gab eine Nonne, die lachte wie alle anderen und errötete, wenn sie gelacht hatte, der Kaplan gab den Mädchen kleine Klapse auf die Backen; es wurde erzählt, daß die Nonnen sich geißelten, man zeigte die mit dicken Nägeln bedeckte Truhe, in der sie ihre Geißeln verschlossen; im Schlafsaal husteten junge Mädchen, doch der Arzt, ein Mann, hatte zu den Eingeschlossenen keinen Zutritt; es gab ein Gespenst von Nonne, das nachts durch die Gänge geisterte, es gab Maulbeerbäume im Park, blaue Bänder, es gab ganze Sträucher von Blumensträußen in der Kapelle, süße Frömmigkeit... Antoine hörte zu: über ihm, bei dem Betriebsleiter, liefen Leute mit kleinen Rattenschritten hin und her; Geräusche von Gesprächen drangen herunter; das Feuer wärmte: die Außenwelt wurde ferngehalten durch diese Wände, diese Berichte, diese Wärme, diese Sicherheit von Nagetieren... Anne gehörte zu einer völlig anderen Gefühlswelt als Marcelle: Antoine fragte sich ohne große Klarheit in seinen Gedanken, ob das feurige Königreich der Frauen ohne Zukunft und Sicherheit für einen Mann nicht von größerem Wert sei als die jungfräulichen Reize, die keuschen Listen der bürgerlichen Tugenden.

Eine Weisheit, die zu erringen ein Antoine Bloyé keine Zeit gehabt hat, die er zu spät erringen wird, die er vielleicht nie erringen wird... Monsieur Guyader sagte zu ihm:
»Bloyé, Sie sind kein kleiner Junge mehr... Sie sind jetzt siebenundzwanzig. Vielleicht ist es an der Zeit, sich eine Position zu schaffen... Warum heiraten Sie nicht? Sie werden in der nächsten Zeit zum Kontrolleur befördert werden, das ist ein Posten für einen verheirateten Mann...«
Sein Vater schrieb ihm:
»Du mußt heiraten, ich finde, es wird höchste Zeit, daß du einen Hausstand gründest...«
Alle diese »Pflichten«, die die Leute ihm anraten, die Verlockungen, die sie vor ihm ausbreiten... Man müßte diesen Verlockungen nachgeben. Oder ihnen widerstehen, sich endgültig auf die Seite von Marcelles Leben stellen... Antoine wirkt äußerlich stark, aber er ist auch unsicher und schwach; die geringsten Kämpfe machen ihn wehrlos; er sagt sich, er sei für große Kämpfe geschaffen; auf diese Weise tröstet man sich über seine Schwächen hinweg. Marcelle, die Verweigerung eines Aufstieges, das ist die Seite des starken Windes, ein schwerer Weg, Anne, das ist die vor der Welt beschützte Seite, die Watte des Friedens, die stillstehende Luft, die braven Gefühle und die Zustimmung seines Vaters, seiner Vorgesetzten, es ist die Seite der Ordnung. Anne hat die Reize aller jungen Mädchen, er kann ihnen verfallen, nach den Mädchen, die er gekannt hat. Er überragt sie, sie geht ihm bis zur Brust, sie kommt ihm entgegen mit dem Ausdruck des Beschützt-sein-Wollens, Madame Guyader sagte: »Eine Frau muß sich auf ihren Mann stützen können wie auf die Macht...«
Er fühlt, daß, wenn er Anne heiratet, er auch »aufsteigt«. Er redet sich ein, daß er sie liebt, es ist, als liebe er sie. Man kann fast alle jungen Mädchen lieben... Alles wäre gut, hätte er nicht so etwas wie Gewissensbisse bei dem Gedanken an Marcelle, die er vernachlässigt.

Zum Schluß der Abendessen, der erzählten Geschichten, der Gespräche, der Skrupel, war Antoine der Verlobte von Anne Guyader. Die Verlobungszeit war ziemlich lang, wie das bei vorsichtigen Familien, die das Leben kennen, die die Zukunft ihrer Kinder nicht leichtfertig festlegen, üblich war; man wartete, bis Antoine nicht mehr auf der Lok stand, bis Anne völlig erwachsen war. Sonntags gingen sie auf die Weltausstellung, deren Meringen-Gebäude, deren schöne Metallaufbauten und exotische Pavillons sämtliche Pariser Herzen verführten. Das Jahr achtzehnhundertneunundachtzig war ein schönes Jahr, voller Volksfeste und bürgerlicher Reden: es herrschte eine ständige 14. Juli-Atmosphäre, die Pariser aßen unter den hohen Bäumen von Robinson, Präsident Carnot gedachte in Versailles des hundertsten Jahrestages der Revolution. Es gab Bälle, die Phonographen begannen ihre Herrschaft. Die Bürgermeister Frankreichs veranstalteten große demokratische Bankette. Erleuchtete Brunnen plätscherten. In der Menge eingekeilte Frauen kreischten. Es war heiß. Was für eine Atmosphäre für bürgerliche Hochzeiten! Die Droschken waren überladen mit Hochzeitsgästen, auf den Standesämtern schloß man die Ehen unter Musikbegleitung, die Brüste der Republik, die Bärte der Bürgermeister waren größer denn je, die Karyatiden brachen unter dem Gewicht der Bronzeschalen, der Balustraden zusammen...

Antoine lernte die Vettern kennen, er nahm unbekannte Kinder auf seine Knie, und Anne sagte seufzend zu ihm:

»Wie gut Ihnen das steht!«

Er dachte an Marcelle, fühlte sich schuldig: und war es ohne Zweifel; er fühlte, daß seine Heirat alle Bande zu den Menschen seiner Art abschneiden würde, sie würde sein erster sozialer Aufstieg, seine erste Verstümmelung sein. Seine Deklassierung... Nicht alle Deklassierungen vollziehen sich nach unten.

Im Juni 1890 heiratete Antoine Anne auf dem Standesamt des XIII. Arrondissement, dann in der Kirche Notre-Dame de la Gare: diese Jungfrau blickte auf die Geburt, das Leben, den Tod vieler Eisenbahner. Ein Vetter der Guyaders, der eine Pfarre in der Bretagne hatte, hielt eine Predigt, die Madame Bloyé ihr ganzes Leben über aufbewahrte, die sie ab und an wieder las, indes das Papier vergilbte, seine Knicke brüchiger wurden...

Monsieur, mein liebes Kind,
Der Priester ist für alle der Spender göttlicher Gnade, und nie führt er sein Amt ohne Bewegtheit aus. Doch gibt es Anlässe, bei denen diese Bewegtheit noch stärker spürbar und sein Gebet noch inniger ist: nämlich wenn er für die Mitglieder seiner Familie zum Vermittler der himmlischen Wohltaten wird.
Ich habe mein bescheidenes Dorf verlassen, um euch zu diesem feierlichen Anlaß den Segen des Priesters und des Verwandten zu bringen...
Es ist hier nicht der Ort, Monsieur, Ihnen das Lob Ihrer Verlobten zu singen, lassen Sie mich Ihnen nur sagen, daß die Vorsehung Ihre Wahl gut gelenkt hat, indem sie Ihre Hand in die eines jungen, christlich unter der Obhut einer guten Mutter erzogenen Mädchens legte. Sein würdiger Vater hat es, dank einer Tätigkeit, deren Anfänge ich miterleben konnte, verstanden, in der Hierarchie der Arbeit einen ehrenhaften, erhöhten Platz zu erringen. Auch Sie, Monsieur, der Sie im Bereich der Eisenbahnen die gleiche Arbeit teilen, von einem vorbildlichen Vater auf diesen Weg geführt, sind zu dem gleichen Erfolg aufgerufen. Die Religion, was immer man auch sagen mag, billigt alle Fortschritte der Wissenschaft und der Künste und segnet sie.
Und auch Sie, mein liebes Kind, sollten der Vorsehung danken, die Ihnen erlaubt, Ihre Hand einem Ehemann zu reichen, dessen Qualitäten des Herzens und der Intelligenz und dessen christliche Gefühle sich mit den Ihren zusammenschließen. Die Verbindung, die Ihr nun vor dem Altar eingeht, ist eine

heilige Verpflichtung. Beide in der Schule des Glaubens erzogen, überzeugt davon, daß die Religion alle großen Handlungen des Lebens bestimmen soll, seid Ihr jetzt vor diesen Altar getreten, um euch die Liebe, die unverletzliche Treue zu schwören, die eure Herzen einander schon versprochen haben. Aus diesem heiligen Schwur nährt sich die ewige treue, christliche Liebe, die Ihr einander entgegenbringen werdet.
Sie, Monsieur, werden Ihre Ehefrau lieben, die Ihr erstes Gut auf Erden sein wird, Sie werden ihr Führer und Ratgeber sein, Kraft und Stütze in den glücklichen und unglücklichen Tagen Ihrer irdischen Wallfahrt.
Sie, mein Kind, werden Ihren Ehemann als Haupt und Stütze lieben, Sie werden seine Fürsorge mit Ihrer Ergebenheit erwidern, Ihrem Bemühen, ihm zu gefallen, Sie werden seine Sorgen mit ihm teilen wie er mit Ihnen die Ihren.
Und nun wollen wir den Gott Isaaks und Rebekkas bitten, den Gott Jakobs und Rachels, Tobias' und Sarahs, über euch seinen reichsten Segen auszuschütten. Eure Familien, eure Freunde umgeben euch. Alle zusammen wollen wir unter dem Schutz der erhabenen Jungfrau, Schutzpatronin dieser Kirche, den gütigen und barmherzigen Gott um das Gedeihen bitten, das die Glücklichen schafft, und um die Gnade, die die Heiligen schafft. Alle beide werdet Ihr im gleichen Schritt auf dem Weg der Ehre und der Tugend voranschreiten. Ihr werdet weiter wie in der Vergangenheit die Hoffnung und Freude eurer würdigen Eltern bleiben, damit Ihr später, wenn es der göttlichen Vorsehung gefällt, von euren eigenen Kindern den gleichen Lohn erhaltet, Pfand und Vorspiel für jenen, den Gott im Himmel für euch bereit hält.

Man spürte, daß sich alle Gäste zurückhielten, um nicht zu applaudieren, Anne weinte unter ihrem weißen Schleier, Monsieur Guyader schien in Habt-acht-Stellung erstarrt zu sein; Anne war rührend, und Antoine betrachtete sie von der Seite. Er wußte nicht, daß er so christlich war, so verbunden mit dem himmlischen Geschehen, seit zehn Jahren hatte er keine Kirche betreten...

So war von nun an alles geregelt, festgelegt, unwiderruflich. Marcelle versank allmählich im Dunkel der verbannten Gedanken, in dem die menschlichen Kräfte schlummern: sie war nicht tot, zu ihrer Zeit würde sie wieder ans Tageslicht steigen, zusammen mit vielen anderen schlafenden Keimen, vielen anderen brachliegenden Kräften. Es war zu Ende, er hatte ihr gesagt, daß er heiraten würde. Sie hatte gelacht. Sie war nicht wütend geworden, sie hatte zu ihm gesagt:

»Na schön, heirate... Das mußte so enden.«

Antoine hatte gefragt:

»Bist du mir böse?«

Und sie hatte geantwortet:

»Aber nein, was glaubst denn du. Ich bin dir nicht böse, aber du bist böse auf dich... Du verläßt die Welt, zu der wir gehörten, du wirst ein Herr werden, ein Bürger, ein richtiger Bürger... Du wirst dich langweilen, Antoine, du wirst sparen, Kinder in die Welt setzen...«

»Na und?«

»Na und? Adieu.«

So war das, es war in Ordnung. Als er wegging, war Marcelle auf der Schwelle des Cafés d'Orléans stehengeblieben und hatte ihm nachgesehen, so wie Ariane unter Naxons Sonne Theseus nachsah, der sich auf dem weiten Meer verlor.

Nach der Messe, den Gratulationen in der Sakristei, bestieg die Hochzeitsgesellschaft die Landauer, um in Robinson unter den Junibäumen dieses schönen Jahres achtzehnhundertneunzig zu essen. Am Abend reisten die Neuvermählten ab. Sie fuhren nach Sète, Montpellier, Marseille. Die heiße Sonne erschreckte Anne, alles erschreckte sie, das Öl, die Oliven, die Straßenmädchen, die Männer aus dem Orient, die im alten Hafen herumlungerten, der Staub. Sie dachte an ihre Mutter. Die Häfen rochen schlecht, die Leute sprachen zu laut. Sie fürchtete sich noch ein bißchen, wenn sie mit ihrem Mann allein in einem Zimmer war. Diese Reise dauerte vierzehn Tage, dann fuhren sie wieder nach Paris zurück, und Antoine Bloyé und seine Frau begannen ihr neues Leben in dem erdrückenden Sommer der Bahnhöfe und Gleise, in der dumpfen Betäubung ihres Viertels.

Zweiter Teil

IX

Die Jahre zogen vorbei wie ankerlose Schiffe, die der Strom mit sich reißt. Antoine und seine Frau wohnten in vielen verschiedenen Städten, die alle ihre Gesichter und ihre Gewohnheiten hatten, doch sie schlossen nur flüchtig Bekanntschaft mit ihnen, und es gelang den Städten nicht, sie an sich zu fesseln, sie zu verführen. Immer lebten sie provisorisch, nirgends ließen sie sich wirklich nieder; ohne es zu merken, vergeudeten sie die Tage ihrer Jugend. Sie zogen um, sie lernten die Nachteile der Häuser erkennen, die sie bewohnten.
»Hier gibt es viel zu wenig Wandschränke«, sagte Anne...
Und sie gewöhnten sich an die Eigennamen, den Akzent, das Klima neuer Gegenden, dann zogen sie wieder weg. Anne hätte sich immer gern verwurzelt, sich fürs ganze Leben eingerichtet: sie war eine seßhafte Frau, die unter dem Nomadenleben litt. In jeder neuen Stadt weinte sie, sie sagte:
»Versuche nicht, mich zu überzeugen ... Ich fühle, daß ich mich hier nie einleben werde...«
Doch Anne gewöhnte sich in jedes neue Leben ein, mit der Sicherheit eines Insektes erneuerte sie ihren zerstörten Kokon.
Antoine rückte auf den Strecken vor, die seine Gesellschaft im westlichen Teil Frankreichs ausbaute. Bei jeder Ortsveränderung stieg er eine Stufe höher in der Hierarchie, die der bretonische Pfarrer ihm am Tag seiner Hochzeit beschrieben hatte. Er wurde befördert: Lokdienstleiter in Paris, stellvertretender Depotchef in Brives, in Aurillac, Montluçon, Limoges, Angers, Maschinenamtskontrolleur, Depotchef in Tours. Er durchlief die langen starren Wege des Fahrdienstes: auf jedem Posten kamen zu den alten Verhaltensweisen und Entscheidungen neue hinzu, die er unverzüglich erlernen mußte; auf jedem Posten fühlte er die Last der Verantwortung, deren Gewicht seine Vorgesetzten in ihren Büros im Zentraldienst ihm aufhalsten, schwerer werden: dieses Gewicht brachte ihn ihnen näher, es zeigte ihm, daß er eingetreten war in diese

für ihn lange Zeit geheimnisvolle Gesellschaft, von der er früher, bei seinen Spaziergängen auf den Quais von Saint-Nazaire, oft geträumt hatte, die Gesellschaft der Männer, die zu befehlen haben. Maschinen und Arbeiter, die jedes Jahr zahlreicher wurden, hingen von seinen Befehlen ab, und er war denen, die unter ihm standen, keine Rechenschaft schuldig.

In dem Maße, in dem die Jahre in der Vergangenheit verschwanden, – und er bemerkte nicht einmal ihr Verschwinden, es bedarf vieler Muße, um festzustellen, daß die Zeit vergeht – lernten seine Arme, seine Hände, sein Körper die Unbeschäftigtheit kennen, doch sein Gehirn bekam umso mehr zu tun: Fahrpläne, graphische Tabellen, Streckenpläne, Versuchsberichte beschäftigten sein Gehirn. Jedes Jahr wurde der Dienst umfangreicher, die Lokomotiven wurden komplizierter, die Depots enthielten mehr Maschinen, mehr Fahr- und Wartungspersonal.

Auf allen Eisenbahnnetzen der Welt stieg der Verkehr wie eine Fieberkurve: der Aufschwung des Kapitalismus zog zwangsläufig die Maschinen und die Männer, die für ihn arbeiteten, mit sich fort.

Die Männer von Antoines Generation hatten, ohne es zu bemerken, die Trennlinie zwischen zwei Epochen überschritten: vom Jahre 1900 an war die Eisenbahn in ein neues Zeitalter getreten, das mit dem explosionsartigen Einsetzen der turbulenten Ereignisse des 20. Jahrhunderts zusammenfiel. Ein Zeitalter, das mit der ersten Fahrt der »Rocket« von Stephenson zwischen Stockton und Darlington begonnen hatte, räumte den Platz der Ära der beweglichen Radgestelle, der Verbundlokomotiven und der Hochdruckmaschinen. Geschwindigkeit und Belastung der Züge hatten zugenommen, um den Erfordernissen des Verkehrs zu folgen; die Stärke der Lokomotiven hatte zugenommen, um den Erfordernissen der Geschwindigkeit und des Gewichts zu folgen. Zwischen 1890 und 1910 erhöht sich die Durchschnittsgeschwindigkeit der Reisezüge um fünfundzwanzig Prozent, das Leergewicht pro

Reisender steigt zwischen 1898 und 1909 von 350 Kilo auf 916 Kilo: für die Wagen AT 5 der Linie Paris–Bordeaux geht man bis 1 120 Kilo Leergewicht, 1909 wiegen die großen Expreßzüge 200 Tonnen, ein Jahr später 400 Tonnen. 1900 verfügt die Compagnie d'Orléans über 1 430 Lokomotiven mit insgesamt 692 000 PS, 1910 über 1 826 Maschinen mit 1 381 079 PS. In elf Jahren steigt die Kraft der großen Lokomotiven von 1 000 auf 1 600 PS...

Der Dampfdruck in den neuen Maschinentypen verursachte das Erstaunen der alten Lokführer und der Depotchefs, die vor ihrer Pensionierung standen. Wenn Antoine seinen Schwiegervater besuchte, zog Monsieur Guyader die Zahlen in Zweifel, die sein Schwiegersohn ihm nannte; er empfand dieses Anwachsen als eine persönliche Beleidigung, denn es zeigte ihm, daß die Zeit gekommen war, wo er abgestellt, beiseite geschoben wurde als zu langsam für diese neuen Geschwindigkeiten. Dieser Mann, der die Linien der Postkutsche in der Bretagne vor dem Ansturm der Züge hatte weichen sehen, sagte gereizt:

»Die werden sicher explodieren, eure Kessel, bei einem solchen Druck!«

»Bestimmt nicht«, antwortete Antoine lachend, »die denken gar nicht daran zu explodieren.«

Antoine folgte dieser Entwicklung, weil er einer der Männer war, die diese Wachstumskrise miterlebt hatten, ohne die rußige Welt der Bahnhöfe und Depots zu verlassen, die ebenso in sich abgeschlossen war zwischen all den verschiedenen, aus Stücken zusammengesetzten Welten, wie die Welt der Häfen, der Becken und Docks, aus der die Seeleute sich nie entfernen. Er war einer der Ausführenden dieser industriellen Verwandlung, einer der Männer, die unaufhörlich die Sorge um die Maschinen, um ihre Führer, um den Verkehr im Kopf hatten. Da sie den schnellen Schritten dieses Tanzes folgten, kamen diese Leute gar nicht auf den Gedanken, sich Mußestunden zu bewahren, um sich zu fragen, was sie auf der Welt taten, wozu sie da waren, welchen Weg sie einschlagen mußten, was die ganze Geschichte mit dem Leben bedeutete. Sie hatten wenig Zerstreuung und schlechte, sie warfen kein Log in die schäumende Fahrtrinne, die sie hinter sich zurückließen. Antoine drehte sich nicht um, er ruhte nicht, er entspannte sich nicht, er tat nur einfach seinen Dienst. Tausend große gefräßige Maschinerien reißen so die Männer in ihre Rotationen: die Banken, die Bergwerke, die Kaufhäuser, die Handelsschiffe, die Eisenbahnnetze, fast niemand atmet, man muß zu sehr aufpassen, um ebenso präzise zu arbeiten wie ihre Räderwerke, um nicht in die Triebriemen, die Motoren zu geraten.

Antoine war wie ein Insekt in diesem vibrierenden Netz der Schienen gefangen, das von weitem von berechnenden, abstrakten Spinnen überwacht wurde; er war an die Tausende von Gleiskilometern gebunden, die sich durch die leichten Ausgänge der Grenzbahnhöfe ins Herz Europas zogen; überall gab es diese Flucht von einzelnen, doppelten, vierfachen Gleisen, überall die Tag und Nacht rollenden Züge, die von den Zahlen der Fahrpläne magnetisch angezogen wurden, mit ihren Lokführern, deren gespannte Aufmerksamkeit auf die Zeichen der Signale gerichtet war, ihren schwarzen, vom grellen Feuerloch beleuchteten Heizern und die Schlußschaffner in ihren eisigen Bremserhäuschen, überall die von den Bogenlampen erleuchteten Stellwerke, die Drehscheiben, die Karren, die vom Scheuern der Stahlkabel wie Waffen glänzenden Winden, die Ablaufberge, von denen die Waggons langsam zum Fächer der Gleise rollen, die rauchigen Rundschuppen, überall die pflichtbewußten Männer in ihren trübseligen Büros, die beim Vorbeifahren der Schnellzüge erzittern und die rote, grüne und blaue Zeichnungen von Luftdruckbremsen und Dampfkesseln schmücken, die Tausenden von anonymen, für die Eisenbahn lebenden, sich plagenden, sterbenden Männer.

Antoine war ein Serienmensch unter ihnen. Er liebte die Verkettung ihrer Arbeit, er verstand sie, er stand im Mittelpunkt dieser Kenntnisse, Gefangener all ihrer Zweige. Wie viele

Eisenbahner hatte auch er seinen Berufsstolz: ein Mann muß seine Würde haben. Er war von den Symbolen seiner Aufgabe umgeben, er legte auf seinen Tisch die leuchtenden Photographien von schweren Güterloks, Pacific-Loks; zerbrochene Stücke, deren Fehlerstellen man noch erkannte, dienten ihm als Briefbeschwerer; jahrelang hatte er ein rotes, mit Kesselstein verkrustetes Gewindestück auf seinem Nachttisch neben dem Band *Das Leben George Stephensons* liegen. Fast unaufhörlich dachte er an seine Lokomotiven, die wie schwarze Pferde über die langen Wege des Tages und der Nacht jagten, an die hohen feurigen Tiere, die ein neues Verhalten angenommen hatten, und er dachte an seine Anfänge, an seine Jahre als Lokführer, als sie noch nicht das dunkle und hochmütige Aussehen der Verbundmaschinen und der Hochdruckmaschinen hatten. Er fühlte, daß mit den alten Loks 300, die die Schnellzüge von Paris nach Bordeaux in zehn Stunden zwei Minuten gezogen hatten und die jetzt zu den Personenzügen überwechselten, zu den Güterzügen, zum Rangierdienst, seine Jugend mit ihnen ging, weg von den großen Strecken, und er sagte, wie um sie zu rechtfertigen:

»Immerhin sind es diese Maschinen, die der Compagnie das meiste Geld eingebracht haben...«

Die Streckenprofile, die Dienstpläne, die Streckenberichte seiner Mechaniker, das Spiel der Vertretungen, der Reserve drehten sich in seinem Hirn wie sorgfältig ausgewuchtete Räder: bis in sein Haus hinein lebte er, verfolgt von den Fahrplänen, ständig unter Zeitdruck, gegen die Uhr. Nachts hörte seine Frau manchmal die Wörter, die er aus der Tiefe eines Traumes aufsteigen ließ, es waren Loknummern, Zugnummern. In dieser Periode der raschen Umwandlung fehlte es den Depots an Material: der Bahnhof forderte im Depot Lokomotiven an, nicht eine war fahrbereit, die Züge fuhren trotzdem ab, sie hatten sich noch keine fünfhundert Meter vom Bahnsteig entfernt, als Antoine sich bereits Sorgen machte, stets im Zweifel, ob sie bis ans Ende ihrer Strecke gelangten; er zitterte, daß eine Lokomotive erlahmen könnte, endlich von Altersschwäche ergriffen, von der Abnutzung eines Organs, wie ein Greis, der mit einem Schlag zusammenbricht; er lebte in der Spannung der Leute, die für Menschenleben, für Maschinen verantwortlich sind: was versetzt sie mehr in Schrecken, der Verlust von Maschinen, der Tod von Menschen? Ihnen ist am Ende das Eisen ebensoviel wert wie der Mensch. Vor dem Mittagessen schob Antoine zu Hause ungeduldig die Küchengardinen beiseite, er fragte das Mädchen:

»Haben Sie meinen Schnellzug von Bordeaux gesehen?«

Endlich tauchte der Zug auf: er sah ihn über die lange Biegung der Gleise brausen, geneigt wie ein Radfahrer, der eine Kurve nimmt, mit seinem flachgedrückten Rauch über den Dächern, und hörte seinen langen Pfiff; da atmete er auf. Er sagte:

»Jetzt können Sie auftragen...«

Er quälte die Männer, die er befehligte, infolge dieser Unruhe: die Gruppenleiter im Nachtdienst sahen ihn plötzlich um Mitternacht, um zwei Uhr morgens die Tür zu ihrem Büro aufstoßen. Er sagte:

»Ich wollte mal sehen, ob alles klappt...«

Er verzieh keine Schwächen, keine Fehler in der Arbeit; er hatte vorübergehend einen Gruppenleiter, einen kleinen schwarzen Gascogner, der in die Gruben steigen konnte, um die Loks zu inspizieren, ohne sich dank seiner kleinen Figur schmutzig zu machen, und Antoine rief ihm zu:

»Haben Sie die neuen Verbundmaschinen nachgesehen?... Ja? Wirklich? Sie sind gebückt gelaufen, Sie hatten Angst, sich schmutzig zu machen... Kein einziger Ölfleck auf dem Rücken... Wenn Sie das Arbeit nennen!«

Die letzten Loks 300 fuhren noch Bordeaux-Tours, die Direktion ließ sie mit Kohlengrus heizen, kaum gelang es ihnen, bis ans Ende ihrer Strecke zu kommen.

»Was für ein Elend!« sagten die Gruppenleiter.

Es gab Tage, an denen es an Streckenlokführern fehlte, Antoine übernahm die Stelle des stellvertretenden Lokdienstleiters und dieser übernahm den Dienst des Streckenlokführers. Antoine blieb allein mit der Sorge um seine hundertfünfzig Maschinen. Die Fahrten überstürzten sich: Pleuelstangen, Räder wurden heiß, und die Lokführer am andern Ende der Strecke verlangten Ersatz, warteten in fremden Depots auf ihre Lok: die Frauen kamen ins Depot und fragten nach ihren Männern. Gabelgelenke sprangen während der Fahrt ab. Antoine lauerte auf die Rückkehr seiner Mechaniker, auf ihre Berichte, ihre Erklärungen, er dachte an die Anfragen, die von ›oben‹, aus dem Zentraldienst, kommen würden.

Abends, nach sechzehn, siebzehn Arbeitsstunden im Depot, schlief Antoine unvermittelt am Eßzimmertisch ein, mit dem Kopf auf den Armen, erschöpft wie ein Kind, das zu viel gespielt hat. Die Männer vom Fahrdienst spielten jedoch ein Männerspiel, das keine Zerstreutheit, keine Fehler der Spieler vergab: so häuften sie in allen Teilen ihres Körpers Alter an.

Monsieur Guyader sagte zu seinem Schwiegersohn:

»Du bringst dich noch um, mein Lieber. Ich verstehe nicht, daß du solchen Eifer für die Compagnie aufbringst. Du weißt doch, daß die da oben es dir niemals danken werden...«

»Na und?« antwortete Antoine. »Man hat immer recht, wenn man das, was man macht, gut macht.«

In diesen Jahren verwuchs Antoine mit seinem Beruf: er stand auf der Höhe seines Lebens, erfüllte ohne Unterbrechung, ohne Rast jede Aufgabe, die es zu erfüllen gab, war fähig, in seinem Kopf alle Teile seiner Tätigkeit zusammenzuhalten, ohne Lücken, ohne Auslassungen, er fand sofort und ohne zu zögern die Lösungen, die die Probleme jeder Stunde überwanden, das Problem, einen Injektor oder eine schadhafte Pleuelstange zu reparieren, eine Aufgleisung durchführen zu lassen, einen Bericht abzufassen, Lokpersonal zu ersetzen, einen Sonderzug einzuschieben, eine Reservelok auf den Weg zu schicken. Es gab Entgleisungen, und die Gleise mußten freigemacht werden, Unfälle – Lokpersonal, Wagenreiniger starben mit zerquetschter Brust zwischen zwei Puffern – Hilferufe der Heizer, der Maschinenschlosser, Schlichten von Streitgkeiten – die Probleme eines Mannes. In Aurillac hatte es den Schneeräumdienst gegeben: in der Nacht fuhr er die Hilfslok nach Vic-sur-Cère, nach Murat, und Jubel fast erfüllte seine Brust wegen des Schnees und des Windes, die ihn ins Gesicht schnitten, das wie früher angespannt auf die heranfliegenden Gleise starrte. Zu jeder Stunde hieß es, einen kleinen Sieg erringen, gegen das Wetter, gegen die Müdigkeit, die Mechanik, die Menschen. Die große Maschine der Eisenbahnnetze war weniger gut geölt, weniger starr als heute: sie ließ manchen Einfall ihrer Männer ins Spiel ihrer Teile dringen. Wenn Antoine den Ingenieuren des Fahrdienstes die Schwierigkeiten seiner Abteilung darlegte, antworteten sie augenzwinkernd:

»Der Compagnie fehlt es an Personal, an Material. Wir wissen das ebenso gut wie Sie, Monsieur Bloyé, wir müssen einen Engpaß überwinden... Was wollen Sie? jeder tut sein Bestes... Sie kommen doch sehr gut zurecht...«

Diese Zuverlässigkeit, diese Kenntnis, die immer Entscheidungen, sichere Entschlüsse schaffte, füllten Antoines Leben völlig aus und verlängerten die begeisternde Epoche, in der er selbst Lokführer war; in seine Sprache mischten sich noch Ausdrücke aus jener Zeit. So sagte er von einem Mann, der trinkt:

»Sein Injektor funktioniert gut...«

oder von einer schwangeren Frau:

»Ihr Vorderblech ist ausgebeult...«

Diese Erinnerungen an den Eisenbahnerjargon banden ihn an seine Jugend: sie zeigte den Lokführern, die unter seinem Befehl standen, daß er ein Mann vom Fach war, daß er die Musik kannte und man ihm nichts vormachen konnte. So kamen diese Überbleibsel aus seiner Jugend seiner jetzigen Stellung zugute: alles wirkt zusammen zum Erfolg der Macht. Seine lange Praxis auf den Lokomotiven, seine Kenntnis der Arbeiter gaben Antoine eine wirksame Überlegenheit über die

Männer: er brachte sie dazu, daß sie ihr Bestes gaben, riß sie mit durch seine eigene Aktivität...

Seine Frau, die Erinnerungen aus einer Epoche, in der sie keinen Platz einnahm, durchaus nicht leiden konnte, sagte:

»Mein Gott, Antoine, kannst du denn nicht wie ein normaler Mensch reden?...«

Er lachte nur: zu dieser Zeit lachte er gern, weil er handelte, weil er sich stark fühlte, trotz Stunden der Müdigkeit. Er hatte keine Zweifel an seiner Sprechweise und seinem Leben, jedenfalls glaubte er, keine zu haben. Alles schien klar zu sein: er stand für seine Züge ein. Die Züge müssen fahren, so wie die Schiffe die verschiedenen Häfen anlaufen müssen. Ein Mann wie Antoine ist zu schlicht, um sich nach den Gründen für diese Notwendigkeit zu fragen: sie erscheint ihm ebenso eindeutig, ebenso wenig seltsam wie die Notwendigkeit, die das Wasser fließen, die Nacht auf den Tag folgen läßt. Die Züge fahren ab, die Menschen arbeiten: das ist so, das gehört zum Gesicht der Welt, und die Züge müssen pünktlich fahren, die Menschen ihre Pflicht erfüllen.

Antoine machte sich weiter keine Gedanken, er begnügte sich mit dieser Gewißheit, sie genügte ihm, um sich auf der Erde nicht fremd zu fühlen. Kaum daß er in den Stunden allzu großer Müdigkeit, in der man sich mit der Ungeduld eines Verwundeten nach der Wärme seines Bettes sehnt, in den Stunden, wo die Arbeitsunfälle, die Verzweiflung unter den Männern, die er schätzte, ihm zeigten, daß nicht alles so glatt läuft wie eine Kolbenstange, an der Gerechtigkeit seiner Welt zweifelte. Doch diese Zweifel verflogen in seinem Diensteifer und den bescheidenen Erregungen seines Lebens, er vergaß sie, sie versanken unter den zurückgedrängten Gedanken, die lange auf die Gelegenheit ihres Sieges zu warten vermögen.

Eines Nachts, als er Gruppenleiter in Aurillac war, wurde er geweckt: ein Zug war entgleist. Er zog sich in der Kälte der erloschenen Kamine an, durchquerte die kleine Stadt...

Von den runden, im Schnee schimmernden Hügeln flossen die Wildbäche mit dem unermüdlichen Rauschen von Brunnen zum Wasser der Jordane, die über ihre Kiesel plätscherte.
Der Bahnhof summte leise in der Nacht, wie ein Tier, das von den Bewegungen des Tages träumt: es waren die ereignislosen Stunden nach Mitternacht, in denen ein vorbeifahrender Schnellzug das Bahnhofsdach erzittern läßt. Eine Glocke bimmelte in der Nähe des Büros des Bahnhofsvorstehers; das diensthabende Personal wartete auf den Morgen und widerstand mühsam dem Schlafbedürfnis. Am ersten Bahnsteig entließ eine Lok stoßweise Dampf, zwei Eisenbahner liefen Laternen schwenkend an Güterwagen entlang. Der verschlafene Bahnhofsvorsteher fuhr sich mit der Hand über seine nächtlichen Bartstoppeln und berichtete Antoine: es war eines dieser Unglücke, wie sie täglich passieren, eine der kleinen Entgleisungen, die keine Journalisten aus Paris anlocken, keine Reporter für Verkehrsunglücke: die Entgleisungen von Güterzügen, von Reserveloks betreffen nur die Eisenbahner.
Die Aushilfslok fuhr mit dem Werkstattwagen vom Depot ab: Antoine fuhr selbst, was fast nur noch an Tagen mit Entgleisungen oder beim Schneeräumen geschah, doch er fühlte, daß die Lokomotiven ihm noch immer gehorchten, daß er ihr Verhalten nicht vergessen hatte. Das Unglück war nicht weit vom Depot passiert: vier Waggons, die Lok und der Tender waren entgleist, Räder ragten in die Luft. Die Bremser riefen und rannten hin und her. Die Lok lag auf den verschlungenen Gleisen, die von dünnem Schnee bedeckt waren, man sah ihren schwarzen Leib, den zerdrückten Aschkasten, aus dem die Glut wie feuriges Blut floß; der Dampf entwich pfeifend aus den gewundenen Rohren, die Bleche waren verbeult, im metallischen Wirrwarr glänzte der aufrechte Stahl des Gestänges; es wirkte wie eine Leiche ohne Gesicht, bei der die menschliche Form zerrissen ist, doch im Zerfall des Fleisches leuchtet noch ein weißes unverletztes nacktes Bein wie ein Stück Marmor.

Die Kohle im Tender hatte Feuer gefangen, blaue Flammen züngelten daraus hervor, und der Schnee schmolz, legte die schwarze, von Kohle bedeckte Erde bloß, den Schotter, die Schwellen.
Die Schrankenwärterin betrachtete ihr kleines dreieckiges, vom letzten Waggon verwüstetes Gärtchen; dieses große Holzding, das im Kohl und in den Erdbeerpflanzen lag, hatte keinerlei Verbindung zu den natürlichen Gewächsen, es war ungewöhnlich, von einer andern Welt herabgefallen, wie das Stück einer Sternschnuppe, das sein Loch ins Getreide geschlagen hat.
Der Bahnmeister fluchte zwischen den Zähnen: das Unglück schien auf den schlechten Zustand der Gleise zurückzuführen zu sein, aber der Depotchef war beruhigt. Er dachte:
»Jedenfalls krieg ich's diesmal nicht ab... Höchste Zeit, daß der Gleisunterhaltungsdienst auch mal dran ist...«
Und er machte sich Notizen in ein schwarzes Wachstuchheft mit gekästeltem Papier, das mit einem Gummiring geschlossen wurde; jede Seite trug die Spur eines öligen Fingers.
Antoine machte die Werkzeuge des Werkstattwagens bereit, es war keine Zeit zu verlieren. Züge müssen weiterfahren können. Die Reisenden auf der Strecke stecken die Köpfe zu den Türen heraus und protestieren gegen die Verspätung, sie gehen an den Anfang des Zuges und beschimpfen den Lokführer, den Zugführer. Die Hebezeuge arbeiteten beim Schein der Laternen, ein Waggon nach dem andern richtete sich auf. Bald würde ein Kran kommen, würde seinen Arm, den herausfordernden Arm einer blinden Maschine, seinen Fühler über den Trümmern drehen...
Auf dem Ballast lagen die Körper des Lokführers und des Heizers: Bettücher, die von der Schrankenwärterin geliehen waren, bedeckten ihre zerquetschten Gesichter. Der Depotchef sagte:
»Bloyé, benachrichtigen Sie in meinem Auftrag ihre Frauen... Ich mache sowas nicht gern... Seien Sie mir nicht böse, daß

ich das Ihnen überlasse ... Nein nein ... Sie brauchen nicht zurückzukommen, Sie können dann schlafen gehen...«

Antoine brach neben den beiden Bahren auf, deren Träger kein Wort sprachen. Er schritt aus: in einem Depot, nachts, muß man auf seine Füße achten, der Boden ist voller Fallen, Weichenspitzen, Gruben; aus den Schornsteinen der unter Dampf stehenden Lokomotiven steigen schmale Rauchfäden. Antoine dachte nach, er konnnte sich nur schwer mit dem Gedanken an die Toten vertraut machen. Die Leute sagen: Arbeitsunfall; und sie wollen den Eindruck erwecken, als sei die Arbeit eine Art Feld der Ehre, und die Compagnie zahlt der Witwe unwillig eine Rente, widerstrebend macht sie ihre Sous locker, sie findet, daß der Tod immer viel zu teuer bezahlt wird, später stellt sie die Söhne der Toten ein und alles ist gut... Nichts ist gut. Antoine sah noch jeden Morgen an seinem Arm die Narbe, die er sich beim Platzen eines Wasserrohrs geholt hatte, diese Wunde alterte nicht... Es waren noch zu wenig Jahre vergangen, seit er auf der Lok gestanden hatte, um sich den Männern nicht nahe zu fühlen, die in ihrem Beruf, an den Schlägen ihres Berufes sterben: die Ingenieure, die Leute, die von weitem Befehle erteilen, die Verwalter sterben weit öfter in ihren Betten als das Lokpersonal. Die Generalstäbler sterben selten an der Front. Wie soll man sich an diese Dinge gewöhnen? Schon so viele Bahren in seinen Erinnerungen, so viele verstümmelte Leiber, die vernarbt waren wie alte Blasebälge... Er kannte das Leben der Lokführer, ihre Vergnügungen, ihre Arbeit, ihre Ehre und ihren Tod, und zu dieser Stunde ging er, um die letzte Lebensepisode anzukünden; das war die Aufgabe eines Vorgesetzten, Vorgesetzte künden Tod oder Verletzungen an, Vorgesetzte sprechen das Beileid aus, Vorgesetzte haben manchmal das peinliche Gefühl, schuldig zu sein...

Die Träger und Antoine kamen vor dem Haus des Mechanikers an, dann vor dem des Heizers. Antoine stieg ihre dunklen Treppen hinauf, seinen Atem unterdrückend, seine Schritte verhaltend, wie um die neuen Witwen so spät wie möglich aufzuwecken, um den Augenblick hinauszuschieben, wo er sich schließlich den Schreien, dem Gestammel der von dem schneidenden Schmerz erblindeten, noch im Schlaf verfangenen Frauen stellen mußte. Und doch mußte er klopfen, auf das Räuspern der Frauen warten, auf das Schlurfen ihrer Pantoffeln, das Tasten ihrer Hände an der Tür: sie öffnete sich, und alle Wärme, alle Sicherheit der Zimmer erlosch, er drang in das friedliche Halbdunkel ein wie ein Dieb, wie ein Dämon. Zunächst sprach er von Verletzungen, er sagte:

»Wir haben ihn nach Hause gebracht...«

dann von schweren Verletzungen, dann zum Schluß – und die Frauen hatten von Anfang an begriffen – von Tod:

»Seien Sie tapfer, Madame... das Schicksal...«

Die in seine Ohren dringenden Schreie, die hastig angezündeten Lampen, die Teller auf dem Wachstuch neben einer Weinflasche, die steifen, vorsichtig in die von den Körpern der Frauen noch warmen Betten gelegten Toten, ein stumpfsinnig starrendes Kind in einer Ecke, der Zorn der Witwen:

»Ihr nehmt uns unsere Männer, ihr bringt sie uns erschlagen zurück... Mördergesellschaft!«

In dieser Nacht entdeckte Antoine den Tod, einen bestimmten Tod, dem man nicht verzeihen konnte.

Um den Leichnam des Mechanikers auf sein Bett zu legen, hatte er ihn in die Arme genommen: was für ein furchtbares Gewicht hat ein Toter, er wiegt nicht nur die fünfundsiebzig, die achtzig Kilo seines Fleisches, seiner Knochen, seines Blutes, aller seiner Flüssigkeiten, er wiegt das Gewicht seines Todes, als würden plötzlich alle Jahre, die er durchlebt hatte, sich in seinem Körper versammeln, schwer werden wie erkaltendes Blei: ein Verletzter kann sich noch leicht machen, er hat die wunderbare Wärme der Atmung, der Blutzirkulation, doch dieser Tote war steif und verschlossen wie ein beschmutzter Marmorblock, dieser Tote ähnelte nicht mehr einem Menschen, nur seine Kleidungsstücke waren wie alle Kleidungsstücke. Antoine hielt ihn an sich gepreßt, er umarmte brüderlich diesen Körper. Die lebenden Menschen ergreifen sich nicht so, ihre Körper treten nur durch ihre Hände miteinander in Kontakt; sie sind so scheu, daß sie die Umarmungen der Liebe überlassen, kaum wagen sie, sich zu berühren. Erst mußte der Tod kommen, um diesen Mann in die Arme zu nehmen...

Antoine konnte nichts mehr für ihn tun als ihn hinlegen, und das Gewicht des Toten zog ihn aufs Bett. Er hätte ihm gern gesagt:

»Nun, mein Lieber, hilf dir ein bißchen...«

Er hätte sich gern vergeben lassen, so als hätte er ihn selbst mit seinen Händen umgebracht.

Wie viel härter dieser Beruf war als der eines Kaufmanns, eines Bürokraten... Er bezog Leben und Tod mit ein. Warum sterben die Menschen? Antoine war sehr stolz auf seinen Beruf, auf seine Geschicklichkeit, auf seine berufliche Ehre. Aber diese Arbeiter, die sterben? Man muß wenigstens für Ziele sterben, die es wert sind, aber sterben, weil die Gleise in schlechtem Zustand waren, weil eine Schwelle angefault, eine Lasche gebrochen war, für Aktionäre sterben, für die unbekannten Männer, die die Eisenbahn nur von den Bahnhöfen her kennen, von Coupons, Erster-Klasse-Wagen, Luxuszügen, für Rothschild-Barone, für kleine Rentiers, die Obligationen besitzen, für Machenschaften von Händlern und Finanzleuten? Es gab eine Maschine, die das Leben zu einem gewissen Tarif veranschlagte: und die Aktionäre fanden, daß alles gut war, und die Besitzer von Obligationen fanden sicherlich, daß es teuer war... starb man nicht, so erhielt man vor der Pensionierung eine Bronze- oder Silbermedaille, eine Medaille mit einer Lokomotive, an einem Trikolore-Band, wie eine Rettungsmedaille, und einen Brief:

»Als Anerkennung für die von Ihnen geleisteten Dienste und Ihre Pflichterfüllung...«

Sterben, leben, für eine Medaille, für nichts...

Und er, Antoine Bloyé, der befahl, der Befehle weiterleitete

wie ein Adjutant – und Soldaten können auch im Frieden sterben, beim Übungsschießen, bei einem Marsch, durch eine verirrte Kugel, einen Sonnenstich – er, der nicht der Feind dieser Männer war, war er der Komplize ihrer Feinde? So sehr er sich auch wehrte, so sehr er sich sagte, daß es der Fehler des Gleisunterhaltungsdienstes war und Beamten-Gedanken zu Hilfe rief, so wußte er doch sehr genau, daß er auf die Seite der Vorgesetzten übergewechselt war, daß er ihr Komplize geworden war: alle seine Anstrengungen, alle seine Erinnerungen änderten nichts an dieser Komplizenschaft. Er dachte an seinen Vater, der zu denen gehörte, die die Befehle empfangen, an die Kameraden seines Vaters, an seine Gefährten auf den Loire-Werften und in den Eisenbahnerunterkünften, die auch auf der Seite der Dienenden standen, auf der Seite des Lebens ohne Hoffnung. Und während er in der eisigen Morgendämmerung der Auvergne nach Hause zurückging, sagte er sich einen Satz, der für sein ganzes Leben gelten sollte, einen Satz, den zu vergessen er sich später bemühte, der nur verschwand, um in der Stunde seiner Erniedrigung, an der Schwelle seines eigenen Todes wieder aufzutauchen:
»Ich bin also ein Verräter...«
Und er war es.

X

Im Dröhnen der Maschinen, in seinem beschränkten Handlungsbereich hatte Antoine keine Muße zu andern menschlichen Bewegungen als denen der Arbeit. Wie das vieler anderer Männer wurde sein Leben bestimmt von den Erfordernissen der Arbeit, er wurde von seinem Beruf aufgezehrt. Keine Gelegenheit, an sich zu denken, nachzudenken, sich und die Welt kennenzulernen. Er las nicht, er hielt sich nicht einmal ›auf dem laufenden‹, wie es heißt. Jeden Abend vor dem Einschlafen schlug er sein *Leben George Stephensons* auf, und wenn er zwei Seiten überflogen hatte, die er inzwischen auswendig kannte, schlief er ein. Zerstreut sah er auf die Zeitungen: die Ereignisse, von denen sie berichteten, spielten sich auf einem andern Planeten ab, sie betrafen ihn nicht. Er begeisterte sich nur für technische Zeitschriften, Beschreibungen von Maschinen. Vierzehn oder fünfzehn Jahre lang gab es keinen Menschen, der weniger von sich selbst, seinem eigenen Leben und der Welt wußte als Antoine Bloyé. Zweifellos lebte er – wer lebt nicht? es genügt, einen widerstandsfähigen Körper zu haben, um die Gebärden des Lebens nachzuahmen. Er handelte, doch die Triebfedern seines Lebens, die Antriebskräfte für seine Handlungen lagen nicht in ihm.

Wird der Mensch also immer nur das Bruchstück eines Menschen sein, entfremdet, verstümmelt, seiner selbst fremd? Wieviel Brachland in Antoine, wie viele verkümmerte, von der Ehe, von der Compagnie, die ihre Leute mit einem so mächtigen, so gleichgültigen Appetit auffraß, verschlungene Dinge! Und sicher war Antoine sich dieses Mangels nicht völlig unbewußt, er ahnte, daß er hätte sein können, was er war, daß er hätte machen können, was er machte, und noch etwas mehr, was keine Gestalt hatte. Er ließ eine innere Kraft sich verflüchtigen, die größer war, als er dachte, eine Kraft, die wie alle wirklichen Kräfte von seinem Körper abhing. Mit fünfunddreißig Jahren hatte Antoine Bloyé kräftige Glieder und eine gut durchblutete Haut, die auf Brust und Rücken weiß wurde; mit Leichtigkeit trug er Säcke und Balken; er konnte lange der Müdigkeit, dem Schlafmangel widerstehen; sein Kopf war klar. Er erfüllte seine Pflicht, er erledigte seine Arbeit mit der Lockerheit, der Geschmeidigkeit eines Tieres; seine Arbeiter sagten:

»Das muß man zugeben, der drückt sich nicht vor der Arbeit...«

Und sie gaben ihm den Spitznamen das Vollblut. Doch diese Kraft nutzte sich auf dem Schleifstein einer fremden Arbeit ab, er benutzte sie nicht für sich selbst, er ließ sie nicht einer menschlichen Entwicklung dienen, er verbrauchte sie zum

Nutzen von Leuten, die ihn bezahlten, von anonymen Aktionären und ihren abstrakten Gewinnen. Das ist das Unglück vieler Menschen.

Man muß seinen Lebensunterhalt verdienen, seine Arbeit machen, dachte er, man hatte ihm stets diese Dinge beigebracht wie Wahrheiten, die in Frage zu stellen nie jemand auf den Gedanken gekommen ist, so lange die Welt sich dreht. Doch alles, was er hätte erreichen können, rann ihm durch die Finger wie Meeressand, den man in der Untätigkeit der Ferien rieseln läßt: all seine Arbeit verbarg die wesentliche Leere. Manchmal empfand er ein leichtes Schwindelgefühl, wie wenn man im Traum eine Treppe hinaufsteigt, die sich in einer endlosen Kuppel emporwindet; er fühlte, daß komplizierte Mächte ihn daran hinderten, vollständig auf der Erde zu stehen, so wie es einem Mann zukommt, er wurde von dieser Beunruhigung auf den kurzen Sonntagsspaziergängen erfaßt, bei den kurzen Ruhepausen zu Hause: diese Mächte existierten, sie waren ohne Zweifel ebenso konkret wie Dinge mit Gewicht, mit Formen und Kanten, vielleicht hatten sie Namen und menschliche Gesichter. Doch er entwirrte sie nicht, er konnte, er wagte nicht, sich gegen sie zu erheben. Es gab Augenblicke, in denen er das Leben, das er führte, gern aufgegeben hätte, um jemand Neues, jemand Fremdes zu werden, der wirklich er selbst wäre. Er stellte sich vor, daß er irgendwo, weit entfernt, ganz allein wäre, wie ein Mensch, der keine Adresse hinterlassen hat und der Dinge tut und atmet... Einmal bot man ihm eine Stellung in China an, wie damals in England:

»Wenn du unbedingt willst, mußt du allein hingehen«, sagte Anne... »Ich verlasse nicht mein Land und meine Eltern, um bei Wilden zu leben, in einem Land, in dem wir keine Menschenseele kennen... Und für eine Stellung, bei der es nicht einmal eine Pension gibt, nur wegen eines Abenteuers!«

So viele Bande sind zu zerreißen, so viele geheime Ängste zu überwinden, so viele kleine Kämpfe zu bestehen, um eine

Entscheidung zu treffen, die die Zukunft auf ein neues Gleis lenkt! Sich gegen die gegenwärtige Form seines Lebens auflehnen, um dem Double die Freiheit zu geben, das man vielleicht in sich verschließt. Man hat Angst vor dem Frauengeschrei, dem Zerbrechen der Gewohnheiten, man fürchtet, ein ›Monstrum‹ zu sein, von unerträglicher Besonderheit, nicht mehr jedem andern gleich, es fehlt einem an Vertrauen: der falsche Mut wartet auf die großen Gelegenheiten, die außerordentlichen Gefahren, die nie kommen, um einen auf die Probe zu stellen. Doch der wirkliche Mut besteht darin, täglich die kleinen Feinde zu besiegen. Antoine fehlte es an diesem wirklichen Mut, wie so vielen Menschen ... Eine Zeitlang dachte er an diese Möglichkeit der Verwandlung, die sich ihm geboten hatte, dann tat er, als hätte er sie vergessen:

»Wie gut du daran getan hast, auf meinen Rat zu hören«, sagte Anne.

»Ja... vielleicht... Aber reden wir nicht mehr davon, die Sache ist jetzt erledigt«, antwortete er.

Es war ein Scheitern mehr, wie England, wie Marcelle. Es bedarf nicht sehr vieler Niederlagen, um einen Menschen umzuwerfen.

Diese Augenblicke der Beunruhigung, diese Anwandlungen von Bedürfnis nach Veränderung, nach Vollendung, dauerten nur so lange wie ein Blitz. Sie fielen in alle Fallen der üblichen Vernünftigkeit. Als sein Schwiegervater ihn zerstreut, beunruhigt fand, sagte er zu Antoine:

»Du darfst dir nicht so viele Gedanken machen, du nimmst dir die Sachen viel zu sehr zu Herzen... Man darf sich nicht so leicht aus der Ruhe bringen lassen im Leben, man muß ein bißchen philosophisch sein...«

Philosophisch sein, das bedeutete, alles zu akzeptieren, egal was, die Tage nehmen, wie sie kommen. Das hieß in die tiefsten Löcher fallen. Antoine lebte in einer Welt, in der das Wort Philosophie Nachlässigkeit und Schwäche bedeutete. Und so kam der ganze übrige Teil von Antoines Persönlichkeit nicht zum Dasein; viele, für ihn selbst unbekannte Elemente blieben im Hintergrund der Bildfläche. Antoine war ein Mensch mit einem Beruf und einer bestimmten Beschaffenheit: das war alles. Das ist alles, was ein Mensch in der Welt ist, in der Antoine Bloyé lebt. Es gibt nervöse Kaufleute, sanguinische Ingenieure, griesgrämige Arbeiter, cholerische Notare: so sagen die Leute und glauben an der Definition eines Menschen gearbeitet zu haben: sie sagen auch ein schwarzer Hund, eine getigerte Katze. Ein Arzt hatte eines Tages zu Antoine gesagt, während er ihn mit dem Ausdruck der selbstgefälligen Sicherheit, dem eitlen Wissen der Quacksalber ansah:

»Sie sind ein nervöser Sanguiniker...«

Wenn Antoine abgespannt war, müde aussah, sagte seine Frau zu ihm:

»Der Doktor hat es ja gesagt, du bist ein nervöser Sanguiniker... Schnell abgespannt, schnell wieder auf den Beinen...«

Damit war alles gesagt. Jeder konnte ihn wie ein Stück mit einem bekannten Namen handhaben. Er bewegte sich unter anderen Stücken. Was für ein Leben! Im Vordergrund standen die Lokomotiven, die Routine der Vorschriften und der auf die Arbeit konzentrierten Handlungen: der Bereich des Ingenieurs. Dahinter gruppierten sich verschwommen in den unbestimmten Landschaften der Familie, der Freizeit, reduzierte Personen: der Bereich des nervösen Sanguinikers...

Der Oberingenieur des Fahrzeugdienstes sagte:

»Ich kenne mich in Menschen aus, meine Herren... Bloyé in Tours ist einer unserer besten Depotchefs...«

Anne sagte:

»Antoine ist außerordentlich gewissenhaft... zu gewissenhaft... Er dürfte nicht so viel arbeiten!«

Die Lokführer im Rangierdienst, die Wagenreiniger sagten:

»Der Chef kann einem manchmal ganz schön auf den Wecker gehen... Aber er arbeitet wie ein Pferd...«

Antoine sagte sich, um sich zu bestätigen und sich Mut zu machen:

»Was bin ich?.. Ich bin ein Mann, der sein Handwerk versteht...«

Später jedoch, als er alt geworden war, murmelte Antoine eines Tages seinem Sohn, der inzwischen seine Größe erreicht hatte, zu:
»Weißt du, ich glaube, daß ich nicht alles getan habe, was in meinen Möglichkeiten lag...«
Ist der Mensch also nur ein Führer von Maschinen?

Was bedeutet eine Frau, was bedeutet Liebe für einen Mann, der von der Arbeit der Männer besessen ist? Die falschen Pflichten blinder Arbeit verdammen Frauen und Liebe, von denen alles Gute kommt... Alte Eheleute sagen stolz zu ihren Kindern:
»Wir haben dreißig, fünfunddreißig Jahre zusammen gelebt... Wir hatten unsere schwierigen Zeiten, auch Streit miteinander... Bei wem gibt es das nicht? Niemand auf dieser Welt ist vollkommen... Trotzdem hatten wir ein schönes Leben...«
Welch eine Treue! Wie viele Philemons und Baukis' bei den Beamten und Kaufleuten! Man stirbt mit fünf Minuten Abstand, so wie zwei Standuhren stehenbleiben, die fast zur gleichen Zeit aufgezogen wurden... Doch sie haben nicht einmal ein Viertel dieser treuen Zeit, die sie verherrlichen, gemeinsam verbracht: wenn man von den vierundzwanzig Stunden des Tages die Stunden der Arbeit, des Schlafs, der Verabredungen, des Schweigens, der Reisen abzieht, bleiben sehr wenige Stunden für die Frau, für die Liebe übrig. Und selbst diese Stunden werden verdorben: die Männer lieben nicht, auch die Frauen nicht. Das ist eine Sache, die zu viel Geduld erfordert, zu viel Gegenwärtigkeit, gleiche Ziele, Gemeinsamkeit, Freundschaft. Sie haben die großen Leidenschaften erfunden, das plötzliche Entflammen, um ihren schwächlichen Illusionen zu dienen, um ihre Gefühlsarmut mit mangelndem Glück zu entschuldigen. Sie sagen zwar:

»Paris wurde nicht an einem Tag erbaut...«
aber sie wenden diese Redewendung nur auf Karrieren an, auf Vermögen, auf Häuser, auf Fortschritte...

Ein tiefer Abgrund trennt die Welt der Frauen von der Welt der Männer, ebenso wie die Welt der Weißen von der Welt der Schwarzen. Ein Mann und seine Frau versuchen gar nicht, den Unterschied zu überbrücken: soviel Nacht, soviel Abenteuer erschreckt sie... Am Anfang einer Ehe gibt es die Spiele der Jugend, das leicht für Liebe genommene Begehren, das Gelächter, die Lehrzeit, das Neue eines Bettes, in dem man nachts nun nie mehr allein ist, in dem man nicht mehr so nach Belieben die Beine spreizt wie in den Zeiten, als man allein war. Ein neues Leben beschränkt alle Bewegungen, alle Gedanken: wie viele Gebärden macht nicht ein einsamer Mensch, die von der geringsten Anwesenheit eines anderen unterdrückt werden; kaum würde er wagen, sie schüchtern vor einem Spiegel anzudeuten: sein Spiegelbild ist bereits ein anderes Wesen, das ihn beurteilt. Es ist eine fast vollkommene unmenschliche Liebe nötig, um alle Scham zu verlieren, um die Gesten zu wagen, die sonst nur die Träume erlauben. Eine Frau verbietet ihrem Mann, sich jemals zu vergessen: diese Höflichkeit und Disziplin, diese Beherrschung nehmen viel Raum am Anfang einer Ehe ein, selbst die wenig Empfindsamen sind von der Notwendigkeit, sich zu beobachten, erfüllt. Die häuslichen Dienste, die ein Mann seiner Frau leistet, die Hilfe des Beschützers, die er ihr in der Gesellschaft der Kleinbürger gewährt, in der die Frauen nichts sind, gibt ihm in seinen eigenen Augen Bedeutung, er findet in diesen ersten Aufmerksamkeiten Grund zu Stolz und zu einer schmeichelhaften Vorstellung von seiner beschützenden Kraft. So wird die Liebe nachgeahmt...

Wie alle anderen war Antoine von diesen Neuheiten erfüllt. Anne war sehr jung, dieser Jugend war alles fremd. Anne, die hinter der dichten Schutzwand einer Gesellschaft erzogen worden war, bei der junge Mädchen streng am Gängelband geführt werden, hatte viel von ihrem Mann lernen müssen, die Liebesakte, den Sinn vieler Wörter, den Titel mancher Bücher, den Refrain gewisser Lieder. Diese ›Einweihung‹ gibt sich gern den Anschein der Liebe, aber Liebe ist etwas anderes als diese kümmerliche Komplizenschaft.

Im übrigen hatte Antonie sehr rasch ›etwas anderes zu tun‹. Er richtete sich neben seiner Frau in diesem Leben ein, das das gewöhnlichste Modell aller menschlichen Leben ist. Das Ehepaar bildet ein einziges, nach außen gewandtes Wesen: verheiratete Leute sagen:

»Wir sind nur noch eins...«

und verwechseln ihre Einheit von Interessen, von Rezepten, Ausgaben, Gespartem, Urteilen, vorgeformten Sätzen mit Liebe... Man gibt der Gewöhnung an diese falsche Einheit so leicht nach, man sagt sich so schnell, daß man wie zwei Finger der gleichen Hand ist, daß man die Illusion hat, sich gut zu kennen. Doch die beiden Finger sind gar nicht so eng verbunden, noch so einfach ... Die Bekannten sagen:

»Was für eine harmonische Ehe!«

Harmonisch, weil man die Abrechnungen gemeinsam macht! Die Verwandten sind gerührt:

»Wie sie sich lieben!«

Und die Eheleute küssen sich: man muß der Familie Freude machen... Jedes der beiden Wesen, die der Zufall, die Standesvorstellungen einer Gesellschaft, die die Liebe verabscheut, ein kurzer Augenblick Begehrlichkeit oder einfach Rührung, Schwäche vereint hat, ist sehr bald für den andern nur noch eine materielle Anwesenheit, ein Objekt, das kaum beweglicher im Raum ist als Häuser, Bäume, Möbel, Haushaltsgeräte: was ist eine Frau für einen bürgerlichen Ehemann anderes als das beweglichste seiner Güter? Dieser lebendige Gegenstand spricht, er gibt Zeichen von sich, die man wirklich leicht begreifen kann, Wörter, die frei von Geheimnissen und Zauber sind. Die meisten Ehepaare begnügen sich für ihr ganzes Leben, für ihre ganze Liebe, für ihr ganzes Zusammensein mit vielleicht fünfhundert Wörtern, dabei gibt es deren Zehntausende ... Man erscheint zu bestimmten Zeiten, wie die kleinen Figuren der berühmtesten astronomischen Uhren: welche Beunruhigung, wenn die Uhr nachgeht! Kein Schatten, der durchdrungen werden muß, alle Bewegungen, alle Blicke sind durchschaubar: diese Durchschaubarkeit vermittelt den Eindruck der Sicherheit. Man ist wie alle anderen ... Selten ist eine Ehe der Ort, den die großen menschlichen Ereignisse wählen, um sich zu manifestieren. Verheiratete Leute denken an den andern nicht wie an ein schwer zu erfassendes Wesen, das eines menschlichen Lebens vielleicht würdig und fähig ist. Sie begeben sich nicht auf die Suche nach den Geheimnissen, die für den Menschen der Humus sind...

»Ich verdiene das Geld«, sagen die Männer...

»Ich führe meinen Haushalt gut, ich erziehe die Kinder«, sagen die Frauen und glauben, daß alles gesagt sei, daß das Geldverdienen, die Politur der Möbel, das Schimmern der Wäsche, die kleinen Schüsseln in den großen, der Sonntagskuchen, für die Familienfeste und die Schuhe für die Kinder das ganze Leben ausmachen...

Kaum, daß sie sich mit den Stimmungen befassen, die vom Körper ausgehen: ein guter Ehemann weiß, daß eine Frau, die ihre Periode hat, reizbar ist, eine gute Ehefrau weiß, daß ein abgespannter Mann bei Tisch wenig spricht und wegen Nichtigkeiten in Zorn gerät. Und sie bemühen sich um Nachsicht, sie machen sich gegenseitig ›Konzessionen‹, wie in einem kleinen Krieg.

»Ich kenne ihn so gut«, sagt die Frau...

Aber in dieser Form kennt man Haushaltsmaschinen, Haustiere...

Antoine dachte selten an Anne wie an einen besonderen Menschen, vielleicht war sie tatsächlich auch keiner, aber wer wagt zu entscheiden, ob ein anderes Wesen nichts in sich verschließt? Er lebte mit ihr zusammen, fünf oder sechs Stunden am Tag, das war alles... Ihr Eheleben war ein Austausch von Sätzen und Dienstleistungen, bei denen das einzige menschliche Tun zweifellos der nächtliche Geschlechtsverkehr war: die absurdeste Scham verweist ihn in das Gefängnis der Nacht. Diese Abenteuer im Dunkel führen zu stärkeren, wärmeren, blutvolleren Bewegungen und Herzschlägen als die eisigen Zeremonien der Mahlzeiten, der Spaziergänge, der Geburtstage, der Lernstunden der Kinder, der Wochenabrechnungen: die Menschen fangen mit ihnen nichts an, ziehen keine Vorteile aus ihnen. Diese gelehrten, auf ihren Füßen stehenden Tiere, die so stolz sind auf ihren aufrechten Gang, sagen: wir sind keine Hunde, und schütten wütend Wassereimer über die im Geschlechtsakt verbundenen Tiere; ihre Ohren wackeln nicht wie die der Hasen; sie sind sehr zufrieden, daß ihr Daumen den anderen Fingern gegenübersteht und daß sie keine Greiffüße haben – wir sind keine Affen – diese gelehrten Tiere erröten über die Tiere, die sie mit soviel Zynismus unter dem warmen Zelt der Betten entdecken. Man hat ihnen beigebracht, über die tiefen Wellen zu erröten, die sie zu oft erfassen. Sie trösten sich über so viel Scham, indem sie die falsche poetische Liebe der Lieder und Bücher preisen, indem sie Sätze falscher Zärtlichkeit stottern. Sie fliehen wie Priester vor der wirklichen Vereinigung... Diese Dinge sind das Geheimnis der Macht der Straßenmädchen.

»Man behandelt seine Frau nicht wie seine Geliebte«, sagen sie mit ihrer Spruchweisheit.

»Man muß die Frau, die man liebt, und sich selbst achten... Wir sind keine Tiere...«

Anne Bloyé nahm die gewöhnlichen Aufmerksamkeiten in der *Grande Marnière* und im *Roman eines armen jungen Mannes,* die sie in der Stadtbücherei von Tours gelesen hatte, für Liebe. Antoine dachte kurz, so kurz wie möglich, an Marcelles Schlafzimmer und die Geheimnisse der jungen Frau, die ihm am letzten Tag Langeweile vorausgesagt hatte, er erinnerte sich der Nachmittage, an denen Marcelle ihn mit einem dunklen Blick angesehen und gesagt hatte:

»Komm zu mir...«
Als Mann mit einem geordneten Eheleben schob er diese anstößige Welt beiseite.
Einmal, auf einer Reise nach Paris, kam er am Café d'Orléans vorbei: vielleicht lehnte Marcelle wie früher an der Tür, mit ihrem abwesenden Gesichtsausdruck, nicht älter geworden, im gleichen Kleid – doch es saß nur eine dicke Brünette da, die las, und hinter der Theke spülte ein Mann in einer blauen Schürze Gläser... Es war unmöglich, sich den Ort vorzustellen, wo Marcelle in sein Leben getreten war, den Ort, von dem aus er hätte etwas beginnen können.

Mit den sich anhäufenden Jahren richtete sich der Bloyésche Haushalt immer mehr nach dem allgemeinen Typus der »guten Ehe« aus; es war ein Bündnis, in dem die Kraft der gemeinsamen Bewegungen, das Bedürfnis, den Schein zu wahren, die allmählich geformten Gewohnheiten die Liebe nachahmten. Antoine kam abends nach Hause, Anne wartete auf ihn, Anne, die den Tag in Gesellschaft des kleinen Hausmädchens herumgebracht hatte, dem man zwanzig Francs im Monat gab, sie hatte gestickt, gebacken, hatte sich mit dieser oder jener Dame unterhalten, die Frau des stellvertretenden Betriebsleiters, der Pförtner vom Depot hatten ihr das Wetter für den kommenden Tag vorausgesagt, sie hatte einen Roman gelesen, *Die Frau von dreißig Jahren, Ein Leben* oder *Die kleinen Geheimnisse der Frau...* Antoine klingelte, Anne kam angelaufen und öffnete die Tür, küßte ihren Mann und sagte:
»Was gibt es Neues.«
»Was soll es schon Neues geben«, antwortete er, »es ist immer dasselbe, das weißt du doch...«
Antoine zog sich aus, er fragte:
»Was gibt es zu essen?«
Bei Tisch sprachen sie über Ereignisse im Depot, im Bahnhof: das waren kleine Geschichten vom Dienst, von Rivalitäten, Beförderungen, es hieß, die Frau des Amtsvorstands

betrüge ihren Mann; manchmal kritzelte Antoine Zahlen auf den Rand seiner Zeitung, er war ein Mann mit den Sorgen eines knappen Gehalts. Dann gingen sie schlafen.
Unter diesen Bewegungen verbrauchte sich die Zeit.

Im Jahre achtzehnhundertsiebenundneunzig bekamen sie eine Tochter. Sie trat in Antoines Leben wie eine unerwartete Anwesenheit, er hatte sie nicht gewünscht, er hatte alles getan, damit seine Frau keine Kinder bekäme:
»Wir müssen gut aufpassen«, sagte er, »du bist viel zu zart...«
Aber er dachte – und das war ein Gedanke, der sich in einer viel geheimeren Region gebildet hatte als die Gedanken, die zu Worten führen – daß ein Kind alle eingegangenen Verbindungen beschließt. Welche Ehe ist ohne Kinder endgültig, welche Ehe ist unauflösbar? Immer bleibt eine Tür zur Freiheit offen, zu einem neuen Aufbruch und neuen Möglichkeiten. Ohne es geahnt zu haben, wußte Anne diese Hoffnung zu vereiteln: sie wollte mit aller Kraft ein Kind, das ihre Langeweile vertreiben, ihr Gesellschaft leisten würde, das ihr lebendigstes Bedürfnis befriedigen würde: den Hunger und den Durst, die bei vielen Frauen aus der Tiefe ihres Körpers kommen.
»Von den Kindern, die ich gehabt habe«, sagte sie später, »kann ich wirklich behaupten, daß es Meine Kinder sind... Ich habe sie gewollt.«
So wurde Marie-Antoinette Bloyé als Folge der Listen im ehelichen Bett geboren. Sie kam zur Welt, und sechs Jahre später starb sie...
Sie war ein Kind mit blassen Augen, wie die ihres Vaters, mit eingefallenen Schläfen, und wenn sie später schrie, wenn sie rannte, wurden ihre Lippen blau. Die Ärzte wiederholten ständig:
»Da ist wirklich nichts zu machen... Die Kleine kann nicht leben... Sie wird die Pubertät nicht überstehen...«
»Jeder muß sein Kreuz tragen«, sagte Anne.

Während der sechs Jahre, die das Kind lebte, wurden die Bloyés über sich selbst hinausgehoben durch ihren Kampf gegen ein Unglück, dem sie, wie sie wohl wußten, schließlich nicht entgehen konnten. Sie lebten in einer unablässigen Aufmerksamkeit, einer geistigen Präsenz, die niemals nachließ: es war ein listenreicher Krieg gegen den Tod, der um ihre Tochter schwebte wie eine Wespe, die größer ist als ein Adler. Sie verteidigten sie, unterwiesen von den Ärzten, von ihren eigenen Ängsten. Jeder gewonnene Tag, jede ohne Krise, ohne Erstickungsanfall verbrachte Nacht, jede aufgenommene Mahlzeit erschien ihnen als Sieg. Dieser Kampf, dieses aktive und zärtliche Beschützen hoben jede mechanische Niedrigkeit des Daseins auf; sie führten die beiden Bloyés in ein fast heroisches Leben.

Fast jede Nacht schien es ihnen, als käme das Ende, und sie schliefen nur noch in einem angespannten, hellhörigen Schlaf. Das Kind schrie plötzlich, erstickend: sie mußten ihm Arzneien geben, es stundenlang herumführen, um es zu beruhigen, und es starrte unaufhörlich auf die Lampe wie große Leute, die Fieber haben und die nichts mehr blendet. Während all dieser Jahre verbrauchte Antoine viele Stunden seines Schlafes, um seine Tochter herumzuführen, und morgens ging er benommen, zerschlagen, mit steifen Gliedern zum Depot.

»Wann kann ich endlich einmal schlafen«, dachte er.

Ein kleines Unwohlsein, das andere Kinder nur streift, das sie wie eine Welle durchfließt, warf Marie auf ihr blau-weißes Bett, mit verengten Nasenflügeln, eingefallenen Wangen, wie eine Sterbende. Zuckungen, Ohnmachten erfaßten sie: Anne rieb sie ab und Antoine am andern Ende des Zimmers fragte schüchtern, ohne nach seiner Frau hinzusehen:

»Kommt sie wieder zu sich?«

Ihr Herz begann wieder zu schlagen, sprunghaft, mit langen Pausen, die den Atem ihrer Eltern stocken ließen, wie eine fast leere Lampe, die man unbedingt wieder entfachen möchte und die flackert und rußt. Es gab Tage, an denen man sie

in ein Senfbad tauchen mußte, damit sie wieder zu sich kam; ihre Mutter dachte:
»Niemals ziehe ich sie da lebendig wieder 'raus.«
Marie hatte die nachdenkliche Aufmerksamkeit, die unruhige Fröhlichkeit kranker Kinder; mit ernsten Augen folgte sie den Erwachsenen, die ihre Ohnmacht eingestanden, ihr zu helfen, den Weg für ihren Atem genügend weit zu machen. Sie fühlte den dicken Schwamm ihres Herzens unter ihren Rippen anschwellen. Als sie laufen konnte, erkundete sie nur selten die kleine Welt in Bodenhöhe, die sie umgab, stundenlang blieb sie auf ihrem Stuhl, auf ihren Kissen sitzen, sie schonte ihre Kräfte mit der geizigen Erfahrung ehemaliger Kranker. Dann fing sie an zu sprechen, und ihre Eltern konnten kaum ihre Wörter ertragen. Anne drehte den Kopf weg, um zu weinen. Die kindlichen Worte, die die Väter in der Kneipe stolz ihren Freunden weitererzählen, die die Mütter in ihren Briefen erwähnen, die wie poetische Erfindungen weise klingenden Urteile, die Spiele, die die Kindheit mit den Silben anstellt, verursachten ebensoviele Wunden: in Maries Mund drückten sie ein zu tiefes Wissen aus, ein Wissen, das auf Erkenntnissen beruhte, die zu gefürchtet waren, als daß es nicht die Schlichtheit der Bloyés entsetzt hätte. Wie konnte man ihr etwas verbieten, wenn sie darauf antwortete:
»Laß mich doch machen... du weißt selbst, daß der Doktor verboten hat, mich zu ärgern...«
Sie ahnte, daß sie nicht lange leben würde, daß eines Tages alles schwarz rings um sie sein würde; der Kindern sonst unbekannte Tod war für sie wie eine innere Gesellschaft:
»Wenn ich im Himmel bin«, sagte sie auch, »schenke ich euch alles, was ihr wollt...«
Sie folgte mit den Augen den andern kleinen Mädchen, die umherrannten, übers Seil sprangen, Reifen spielten, wippten, wie Wesen einer anderen Rasse, einer anderen Welt vielleicht, der der Katzen, der Vögel. Im Sommer arbeitete ihre Mutter im Garten neben dem Haus vom Depot, zusammen mit den

Frauen der Gruppenleiter, die im ersten Stock wohnten, und sie lauschte den Gesprächen der Erwachsenen über Dienstmädchen, Lieferanten, Küchenprobleme, Handarbeiten; das Gras des Rasens, die Yukkas mit ihren scharfkantigen Blättern, die japanischen Apfelbäume waren mit Kohlenstaub bedeckt, und die Kinder, die sich im Gras wälzten, standen völlig schwarz wieder auf; Lokomotiven fuhren hinter dem Haus vorbei, man hörte das leise Pfeifen des Dampfes und Hammerschläge aus den Werkstätten des Depots, Vögel flogen vorüber, Insekten verfolgten sich, und Marie hörte, sah zu: manchmal fielen Rußteilchen auf ihr Haar wie die Reste eines Ascheregens aus einem Vulkan am andern Ufer der Welt. Wenn die andern kleinen Mädchen sie aufforderten, mit ihnen zu spielen, antwortete sie, ein bißchen stolz darauf, nicht wie alle anderen zu sein, daß sie in ihrem Körper ein tödliches Geheimnis trüge:

»Ich kann nicht mit euch rennen... wegen meines Herzens... ich darf nicht...«

Alles durfte sie nicht, alles war verboten, von ihren Eltern, von ihrer eigenen Müdigkeit, die sie so rasch überkam, ihren Zuckungen, ihren Angstzuständen; tausend Gewichte, tausend unsichtbare Bänder fesselten ihre Glieder, beschwerten ihre vogelgleichen Bewegungen. Sie konnte nur ruhige Spiele spielen, Verkaufen, Besuch, Familie, Bilder ausschneiden... Manchmal hatte sie plötzliche Anfälle von brennender Leidenschaft, von Zorn: wenn sich ein anderes Mädchen seiner Mutter näherte, ihr Kleid berührte, stürzte sie sich auf das Kind und schrie:

»Das verbiete ich dir... Das ist meine Mutter... Verschwinde hier, geh zu deiner Mutter...«

Sie hatte die zarte Anmut der kleinen Mädchen, die zum Tod verurteilt sind; unter ihrer Haut sah man das Netz der Adern:

»Mama, sieh mal die Flüsse«, sagte sie...

Stundenlang saß sie zu Annes Füßen, die nähte, und summte zu selbst erfundenen Melodien Wörter, die ihre Eltern nicht verstanden:

Als die Mamas gestorben waren,
sorgten die Papas allein für ihre Kinder...

oder:

Wenn man in der Nacht die Vögel tötet,
verwandeln sich die schwarzen Vögel in Regen...

Ihre Mutter beugte sich vor, um diesen Liedern zuzuhören, die den Worten der Poesie, des Wahnsinns ähnelten; sie zitterte vor dieser Welt der Kindheitsgeheimnisse und sagte schließlich:

»Sei ein bißchen still, mein Kleines... das stört mich...«

Und schließlich erlitt Marie einen Gehirnschlag und starb. Während ihrer Krankheit stöhnte sie wie eine gebärende Frau:

»Das tut so weh... so weh...«

Und so gebar sie ihren eigenen Tod...

Sie wurde begraben. Antoine sprach mit keinem der Anwesenden. Tränen rannen ihm bis zu den Mundwinkeln, und mechanisch fing er sie mit der Zunge auf. Es war vielleicht zwanzig, fünfundzwanzig Jahre her, seit er das letzte Mal geweint hatte. Er stellte sich ungeschickt an, er ließ sich nicht gehen, er zwang sich, diesen Kloß hinunterzuschlucken, der in seiner Brust auf- und abstieg. Durchdringende Geräusche ließen die empfindsamsten Teile seines Kopfes zittern. Er bewegte die Schultern wie ein Mensch, der angegriffen wird: verteidigt er sich oder wird er fliehen? Denn die Menschen bewegen ihren Körper, um ihren Schmerz zu verjagen und auch um völlig von ihrer Freude Besitz zu ergreifen: man kann glückliche Menschen ihre Arme recken sehen, um ihren Brustkorb zu weiten, oder rennen sehen; unglückliche Menschen zittern wie kleine Tiere, die schnell kalt werden, sie verkleinern so weit sie können die Oberfläche ihres Körpers. Die Leichenträger kamen die Treppe herunter; die Ecken der kurzen Bahre, auf der Marie inmitten ihres Spielzeuges, ihrer Bastelarbeiten, ihrer Puppen, ihrer Würfel wie eine ägyptische Tote lag – in Limoges war das so Brauch – rissen die Tapete ab und beschädigten den Verputz: Treppenhäuser sind nicht für tote Kinder gemacht. Man brach auf, Antoine vergaß völlig seine Frau: mochte sie in ihrer Ecke schluchzen, der Schmerz läßt sich nicht teilen, er läßt sich nicht wie ein Korb mit zwei Henkeln zu zweit tragen, ihr Kummer ging nur sie etwas an. Niemand half ihm, Antoine; Männer sind stark, man tröstet sie nicht, man hüllt ihren Kummer nicht in Behutsamkeit... Er tat alles, was er konnte, um nicht mehr zu weinen, man hat seine Würde, man weiß sich zu benehmen, bei Tisch und bei Trauerfällen, ein weinender Mann verstößt gegen den Anstand; jedesmal, wenn er einen hervorstehenden Pflasterstein sah, sagte er sich, daß er stolpern würde, der Stein wölbte sich wie ein Maulwurfshügel, er versuchte ihn zu umgehen, aber er war machtlos, er konnte die Entfernungen nicht mehr abschätzen, er beherrschte seine Muskeln nicht mehr, es war wie ein Traum, in dem der kleinste Stein, die geringste Vertiefung ein Magnet ist, und er stolperte über den roten Kiesel. Er blickte auf die Kinderbahre und ihren kleinen Baldachin mit den gelblichen Fransen; die Träger und ihr Anführer gingen in einem merkwürdig langsamen Gleichschritt, ihre Beine verhielten in der Luft und setzten dann weich, geräuschlos auf den Boden auf. Er hätte sie gern sich verwirren sehen, diese gleichmäßigen Im-Schritt-Gänger, irgendein Zwischenfall konnte diesen Begräbnisbann brechen, ein Donnerschlag, ein plötzliches Gelächter, ein Vorübergehender, der sich weigern würde, den Hut zu ziehen, und von irgend jemand als schlechter Patriot des Todes geohrfeigt würde. Aber die Menge stapfte schweigend hinter ihm, der Himmel war klar, die Leute höflich, keine Frau unterließ ihre Bekreuzigung; man überquerte einen Platz, auf dem Jahrmarktsleute ein Pferdekarussell aufbauten: Marie war nie auf so einem Karussell gefahren, wegen ihres schwachen Herzens...

Doch alles ging zu Ende, Antoine empfand eine entsetzliche Erleichterung...

Am nächsten Morgen stand er mit dem benommenen Kopf großer Zechereien oder großen Kummers auf. Er war verstört, seine Gedanken entflohen wie Wolken, das Haus war in der Unordnung des Todes, seine Frau schlief mit geröteten Augen und offenem Mund, er durfte sie natürlich nicht wecken; er sah Marie in ihrem Sarg wieder vor sich, mit ihrem blonden Haar, den gewölbten Lidern und der wächsernen Haut, Marie im Garten, krank, atemlos, wie sie zur Schule aufbrach, im Reif des einzigen Monats, in dem sie zum Unterricht gehen wollte, um den andern Kindern zu gleichen... Die Menschen begreifen den Tod nicht sofort: Antoine stellte sich noch vor, daß sie nebenan schliefe; er wußte lediglich, daß er sie nicht mehr wiedersehen würde, so wie man weiß, daß der Winter jedes Jahr kommt. Sich hinlegen, schlafen, ohne Unterbrechung, mehrere Tage, schließlich völlig geheilt erwachen, völlig vergessend, die Verstümmelung völlig vernarbt... Jede seiner Bewegungen schien ihm sinnlos. Der Weggang eines Menschen, den man geliebt hat, der jetzt verwesen wird, hebt alle Bedeutung des Lebens auf; jede Geste weckt wieder den Schmerz, diesen Feind, den man durch Reglosigkeit einschläfern, mit Trägheit und List täuschen müßte...

Trotzdem stand er auf, rasierte sich, bürstete sein Jackett aus, rollte die erste Zigarette des Tages, nüchtern soll man nicht rauchen, es ist die beste des ganzen Tages, ging in sein Büro, kaufte die Zeitung. Papiere, Akten, Statistiken warteten auf seinem Schreibtisch, rangierende Loks fuhren hinter seinen ungeputzten Scheiben vorbei, und ihre großen Schatten glitten über ihn wie der von Wolken. Ein Streckenlokführer kam herein, ein Gruppenleiter, er gab ihnen Antwort. Die Arbeit des Tages häufte sich vor ihm auf wie ein kleiner Abfallhaufen, den man vor Abend wegschaffen mußte, um den Platz frei zu machen für den nächsten Abfallhaufen. Sein ganzes Leben lang hatte ihn der Gedanke beherrscht, daß man zuerst seine Arbeit tun müsse, das hatte man ihm immer wieder gesagt, sein Vater durch Schläge mit dem Gürtel, seine Lehrer in der Schule, seine Ratgeber, es gab keine andere Pflicht, als der Arbeit zu gehorchen, es gab keine andere Sünde, als sich der Arbeit zu entziehen, es gab keine andere Ketzerei, als sich zu fragen, ob die Arbeit einen Sinn habe... Und doch tat Antoine an diesem Tag seine Arbeit wie einen Akt des Verrats an seiner Tochter Marie, die steif und feucht wie eine ertrunkene Katze in ihrem kleinen modrigen Grab lag, zwischen ihren Spielsachen aus Holz und Pappe, deren buntes Papier sich bereits in der sternenlosen Nacht auflöste. Er mußte ein ungeheures Gewicht hochstemmen, um seine Arbeit zu tun, denn er kämpfte gegen die mächtige Anziehung, gegen die mächtige, träge Versuchung der Liebe zu den Toten. Er wehrte sich bereits gegen das geliebte Phantom Maries, und mit ihm kämpfte der Eigensinn der Lebenden, die mit dem Tod im Krieg liegen. Seine ganze Lebensanschauung befahl ihm, seine Arbeit zu tun, den Schmerz zu überwinden, der im Namen des Todes in ihm sprach. Er arbeitete, weil Schmerz und Tod Müßiggang sind und weil seine ganze Weisheit nur im Gehorsam gegen die Arbeit bestand. Er kam nicht auf den Gedanken, daß es gegen die Arbeit noch andere Wünsche der Trägheit, noch andere Versuchungen in ihm gab als den Tod: er war ein Mann, der sich fast nie an die Beklemmungen und Siege in seinen nächtlichen Träumen erinnerte... Was gilt, ist, daß die Züge pünktlich ankommen, ebenso wie die Schiffe die Häfen anlaufen müssen, und die Menschen ihre Aufgaben erfüllen... man hat nie unrecht, wenn man das, was man tut, gut tut... Arbeit ist Freiheit... all diese Sätze... Marie teilte das Los aller Toten: die einfachsten Beweise des täglichen Lebens begannen sie langsam auszuschließen, so wie sie den ganzen Menschen ausschließen.

Antoine wurde geholt, um sich eine Lokomotive anzusehen, die ins Depot gekommen war, weil ihr Injektor nicht funktionierte. Er ging hinaus, jeder seiner Schritte war ein Sieg gegen das Bedürfnis, sich hinzusetzen und sich gehenzulassen. Doch die Aufgabe, die Sache, die nicht wartet, die Aktivität der Männer zogen ihn mit all ihren Kräften an, er würde nie Muße haben, seinem größten Schmerz oder den in den Tiefen seines Körpers verborgenen Gelüsten nach Abenteuern ganz nachzugeben...

Als er an einer Lokomotive vorbeikam, hörte er den Heizer zu dem Lokführer sagen, der gerade das Gestänge schmierte:

»Das Leben ist ein einziger Kampf, weißt du...«

Es gibt Zufälle, die einen an Zauber, an Mysterien glauben lassen... Das war einer der Sätze, die man zufällig aufschnappt, aus der Luft, in den großen Augenblicken des Lebens, sie stehen in unerklärlicher Übereinstimmung mit dem Ereignis, das einen gefangenhält, sie scheinen eine Warnung und eine entsprechende Bedeutung zu enthalten, als kämen sie aus einer Welt, in der kluge Kräfte ihre Lektionen vorbereiten...

Ein Kampf gegen den Schmerz, gegen die Arbeit, gegen den Tod, gegen die Liebe, gegen den Sieg, welchen Sieg von welcher Seite, den Sieg, der so lange zählt, wie es Platz für Siege gibt, bis zu letzten Niederlage, bis zu Meiner eigenen Trägheit und Meinem eigenen Tod... Antoine ging an den beiden Kameraden vorbei, er hob die Schultern mit der Bewegung eines Soldaten, der den Tornister zurechtrückt, und fragte den Lokführer, was los sei, bevor er die drei mit Öl und Staub verschmierten Stufen in die Grube hinabstieg...

XI

Die Bloyés lebten jetzt wie Genesende. Sie kehrten allmählich wieder zu sich selbst zurück, sie ließen sich gehen, plötzlich entspannt, nachdem sie all die Jahre in höchster Anspannung und Angst verbracht hatten. Sie fügten mit der Geduld eines niederen Tieres ihr durch den Verlust ihrer Tochter verstümmeltes Leben wieder zusammen... Sie dachten unaufhörlich an Maries erste Bewegungen, ihre ersten Worte, an ihre Krankheit und ihren Tod in dem Jahr, in dem es selbst in den Wintermonaten so schön gewesen war, daß der

Gedanke unmöglich schien, auch Kinder könnten wie Kranke, wie Verbrecher, wie Greise sterben. Zunächst sprachen sie niemals von ihr, ein Tier, das seine Wunden pflegt, leckt sie in der Einsamkeit, es versteckt sie, es sammelt neue Kräfte; sie verzogen sich jeder in seine Ecke und überließen sich ihren Gedanken, in einer Art Feindseligkeit gegeneinander... Vielleicht ist der Schmerz das animalischste aller menschlichen Gefühle.

Doch eines Tages, ohne zu ahnen, daß das der Anfang ihrer Genesung war, begannen sie ihre Erinnerungen auszutauschen, Erinnerungen, die nicht die gleichen waren, die sie nicht zu den gleichen Daten, zur gleichen Stunde zurückführten: Anne verfügte über viele Eindrücke, von denen Antoine nicht einmal etwas ahnte: die Männer arbeiten, sie kennen weniger gut als ihre Frauen das Leben ihrer Kinder. Antoine empfand so etwas wie Eifersucht gegen dieses Gedächtnis, das reicher war als das seine, er brauchte seine Frau, um das Bild seiner Tochter zu vervollständigen. Es genügte ihm nicht zu wissen, daß Marie äußerlich ihm geähnelt hatte... Diese halbe Eifersucht, dieses Bedürfnis, dieser Austausch, diese Jahre, die nicht mehr ausgelöscht werden konnten, in denen sie zum ersten Mal eine gemeinsame Aufgabe erfüllt hatten – es hatte keine Diskussionen um die Erziehung des Kindes gegeben, sein krankes Herz hatte es außerhalb der Streitigkeiten gestellt, in die sich Eltern wegen der Religionsstunden, der Hausaufgaben, der staatlichen und der kirchlichen Schulen verwickeln – Jahre, in denen über die falsche Einheit der Ehe hinaus eine tiefe Gemeinsamkeit zwischen ihnen bestanden hatte, eine Gemeinsamkeit der Unruhe, der Liebe, so als hätten sie in einer einzigen Anstrengung und mit einem einzigen Willen am gleichen Werk gearbeitet, all das entwickelte schließlich zwischen Anne und ihrem Mann Gefühle wirklicher Liebe. Es herrschte zwischen ihnen eine Bindung, eine Übereinstimmung, die stärker waren als alle ehelichen Gewohnheiten und lange Zeit hinter ihren täglichen Gesten und Gesprächen wirksam blieben. Ihre Ehe bekam eine echte Kraft und Festigkeit, als wäre sie auf einer großen Leidenschaft begründet. Antoine fühlte sich endlich gebunden, wie gegen seinen Willen, durch eine Treue, die sich niemals ganz auflösen würde: er war gefesselt, er war in der Ehe seßhaft geworden. Die Zukunft barg keine Geheimnisse mehr...

Antoine und seine Frau wußten lediglich, daß sie niemals dieses kleine Leben und diesen Tod vergessen würden, doch ahnten sie nicht, daß die bittere Erinnerung zu ihrer Zeit die Form einer ehemaligen Liebe annehmen würde, daß die tiefe Erschütterung sogar eines Tages den Reiz der Jugend für sie haben würde. Keine Wüste des menschlichen Lebens ist so trocken, daß nicht wieder Gras auf ihr wachsen könnte, keine Verstümmelung reicht so tief, daß sich nicht wieder neues Fleisch bildete: die Bloyés wandten sich neuen Hoffnungen zu, mit der Gemeinsamkeit in ihren Absichten, an die sie sich an Maries Bett gewöhnt hatten; die Treue zu ihrer Trauer erlitt täglich eine Niederlage, jeder Tag verwandelte sich in Erwartung: sie machten Pläne für Reisen, für Ferien, für die Zukunft. Oder vielmehr Anne machte Pläne, an die ihr Mann sich gefügig anschloß: er hatte sich an sie gebunden, tausend abgelegene Wege, tausend Zugänge zu anderen Formen seines Lebens verschlossen sich damit für ihn... Anne war eine anspruchsvolle Frau, eine dieser guten Hausfrauen, die viel »verderblicher« für einen Mann sind als die »verdorbenen« Frauen der Legenden. Es gibt Tausende dieser Frauen unter den Kleinbürgern: diese in den einsamen Häusern der Provinz hockenden Spinnen umwickeln ihre Männer mit Gespinsten, die man nur mit heroischer Anstrengung zerreißen kann. Sie sondern eine süße Sklaverei ab: der Haß, den sie gegen »Straßenmädchen« empfinden, ist gegen die spontanen Komplizinnen der Freiheit der Männer gerichtet. Ihre häuslichen Tugenden beschützen sie: wie könnte man sich gegen sie auflehnen? Diese Auflehnung würde die Ordnung treffen, die Moral, ein ganzes gefährdetes Bauwerk, ein Schiff mit hohem Bord, dessen Galionsfiguren sie sind. Anne war eine von ihnen: hätte man zu ihr von ihrer Tyrannei gesprochen, wäre sie in Schluchzen ausgebrochen, hätte sich unverstanden gefühlt, an ihrem empfindlichsten Punkt getroffen; sie hielt sich für gut, sie war es so, wie ihre Mutter es ihr beigebracht hatte, ihre Mutter, mit der »nicht immer gut Kirschen essen war«... Sie kochte gut, und wenn Antoine einen Kollegen einlud, nahm dieser von allen Gerichten zweimal. Das Parkett glänzte, und an der Eingangstür standen Filzpantoffeln, in denen man auf spiegelglatter Wachsfläche dahinglitt; in den Vertiefungen des imitierten Renaissancebuffets, in den Windungen des Schrankes verbarg sich kein einziges Stäubchen, unter den Betten lagen keine wolligen Flocken, die Wäsche wurde jeden Donnerstag gebügelt, die Haushaltskasse pünktlich geführt, in der Hausapotheke fehlte es nicht an Jodtinktur, wärmender Watte, Antipyrin... Die Männer sollen ihr Haus in Ordnung vorfinden. Anne war stolz auf ihr Haus, sie schmückte es mit Vorhängen, Deckchen und Kissen, sie holte sich Anleitungen aus *Die Frau und ihr Heim:* Sie ging nicht aus, sie hatte einen Nestinstinkt, sie spann ihren Kokon wie ein Insekt, baute wie ein Standvogel ihr Nest; in wenigen Jahren hatte sich das junge Mädchen, das sie gewesen war, in eine Frau wie Madame Guyader verwandelt. Madame Guyader hatte eine große Bedeutung im Leben ihrer Tochter gehabt: sie verbot ihr fast alles; Anne sagte:

»Als ich heiratete, konnte ich noch nicht einmal ein Spiegelei machen! Meine Mutter ließ mich nicht in die Küche...«

Sie hatte sich gerächt, sie hatte ihre Mutter übertrumpfen wollen, hatte noch sparsamer, noch tüchtiger sein wollen als sie. Es war ihr ziemlich gut gelungen. Und wenn Madame Guyader sie besuchte, zwang sie sie, unbeschäftigt zu bleiben, unnütz, wie sie es früher gewesen war. Sie zeigte ihrer Mutter, daß sie die Herrin ihres Hauses war, und Madame Guyader lief in der Wohnung ihrer Tochter umher mit leeren Händen, die Brille auf die Stirn geschoben, zwei Stricknadeln im glatten, straffen Haar... Wie viele Tugenden! Anne ließ sie stolz füh-

len: man konnte sie nicht in Zweifel ziehen, nicht die Opfer an Vergnügungen, an Zerstreuungen übersehen, die sie ihrem Haushalt brachte. Sie forderte viel als Ausgleich, ohne Zornesausbrüche, ohne Befehle, Anne war keine »gebieterische« Frau; aber man mußte da sein, um sie herum sein; die Verspätungen ihres Mannes empfand sie als Beleidigung, als den Beweis einer Entfremdung; er sah sie an diesen Tagen auf der Türschwelle warten und beeilte sich, fühlte sich schuldig. Er hatte ein Glas Bier mit den Gruppenleitern getrunken, mit den Männern vom Betriebsdienst, vom Wartungsdienst; sie sagte zu ihm:
»Mein Gott, Antoine, wie du nach Kneipe riechst... du hast Bier getrunken... dabei weißt du doch, daß du keinen Alkohol verträgst... Du hast wieder deine kleinen Augen, die ich nicht mag!«
Und sie weinte, im Namen ihrer verletzten »Empfindsamkeit«, ihres verratenen Bedürfnisses nach »Zärtlichkeit«. Es war wie eine kleine Erpressung des Herzens, gegen die Antoine sich machtlos fühlte. Er bemühte sich um Vergebung von Fehlern, die er nicht begangen hatte. Schließlich stimmte es, sie ging nie aus, sie amüsierte sich selten in ihren vier Wänden, sie wartete auf ihn, eigentlich sollte er Gewissensbisse wegen seines Leichtsinns haben. Es durfte keine Pause, keine Frist zwischen der Arbeit und dem zu Hause geben, kein Vergessen mit Freunden, keine trägen Männergespräche, keine männlichen Vergnügungen... Er fiel vom Büro, von den Maschinen in die kleinen Haushaltsgeschichten: etwas anderes gab es nicht auf der Welt... Wieviel Mut hätte er gebraucht, um zu kämpfen! Anne machte aus seinen geringsten Bewegungen das Unternehmen eines »Monstrums«: wenig Männer haben den Mut, ein »Monstrum« zu sein, die Tränen von Frauen zu ertragen, die auf Befehl weinen... Und er blieb da, lief nicht draußen herum. Der von Anne gesponnene Kokon hüllte ihn ein... So fing er allmählich an zu lügen. Er log ohne Grund, ohne Geheimnisse, er »hatte nichts zu verbergen«, er hatte keine Aben-

teuer, betrog nicht seine Frau, verheimlichte ihr nicht einen Teil des Geldes, das er verdiente, er log ganz unbeteiligt, wegen völlig unbedeutender Dinge: wenn er in einer Kneipe war, nannte er ihr den Namen einer ganz anderen, in der er gar nicht war. Wenn seine Lügen Erfolg hatten, empfand er das Gefühl eines Sieges. Er sicherte sich, fast unbewußt, einen Rückzug für den Tag, an dem er ohne Schwierigkeiten wegen wichtiger Dinge lügen mußte. Er verteidigte sein Leben, indem er sich darin übte, es zu verstecken. Er schützte sich gegen die Besitzergreifung, mit der seine Frau ihn bedrohte, er sorgte für Rückzugsmöglichkeiten.

Und die Erinnerung an Marie schützte all diese Listen.

XII

Im Jahre 1905 kam zum zweiten Mal im Haus von Antoine Bloyé ein Kind zur Welt. Ein Kind, das er sich diesmal ebenso wie seine Frau gewünscht hatte, damit ihre gemeinsame Heilung vollendet würde. Es ist ein Tag mitten im Winter, ein Tag voller schwarzer Rauchschwaden, die die Nordwinde über das Depot und über das mit Kohlenstaub und Ruß bedeckte Viertel von Tours jagen, das Beaujardin heißt...

Antoine, der einen Tag Urlaub genommen hat, sieht auf dem Kopfkissen seines Bettes ein schwaches Bündel roten Fleisches sich bewegen; er steht in einer Ecke, in die die Hebamme ihn verwiesen hat, wie ein überflüssiges Haustier, das bei den bedeutenden Geschäften der Menschen nur im Wege ist.

»Bleiben Sie da stehen, wenn Sie wollen«, sagte Madame Guyader, »aber rühren Sie sich nicht, stören Sie uns nicht...«

Er erkennt undeutlich die zerknitterten Züge seines Sohnes, die Lippen, die geschwollenen Lider, die wie ein frisches Blatt gefältelte Haut, er hört auf die dünnen Schreie, die aus dem neuen Fleisch dringen: ein neuer Mensch, verstoßen aus der mütterlichen Wärme und Flüssigkeit, lernt atmen in der Einsamkeit der Luft...

Madame Guyader, die gekommen ist, um ihrer Tochter beizustehen, läuft im Zimmer umher und stößt unter kleinen Seufzern ihren wie ein Insektenleib aufgedunsenen Bauch gegen die Möbelecken, das Bettgesims; sie bringt ein Jäckchen, einen Wattebeutel, sie läuft wieder weg, um einen Auftrag der Hebamme auszuführen, was nur sie allein kann, Wasser zum Kochen bringen, eine Zitrone für die Augen des Neugeborenen holen; sie läßt ein fröhliches Summen hören, beugt sich über ihre Tochter, die erschöpft auf dem Rücken liegt, leer, zufrieden und hungrig. Sie ruft:

»Mein Kind, mein Kind! Wie schön er ist! Du hast einem Manne das Leben geschenkt!«

Sie geht aus dem Schlafzimmer und murmelt zwischen den Zähnen: »Armer kleiner Magaden.«

Denn wenn Madame Guyader bewegt ist, fallen ihr die bretonischen Wörter ein, die sie in ihrer Kindheit gebrauchte.

Antoine steht abseits, und die Frauen kümmern sich nicht um ihn, er wird behandelt wie eine Drohne, er fühlt sich überflüssig, doch in seinem Innern formen sich große Hoffnungen, über die er im Durcheinander der Geburt zu niemandem zu sprechen wagt. Die Niederlage des Todes seiner Tochter ist ausgelöscht, und ihr folgt ein Sieg. Er fängt wieder neu an, er nimmt alles von Anfang an auf mit einer Beglückung, die er bei der Geburt seiner Tochter nicht empfunden hatte, seiner Tochter, die ihn an die flache Weide der Ehe gefesselt hatte. Die Geburt seines Sohnes kann vieles ändern, er wird nicht mehr mit Anne allein sein. Ein zukünftiger Gefährte ist geboren worden, der ein Wesen seiner Beschaffenheit, seiner Art ist; ein Mann liebt zwar seine Tochter, aber wie eine zukünftige Frau, mit Vorsicht; zwischen seinem Sohn und ihm jedoch wird es keine Geheimnisse geben. Die Geburt eines Sohnes bringt unmittelbar das Versprechen des wichtigsten männlichen Gutes mit sich, ein Mann ahnt, daß, wenn er geschickt ist, wenn er keine von den so zerbrechlichen Hoffnungen und Möglichkeiten vergeudet, sein Sohn ihm vielleicht besser noch als Freunde die Gelegenheit zu den einfachen, berauschenden Gefühlen der Freundschaft geben kann. Er fühlt, daß ein Sohn weniger schwierige Vorsichten erfordert als eine Tochter; zwischen zwei Männern können so viele wichtige Dinge unausgesprochen verstanden werden. Viele Väter sind in Anwesenheit ihrer Töchter, die bereits das gezierte Benehmen und die kleinen Listen der Frauen an sich haben, ungeschickt und insgeheim verwirrt. Antoine hatte manchmal diese Ungeschicklichkeit an sich selbst erfahren, diese Verwirrtheit Marie gegenüber, obwohl sie nur ein krankes Kind gewesen war, eine kleine bedrohte Flamme...

So verspricht sich Antoine in seinem dunklen Winkel, in dem er sich so unscheinbar wie möglich macht, er, der nicht viele Gefährten hat, einen Freund: er wird zehn Jahre warten, zwanzig, er wird so lange warten, wie es nötig ist, sogar bis sein Sohn sich seine männliche Wohnstätte geschaffen hat, und sie werden zusammen ihre Freude haben. Er wird diesem Wesen ohne Kraft und ohne Kenntnisse auf alle Weisen helfen, er wird ihm die Steine aus dem Weg räumen, Fehlschläge ersparen... All diesen unterirdischen Gedanken, die in der Tiefe aller Menschen liegen, erlaubt er, ans Tageslicht aufzusteigen. Er denkt plötzlich:

»Mein Sohn wird mich rächen...«

Denn Antoine ist ein Mensch, der Rache zu nehmen hat, der sich in seinem Leben nicht voll entfaltet hat, der weiß, daß er sich nicht selbst an seinem Leben rächen wird.

Antoine darf sich seiner Frau nähern, die die Hebamme jetzt versorgt hat. Er küßt Anne mit einer Dankbarkeit, die etwas anderes als Liebe ist. Sie will sprechen, sie wird einen dieser ungeschickten Sätze sagen, die seine Freude verderben, er bedeutet ihr mit einer kleinen ungeduldigen Handbewegung zu schweigen, er sagt ihr leise, obwohl er gern laut sprechen würde – dieser Lebensbeginn ist schließlich keine Krankheit, Herrgott!

»Still, still... streng dich nicht an, der Arzt hat dir das Sprechen verboten... morgen...«

Er wagt nicht, seinen Sohn zu küssen, er betrachtet ihn und findet ihn geheimnisvoll und häßlich. Er nimmt das Handgelenk des Neugeborenen zwischen zwei Finger, wie um einen Kraftstrom aus seinem Körper in diesen hilflosen Körper zu leiten: so berührt das Kind den väterlichen Boden und schöpft nach den großen Ängsten und der Bedrängnis seines Zur-Welt-Kommens Mut; es hat aufgehört zu schreien, eine große Ruhe herrscht.

Inmitten dieser Windstille hört Antoine alle Geräusche der Welt, die jenseits der Plüschvorhänge, der Fensterscheiben, der Wände beginnt, er hört das Pfeifen eines Zuges, der Einfahrt verlangt, mechanisch zieht er seine Uhr, sechs Uhr siebzehn, der Schnellzug aus der Bretagne... In dieser Stunde, an die er sich erinnern wird, zwischen den Geräuschen seines Berufs, den Zeichen seines Wissens und den kurzen Atemstößen seines Sohnes, sind alle Quellen seines Lebens enthalten, er verfügt über sie mit einer einzigen Besitzergreifung, er wagt zu hoffen, daß er guten Gebrauch von ihnen machen wird.

Wie viele Dinge werden durch die Ankunft eines kleinen, blinden, schlaffen Tieres – man sieht die kahle Haut der Fontanelle schlagen, man könnte es mit einem Finger töten – in Gang gesetzt, jahrelang wird es die Wärme der fest eingehüllten Betten brauchen, die gleichmäßige Temperatur der Zimmer, es wird fallen, krank sein, sich verletzen, man wird es gegen den Tod verteidigen müssen, es wappnen, es mit der Rüstung von Geheimnissen ausstatten müssen, die die Menschen sich gezwungenermaßen weitergeben. Antoine denkt auch, daß dieses Kind ein vollkommeneres, ein »gerechteres« Leben haben wird als er: das ist eine Hoffnung, eine Verpflichtung.

Antoine ist kein grübelnder Mensch, er hängt selten weitreichenden Gedanken nach, er denkt nur an das Naheliegende, doch dieser Abend ist ein Abend der Muße und des Prüfens, den man Plänen widmen kann, die vielleicht zerstört werden, aus denen nichts entstehen wird... Antoine denkt plötzlich an seinen eigenen Tod, und er betrachtet diesen Sohn, der noch nichts ist, der ihn verraten, ihn vielleicht hassen wird, oder der sterben wird – als die ganz große Kraft, die ihn selbst befreien, ihn vorm Tod retten wird. Er bewacht das Koksfeuer auf dem Rost, damit das Kind und seine Mutter nicht frieren, er blickt auf den Marmor des Kamins, auf die Limoger Porzellanvasen, auf die Standuhr, ohne das alles zu sehen, und plötzlich lösen sich diese Gegenstände, sondern sich ab, sie sind nicht mehr Teil der geschlossenen Kulisse des Zimmers, er fragt sich, was sie sagen wollen... Er sitzt im Sessel, er rechnet, es gibt solche Tage der Muße und des Rausches, an denen die Menschen zu rechnen beginnen:

»Drei Jahre Schule, siebzehn und drei macht zwanzig... Zwanzig Jahre. Wenn ich bis sechzig aushalte, macht das ein Drittel... zwei Drittel meines Lebens blieben mir noch... Ein Jahr Montpellier, einundzwanzig Jahre... Sechs Jahre Eisenbahn, auf der Lok... Siebenundzwanzig Jahre, ich war verheiratet... Meine kleine Tochter ist gestorben, als ich fünfunddreißig war... Wir haben jetzt neunzehnhundertfünf, ich bin vierzig, nächsten Monat einundvierzig... Entsetzlich... Wenn ich bis sechzig lebe, bleiben mir zwanzig Jahre, ein Drittel... nie hat sich etwas ereignet, immer sollte etwas geschehen, aber nichts ist geschehen, nun kann nichts mehr geschehen, jetzt ist es zu spät... Zwanzig Jahre, wie von meiner Geburt bis zu meiner Entlassung von der Ecole des Arts et Métiers, von meiner Entlassung bis jetzt. So wenig... Ich habe zwei Drittel meines Lebens, vier Sechstel hinter mir... und nichts hat sich ereignet, man kann es in drei Worten erzählen, jeden Tag das gleiche... Der Tag hat vierundzwanzig Stunden, es ist vier Uhr nachmittags und der Tag endet um Mitternacht, ich sterbe um Mitternacht. Mitternacht gleich sechzig Jahre... Um vier denkt man ans Abendessen, man spürt, daß der Tag sich neigt, man denkt daran, daß man bald schlafen geht... Zwischen acht Uhr und Mitternacht ereignet sich fast nichts, man schläft... Ich könnte auch noch mit hundert Jahren leben... unmöglich, mit hundert lebt man nicht mehr, manchmal in der Zeitung... mit achtzig... mit siebzig ist es wahrscheinlicher... Einundvierzig Jahre, wenn ich erst nur die Hälfte hätte...«

Er sieht sich auf dem Totenbett liegen. Einundvierzig Jahre, die Last der Jahre liegt ihm auf den Schultern, er drückt sich in seinen Sessel, er sieht sich auf einer Höhe, von der aus er seinen Sohn mit der Klarsicht und der Qual Sterbender überragt. Es gibt diesen Tod, dem er ausgeliefert sein wird, und dieses Leben, das beginnt und das ihn bekämpfen wird, das einen Menschenzweig weiterführen wird. Er denkt an seine Zukunft, als gäbe es von nun an nur noch seinen Sohn und ihn, alles andere ist zurückgedrängt, er vergißt seine Frau, die kaum vergangenen Schmerzen, die sie zum Stöhnen brachten, die Ereignisse auf der Erde, seine Freunde; er stellt das Gebäude der Jahre, die ihm noch bleiben, auf die unsichere Existenz eines Kindes, auf die Beziehung eines Vaters zu seinem Kind. Wenn es nur diese Grundmauern gibt, muß er sich darauf gefaßt machen, daß er sich verrechnet hat! Im übrigen wird er sie oft vergessen...

Plötzlich schreit das Kind. Hat es einen ersten Alptraum? Die Hebamme öffnet die Tür, nimmt es in die Arme, schläfert es mit einem Liedchen ihrer Gegend wieder ein. Antoines Gedanken zerrinnen wie ein Weintropfen im Meer, er versinkt in seiner Angst und seiner Freude, während er auf die Worte des Liedes hört, die für ihn so unverständlich sind wie die eines Abzählreimes:

Som som som
Beni beni beni
Som som som
Beni beni dong

So ist das Leben, an einem Abend im Winter. Die Lampe rußt hinter ihrem Schirm aus wassergrünem Wachspapier. Man wird sterben, aber man hat Söhne: eigentlich kein Anlaß zu bedauern, daß man ein Mensch ist und lebt...

XIII

Im Leben der Menschen gibt es Jahre, die sich ganz im Gleichgewicht zu befinden scheinen: sie fließen dahin wie ein Wasserlauf, und die Tage ergießen sich in sie wie die Bäche, die schließlich die Flüsse bilden.

Antoine trieb den Lauf seines Flusses hinab, den die Tage und Stunden bildeten, die sich aus allen Quellen nährten, aus der Arbeit, der Erholung, dem Zuhause, aus der Hoffnung. So etwas wie ein träger Frieden ruhte über diesem unsichtbaren Lauf, der sich durch die Straßen, Häuser, Werkstätten, Landschaften einer der stillsten und friedlichsten Gegenden Frankreichs zog. Vielleicht war dieser Frieden nur eine Abnutzung, ein Abschleifen, doch Antoine begriff davon nichts...

Dieses Leben nimmt keine besonders breite Fläche ein und ist keinen Blicken ausgesetzt: Antoine gehört zu jenen Menschen, über die die Provinzzeitungen nur ein paar Worte bringen, wenn sie sterben, wenn sie Kinder bekommen oder ausgezeichnet werden. In seinem Dasein gibt es wirklich keine Ereignisse, es würde eine sehr dürftige Chronik abgeben. Es hat den geregelten Lauf, die langsam ansteigende Bahn der Beamtenleben, die von Beförderungen abhängen. Es wird nicht von den großen Geschehnissen der Welt erschüttert: in diesen Vorkriegsjahren entfaltet sich die französiche Bourgeoisie in großer Stille und Selbstzufriedenheit, sie sitzt fest im Sattel, sie erlebt keine Unglücke, über ihrem Haupt schweben keine Katastrophen, sie genießt eine Macht, die nichts zu bedrohen scheint. Sie liest die Zeitungen nicht mit der Furcht, die sie heute, am Vortag ihres Todes, kennt...

Unter Antoines Post befanden sich in regelmäßigen Abständen Briefe vom Zentraldienst seiner Gesellschaft, die ihm den Wechsel seines Postens, seines Wohnsitzes und seine Gehaltserhöhung bekanntgaben. Sie verkündeten ihm:

Monsieur,
auf Grund eines Beschlusses des Verwaltungsrates der Gesellschaft, der auf meinen Vorschlag am... gefaßt wurde, sind Sie zum ... ernannt worden.
Ihr Gehalt beläuft sich vom... an auf...
Mit den besten Empfehlungen
Für den Direktor der Gesellschaft
Der Oberingenieur des Fahrzeugdienstes

Wenn die Briefe eine Gehaltserhöhung ankündigten, stand noch ein Satz mehr darin:
»Es war mir eine Freude, diesen Beschluß herbeiführen zu können.«
Auf diese Weise versicherten sich die Männer, die das Spiel leiteten, durch eine gedruckte Formel der Dankbarkeit der Figuren, die sie hin und her schoben. Diese Briefe bezeichneten die Lebensetappen; die Kommentare zu ihren Sätzen, ihren Zahlen, die Hoffnungen, die sie erregten, füllten viele Gespräche, viele Stunden. Wie viele Berechnungen, um die wenigen hundert Francs, die sie jedes Jahr brachten, zu verteilen! Wie viele zu befriedigende Wünsche, unter denen es zu wählen galt: Stoffbespannungen für die Schlafzimmer, ein Klavier, neue Sessel für den Salon, eine höhere Lebensversicherung! Das ganze Leben ist aus solchen Teilen gewebt, die gedruckten Papiere, deren frei gelassene Stellen von den sorgfältig in Schönschrift geschriebenen Buchstaben eines Büroangestellten ausgefüllt sind, sind die einzigen Spuren des Erdendaseins anonymer Menschen: sie werden auf dem Boden einer Kiste, eines Schranks gefunden, wenn ihre ehemaligen Besitzer gestorben sind.

Bis zum August neunzehnhundertvierzehn, in dem das Leben Antoine Bloyés einer unwiderstehlichen Beschleunigung ausgesetzt sein wird, in dem es aufhören wird, den Schutz des bürgerlichen Friedens zu genießen, wäre seine ganze Dauer

für einen Antoines Absichten und Leidenschaften fremden Beobachter in einem gelben Aktenblatt zusammengefaßt, in dem, was der Verwaltungsdienst eine Personalakte nennt: Maschinenschlosser, Lokführeranwärter, Lokführer vierter und fünfter Klasse, Lokdienstleiter, stellvertretender Depotchef, Maschinenamtskontrolleur, Depotchef, Leiter der Werkstätten. Im Jahre achtzehnhundertachtundachtzig verdient Antoine Bloyé achtzehnhundert Francs, achtzehnhundertfünfundneunzig zweitausendsiebenhundert, neunzehnhundertvier viertausendzweihundert, neunzehnhundertneun sechstausend, neunzehnhundertvierzehn siebentausendzweihundert Francs.
Diese Titel, diese Zahlen bezeichnen das gesellschaftliche Gerüst von Antoine Bloyés Leben: bei seinem Tod ersetzen die bei der Pensionsabteilung der Gesellschaft in der Rue de Londres in Paris hinterlassenen Belege die Memoiren, die Männer seiner Art nicht schreiben: alle Lebenssubstanz ist hinter diesen Zeilen verborgen – alles Zusammensein mit andern Männern, alle Einsamkeit, alle Augenblicke der Begeisterung, der Niedergeschlagenheit, aller Stolz, alle Demütigungen, die Arbeit, die Muße, die Müdigkeit, die Enttäuschung, die Begegnungen mit dem Tod und das, was Antoine wie die Menschen seiner Art gefügig die Pflicht nennt, die Pflicht, seine Arbeit zu tun, seiner Frau treu zu sein, seinen Sohn zu erziehen, die Arbeiter sich auf ihrer vorgeschriebenen Bahn bewegen zu lassen, die Pflicht, auf Seiten der Vorgesetzten zu stehen, »seine Aufgabe« vor seinem Tod zu vollenden... Doch welche Aufgabe?

In dieser Periode der Ruhe umgibt ihn vor allem sein Haus und die Stadt. Da er mehr Geld verdient, ist das von ihm gemietete Haus das größte, das er je bewohnt hat: er kann sich eine ziemlich hohe Miete leisten: wie bescheiden sie vor fünfzehn Jahren in der Rue du Chevaleret in Paris gewesen war! Anne Bloyé dachte nie ohne eine gewisse Scham an diese erste Wohnung zurück:

»Wir hatten eine richtige Arbeiterwohnung«, sagte sie.
Um das Jahr neunzehnhundertsieben war das Leben in dieser neuen Gegend nicht teuer: im Hôtel du Commerce et des Postes aß man Gänseleberpastete und Wild, die Zimmer kosteten zwei Francs fünfzig, an Markttagen handelten die reichen Bauern, die dort zum Mittagessen kamen, den Preis ihrer Mahlzeiten herunter; eine Mietdroschke kostete einen Franc fünfzig die Stunde... Antoine teilte endlich sein Wirtschaftsgeld ohne Sorgen ein: er beunruhigte sich nicht wegen des kommenden Tages.
Die Stadt, in der er wohnte, liegt nicht weit vom Limousin: wenn man mit der Dampfbahn von der Place Francheville abfährt, bemerkt man plötzlich eine Veränderung in der Farbe der Kulturen auf den Feldern, in ihrem Geruch, in der Feuchtigkeit der Luft, man sieht auf den Hügeln kleine Eichenwälder, Buschwerk, halb verfallene Dörfer liegen an den Hängen, die Schäferinnen stricken, man wartet auf den ersten Kilometerstein, um den Namen eines Dorfes zu lesen, um des Vergnügens willen, sich sagen zu können:
»Sieh mal an, wir sind schon im Limousin...«
Wenn man im Süden der Stadt ist, künden die Ziegeldächer der Bauernhäuser, die bis zu den Bäumen reichenden Weinstöcke, die weiten grauen, von Flüssen durchzogenen Horizonte, die Platanen auf den Plätzen, die großen Pfosten der Brunnen, die Palmen auf den Höfen die südlichen Länder an, und Leute, die gereist sind, werden an die Lombardei erinnert... Es war eine ausgeglichene, sanfte Gegend, in der es offensichtlich nicht schwerfallen konnte, glücklich zu sein.
Die Stadt ist von einem Kranz von Hügeln umgeben: die von den Bergen herabkommenden Winde sind nicht aufdringlich. Sie ist in sich zurückgezogen, geizt mit sich selbst. Sie fühlt sich beschützt von Buchen-, Nußbaum-, Eichen- und Kastanienwäldern. Natürlich hat sie eine Geschichte, wie alle Städte, doch diese Geschichte spielt im Leben ihrer Bewohner keinerlei Rolle: von den 31 973 Einwohnern im Jahre neunzehnhundert-

sechs erinnert sich nur eine vornehme Minderheit stolz daran, daß die Gründer der Stadt einst Vesuna verehrten. Nur die Mitglieder der Archäologischen Gesellschaft, die einmal im Monat im Donjon eines ehemaligen Feudalschlosses zusammenkommen, erweisen der Vergangenheit, deren Staub sie aufwühlen, Ehre. Antoine Bloyé gehörte zu jenen, die der Ruhm und die alte Vergangenheit einer Stadt nicht berührten, er gehörte nicht zu den Liebhabern der Geschichte, er lebte in der Gegenwart, ohne Familientraditionen, und er wurde in regelmäßigen Abständen von einer Stadt in eine andere verpflanzt, wie alle Männer, die zur Eisenbahn gehören. Die Gegend, in der er geboren war, lag seit vielen Jahren weit weg von ihm, er durchquerte sie nur einmal im Jahr, wenn er zu seiner Frau und seinem Sohn fuhr, die die Ferien im Morbihan verbrachten...

In dieser Stadt richtete Antoine sich ein und nahm feste Gewohnheiten an. Das aufgezwungene Vagabundenleben, das er so lange geführt hatte und das ihm keine Zeit ließ, wirklich Bekanntschaft mit den Städten und ihren Bewohnern zu schließen, die häufigen Umzüge machten einem dauerhaften Sich-Einrichten Platz, das einer Besitznahme ähnelte. Antoine glich zum ersten Mal den meisten anderen Menschen, die sich als Besitzer ihrer Stadt fühlen...

Die Bezirkshauptstadt, die sich um ihre Präfektur drängte, um ihren Bischofspalast, ihre Freimaurerloge, ihr Stadttheater, ihr Gericht, war eher ein Markt für landwirtschaftliche Produkte als ein Fabrikzentrum oder ein Straßenknotenpunkt: hier herrschte noch wie in fast allen Städten der französischen Provinz eine ländliche Atmosphäre: man sah viele Bauern in blauen Kitteln und runden Hüten, man begegnete Ziegen- und Kuhherden, mit Ochsen bespannten Karren, Heuwagen. Diese Umgebung hatte keinerlei Verbindung zu der, in der sich bisher Antoines Leben abgespielt hatte...

Die Bloyés bewohnten ein Stadtviertel, das gerade erst gebaut worden war. Die Wege, die dorthin vom Zentrum der

Stadt aus führten, gab seinen Bewohnern ein angenehmes Gefühl von der Lage, in der sie wohnten. Sie konnten entweder die Rue Lamartine und die Avenue de Paris entlanggehen oder die lange Rue Louis Mie, doch welchen Weg sie auch immer nahmen, wenn sie in ihrem Viertel ankamen, hatten sie das Gefühl, im Schoß einer unabhängigen Welt zu versinken. Es lag abseits von den für den Handel bestimmten Straßen und Plätzen, die um die wichtigsten Gebäude gruppiert waren, deren Ruinen in zweitausend Jahren die Form der Stadt bezeichnen werden: die Markthalle, das Rathaus, das Hôtel des Postes, das Gerichtsgebäude, die Banque de France, das Kaufhaus: dort lebten die Kaufleute hinter den Glasscheiben ihrer Geschäfte, bis in ihre Mahlzeiten hinein mit dem Gedanken ans Dekorieren ihrer Schaufenster beschäftigt, an ihre Ladenkassen, ständig bedroht durch das Gesindel der Unterstadt; jeden Augenblick konnte ein Kunde die Tür öffnen, die Klingel ertönen lassen, er war willkommen, man zeigte ihm ein freundliches Gesicht, man versuchte ihn durch sorgfältig aufeinander abgestimmte Worte und durch Lächeln zu gewinnen. Antoines Nachbarn sagten:

»Als Geschäftsmann ist man wirklich zu sehr Sklave... Man muß ständig auf dem Sprung sein, immer den Kunden zur Verfügung stehen... Man ist verpflichtet, freundlich zu sein, selbst wenn einem nicht danach zu Mute ist... man hängt von den andern ab...«

Im Zentrum lebten noch die Leute der freien Berufe, jene, die neben ihrem Sprechzimmer, ihrem Anwaltsbüro schlafen und essen. Der Direktor, der Aufseher, der Verwalter schliefen in ihrer Schule wie die Internen.

Doch die Bewohner des neuen Viertels waren bevorzugt: ihr Dasein war geteilt, es hatte zwei Gesichter, es war zwischen zwei Welten verteilt, die nicht miteinander in Verbindung standen, in die man durch Öffnungen trat, die so verschieden waren wie das Elfenbeintor und das Horntor der prophetischen Träume: die eine enthielt die beruflichen Gedanken und Sorgen, die Bewegungen, den Ärger, die Routine der täglichen Aufgaben, es war die gnadenlose Welt, in der man seinen Lebensunterhalt verdient. Hier war der Geruch der Werkstätten, der Staub des Büros, der Mannschaftsstuben, der Waffenlager; hier hörte man die Geräusche, die ein freier Mann im Innern seines Hauses vergessen können muß, Hammerschläge, Sirenen, Drehbänke, Kreissägen; das Zuschieben von Schubladen, Klappern der Rollschränke, Geraschel von Geschäftspapieren, Geknatter von Schreibmaschinen, Trompetenstöße, Klirren von Uhrketten, auf den Boden stoßende Gewehrkolben, Telefone, Befehle, Geschwindigkeit, Rauch, Arbeit... Fast alle Familienoberhäupter waren Ingenieure, Beamte, Angestellte, untere Offiziere. Doch die andere Welt enthielt die Gemächlichkeit und den Frieden, die den befreiten Männern zustehen, die für eine Nacht ihre Aufgabe beendet haben und sich Ruhe gönnen in Erwartung der kommenden Aufgabe. Sie traten jeden Abend in den häuslichen Frieden ein, der das Gut jener Männer ist, deren Beruf mit jedem Tagesende aufhört: niemand verlangt von ihnen Rechenschaft, ihre Verantwortung erlischt im gleichen Augenblick wie das Arbeitsgeräusch: große schweigende Maschinen, deren Riemen alle gelöst sind, verlassene Büros, deren Schubladen alle geschlossen sind, erwarten sie weit entfernt von ihren Betten. Der Ort, an dem sich ihr Tageslauf abspielt, geht ihre Nächte nichts an. Sie denken an die Beschäftigungen des Tages nur aus Befriedigung oder einsamer Demütigung ...

Die Straßen, durch die sie nach Hause gingen, trennten sie auch vom Quartier du Toulon, wo die Arbeiter vor den Toren der Fabriken wohnten, deren bedeutendste die Eisenbahnwerkstätten waren: die Arbeiter waren beim ersten Sirenenruf am frühesten Morgen auf den Beinen, immer blieben sie im Bereich der Arbeitsgeräusche, verstärkt von den Fahrgeräuschen auf der Hauptstraße, vom Pfeifen und den Stößen der Güterzüge, die gegen Mitternacht unter den Bogenlampen der Grande Vitesse rangierten. Wie befriedigend, nicht unter die Arbeiter gemischt zu sein, sich von ihnen durch eine große Entfernung, durch so viele Schritte getrennt zu fühlen! Es gelang ihnen auch, Befriedigung aus der Tatsache zu ziehen, nicht in den Vierteln im Südwesten zu wohnen, die in einer städtischen Hierarchie, die kein Mensch zu leugnen beabsichtigte, weit über dem ihren lagen. Man gelangte in diese vornehme Gegend, nachdem man die Place Francheville überquert hatte, auf der das Feuerwerk am Nationalfeiertag stattfand, Umzüge, Paraden und Viehmarkt. Die Trambahnen nach Vergt, Saint Yrieix, Saint Pardoux fuhren hier ab. Dieser formlose riesige Platz, der schräg war wie der Hang eines Hügels, erinnerte an die absichtlich verwüsteten Gebiete, an die heroischen Zerstörungen, die die von einer Invasion bedrohten Völkerstämme zwischen sich und den Feind legen: und wirklich zögerten die Leute aus dem Osten, dem Norden, wenn sie in den Sommermonaten sonntags mit ihren Kindern und Frauen spazierengingen, vor dieser öden baumlosen Einsamkeit, die von Gewitterregen ausgewaschen, von der Julisonne ausgedörrt war, sie ließen sich von diesem Bollwerk abschrecken und lenkten ihre Schritte zur Route de Bordeaux, dem blauen Schattenstreifen des Bürgersteigs wie einem Bachbett folgend, gingen zum Fluß, zum Garten des Gymnasiums... Erst später kamen sie ins Zentrum des reichen Viertels, nach einem langen Umweg, einem Umgehungsmanöver, das den Belagerten erlaubt hatte, alle Tore zu verriegeln, ihre Tiere, ihre Kinder in ihre Mauern zu holen: sie kamen an wie Sieger in einem verlassenen Ort. In diesen so gut verteidigten Straßen lebten im Innern der Häuser aus schönem Stein, im Schutze von Toreinfahrten die Industriellen, die vermögenden Rentiers, die reichen Kaufleute, die höheren Offiziere des 32. Artillerie- und 50. Infanterieregiments, die Nonnen von Sainte-Marthe, die verarmten Adligen, die im Frühjahr auf ihre Güter zogen, die sie trotz allem noch an den Flüssen besaßen.

Die Straßen im Zentrum trugen wie in ganz Frankreich die abstrakten Namen von Institutionen, großen Männern, öffentlichen Gebäuden: die Namen der Republik, der Bank, der Markthalle, Victor Hugos, Louis Blancs. Die vornehmen Straßen im Südwesten verdankten die Inschriften ihrer Schilder den weit zurückliegenden Erinnerungen der Lokalgeschichte, den ruhmreichen Spuren der alten Stadt: man hatte ihretwegen das Mittelalter beschworen, den gallo-romanischen Götterkult, die von Rom errichteten Gebäude: es gab die Rue Bertrand de Born, die Rue de Vésone, die Rue des Arènes, die Rue Romaine. Man fragte sich, welche Skrupel verhindert hatten, noch weiter zurückzugehen, nicht einen Boulevard des Eyzies zu schaffen, eine Avenue Quaternaire... Die Straßen in Antoines Viertel entliehen ihre Namen jedoch von bescheideneren Berühmtheiten, von Lagrange Chancel, Louis Mie, sie enthielten noch die Spuren einer ländlichen Vergangenheit, die kaum hinter ihnen lag: Antoine wohnte in der Rue Combe des Dames.

Die Nachbarn der Bloyés wollten das reiche Viertel nicht beneiden: sie taten als glaubten sie, daß dort das Leben unterdrückt, eisernen Gesetzen unterworfen würde, einer Zucht, die mit der Vorstellung, die sich ein Kleinbürger der französischen Provinz von den Annehmlichkeiten und der Freiheit des Lebens macht, unvereinbar ist. Sie begnügten sich mangels besserem damit, sich ebenso weit entfernt von den Arbeitern zu fühlen, die sie verachteten, wie von den Großbürgern, deren ungewöhnliche Sitten ihnen unaufhörlich Gründe dafür lieferten, sich nicht mehr Macht oder Vermögen zu wünschen, als Sie besaßen... Sie sagten, daß reiche Leute schlecht erzogen seien, denn sie hatten nicht die gleichen Verpflichtungen zur Höflichkeit wie sie, sie verbreiteten über sie Verleumdungen, Verdächtigungen, die aus dem Viertel im Südwesten eine von Zuchtlosigkeit, Ausschweifungen und Krankheit glitzernde Welt machten. Sie sprachen von Ehebrüchen, Rauschmitteln und Lastern und glaubten ihren eigenen Worten. Alle Menschen übertreiben bei weitem die Laster, Sorgen und das Unglück jener, die über ihnen stehen; sie haben den Eindruck, daß das

Böse mit dem Reichtum, der Macht zunimmt: nichts erstaunt bei den »Oberen«, denn man glaubt sie zu allem fähig in ihrer Welt tragischer Gestalten und müßiger Helden: es ist die Welt von Andromache, von Ajax und den Atriden. Und das herausgeforderte Schicksal führt seine Schläge gegen die durch Vergnügungen, Reichtum und Hochmut erschlafften Wesen; jeder Skandal, jedes Drama, jeder Tod, jeder Ruin bestätigt diesen naiven Glauben der Kleinbürger, die sich für tugendhaft, fleißig und gesittet halten... So verteidigten sich die Bewohner der bescheidenen Straßen gegen die soziale Eifersucht, so rechtfertigten sie ihr unscheinbares Dasein: ihre Entrüstung rächte sie, sie trösteten sich auf diese Weise über das Scheitern ihrer Träume von Macht, von Ruhm und Reichtum: damit ihre Söhne, ihre Töchter keine für ihr Herkommen zu hohen Ansprüche stellten, brachten sie ihnen die Bravheit des juste milieu bei, die Bescheidenheit der Veilchen, die Philosophie des Anständigen und der goldenen Mittelmäßigkeit. Um das Jahr neunzehnhundertzehn waren in der Provinz alle Dinge festgelegt, die Gesellschaft bestand aus Stockwerken, und selten kam es im Laufe dieser trägen Jahre vor, daß ein Mensch plötzlich bis an die Spitze dieses festgefügten Gebäudes sprang. Man sah fast nur in den großen Serien der Obligationen die Möglichkeit eines plötzlichen Aufstiegs: um ihr Gewissen zu beruhigen, mit einem schiefen Lächeln, das ihre Überlegenheit zeigen sollte, überwachten die Familienväter sorgfältig die Auslosungen der Kommunal- und Bodenpapiere. Man gab sich Mühe, die Schönheit, die Freuden, die Vorzüge eines unbedeutenden Daseins zu rechtfertigen, von dem man sich schwer befreien konnte, doch das schließlich so viel mehr Annehmlichkeiten hatte als das geknebelte, unsichere Schicksal eines Arbeiters...

Wenn die Anwohner der Rue Combe des Dames ihre Häuser erreicht hatten, empfanden sie tatsächlich eine Entspannung des Körpers und des Geistes, die viel wert war. Sie stellten sich vor, daß ihre reicheren, bedeutenderen Mitbürger diese Güter nicht kannten, da sie ständig bestrebt waren, weiter nach oben zu kommen, nicht zu scheitern, ihren Kindern, ihren Dienstboten und ihren Freunden das Bild ihrer Beherrschung, ihrer »Bedeutung«, ihrer geistigen Wendigkeit zu bieten, ständig mit einer großen, anspruchsvollen Rolle beschäftigt, die es ihnen verbot, sich jemals gehenzulassen...

Um sieben Uhr, in Erwartung des Abendessens, um neun, nach der Mahlzeit, gaben sie sich in den schönen Monaten Vergnügungen hin, die heute bei ihresgleichen in Vergessenheit geraten sind, da sie endlich wie die von ihnen immer noch verachteten Arbeiter die Angst vor den kommenden Wochen, den kommenden Monaten kennengelernt haben... In den Gärten, die sich hinter den Einfamilienhäusern aneinanderreihten, schwatzten sie über Dornengebüsch, über Sonnenblumenbeete, Zäune, Lorbeer- und Pfeifenstrauchhecken hinweg mit ihren Nachbarn; sie machten einen Rundgang auf ihren Gartenwegen, als hätten sie die Absicht, Unkraut zu zupfen, von einem Pfirsichbaum Raupen abzulesen, den Schnecken durch einen Streifen von ungelöschtem Kalk den Zugang zu ihren Salatpflanzen zu verwehren, ihre Weinstöcke zu schwefeln, doch bald stützten sie sich auf die Grenzmauer – denn man muß das Gesicht des Menschen sehen, mit dem man redet – und sprachen über das Wachstum ihres Gemüses, die guten Aussichten für ihr Spalierobst, da sie alle Gärtner waren, über die großen Daten der Jahreszeiten, politische Ereignisse, da sie alle Meteorologen, Politiker waren. Und es gab in diesen Jahren vor dem Krieg viele Ereignisse aller Art, viele Persönlichkeiten und Veränderungen, über die sie ausgiebig sprachen, ohne eine Sekunde auf den Gedanken zu kommen, daß viele von ihnen sanft, heimlich ihre kleine diamantene Welt ins Abenteuer stießen – Agadir, das Kanonenboot Panther, die Dividenden der großen Firmen, der Kampf um die Weltmärkte, Joseph Caillaux, Streiks, die Attentate der Bonnot-Bande, der theatralische Tod Garniers, die Verteidigung Adrianopels, die Wiederkehr des

Halleyschen Kometen – in Japan nahmen sich Leute aus Angst vor dem Weltuntergang das Leben – die Überschwemmungen von Paris – man fuhr in Booten vor dem Bahnhof Saint-Lazare spazieren – die Mode der Hosenröcke, die Autorennen, die ersten Flugtage, die berühmten Schauspielerinnen, der Tod Lantelmes, Dramen, Katastrophen, Hungersnöte, Kriege – das Unterseeboot *Pluviose* sank, und die Kindermädchen sangen den Kindern ein Liedchen

Die Pluviose ist gesunken
Ist ertrunken...

der Panzerkreuzer *Liberté* flog in die Luft wie einst der Panzerkreuzer *Jena* – Windstöße über die Erde, Herrscherbesuche, bewimpelte Kanonen, Illustriertenbilder in Longchamps, das Attentat von Sarajevo, die Rinde des Universums, unter der Kräfte am Werk waren, die niemand von ihnen kannte...

Alle diese Neuigkeiten wurden damals von vielen Hunderten hemdsärmeliger Männer in den Gärten der französischen Städte kommentiert: sie sprachen gemessen darüber, gleichgültig, als hätten sie nichts Besseres zu tun, sie lebten alle in der Illusion, daß die Ereignisse der Welt, selbst die Sprünge ihres Planeten, sie nichts angingen, sie fühlten sich vollkommen abseits, wunderbar sicher und geschützt, und all diese Dinge geschahen nur, um ihnen als Schauspiel, als Zerstreuung zu dienen, um ihnen bei ihrem Spiel mit Kommentaren und Urteilen ein Vorwand zu sein. In den Wochen, in denen sich fast nichts ereignete, sagten sie, als hätte man sie bestohlen, als betrüge das Schicksal sie mit der Ware:

»In den Zeitungen steht wirklich nichts drin... es gibt überhaupt nichts zu lesen...«

Als der Halleysche Komet angekündigt wurde – und diesmal erklärten die Zeitungen, daß die Erde vielleicht bedroht sei – sagten sie:

»Sehen Sie sich das an, dieser verflixte Komet! Man hat auch nie seine Ruhe!... Das ist also unser letzter Abend... Vielleicht sind wir morgen beim Aufwachen tot. Die Journalisten können nur noch erfinden. Ist der Weltuntergang überhaupt möglich? Einfach so, ganz plötzlich? Nun ja! Bis morgen, wenn wir noch leben... Aber wir haben eine schöne Nacht, um vom Leben in den Tod hinüberzugehen...«

Und sie lachten, und sie wußten nicht, daß der Krieg bereits viel näher war als alle Kometen und daß das Ende ihrer Welt sich näherte.

Sie hielten sich für anständig, für solide, für glücklich. Sie waren zum heftigsten Zorn, zum stärksten Mut fähig, um die Anständigkeit, die Solidheit, das Glück ihres kleinen anspruchsvollen Lebens gegen alle Veränderungen, alle Mächte zu verteidigen. Sie dachten mit tiefstem Haß an die Revolutionen, an die Arbeiter, die sie machen. Es waren Menschen, die die Polizei liebten. Und Antoine lebte unter ihnen, war einer von ihnen; Monat für Monat sank er tiefer in diesen süßlichen Brei von Gewohnheiten, er wurde eingelullt, er dachte kaum mehr an seine Niederlagen, seine früheren Träume, seinen einstigen Zorn, vielleicht hielt er sich wie seine Nachbarn für anständig, solide und glücklich. Wie sollte soviel offenkundige Sicherheit und Selbstzufriedenheit nicht einen Mann erobern, dessen Leben hart und gehetzt gewesen war, der sich seit Jahren nicht mit dem Leben einer anderen Menschengruppe verbunden hatte, seit der Zeit, da er auf der Lok gestanden hatte, unter völlig anderen Männern? Es war die Watte des bürgerlichen Lebens, sie hinderte ihn, den Wind zu spüren. So verliefen die Abende...

Indessen waren die Frauen und die Dienstmädchen in den Küchen und Eßzimmern beschäftigt, man hörte das Klirren der Teller, Gläser und Bestecke. Später räumten sie ab und brachten die Kinder zu Bett: in den ersten Stockwerken klappten die Fensterläden, die Lampen wurden angezündet.

An Tagen, die Regen ankündigten, dachten die Männer an ihren Einfluß als Wähler, um sich über den schlechten Geruch zu beschweren, den die Gasfabrik verbreitete. Monsieur Baud, der Abteilungsleiter bei der Präfektur, sagte:

»Diese Fabrik ist ein ständiger Skandal ... Der Geruch nach faulen Eiern verdirbt mir den ganzen Abend!«
Sie gaben ihre Kommentare zu den städtischen Beschlüssen und beurteilten streng ihren Präfekten, ihre Abgeordneten. Aber die verbotenen Themen schnitten sie nicht an, sie sprachen nur in verschlüsselten Worten von der Loge, von den politischen Priestern der Kathedrale Saint-Front, niemals machten sie Bemerkungen über die andern Bewohner der Rue Combe des Dames, aus Angst, sie würden über die Gemüsegärten hinausdringen und Unfrieden zwischen die Gartenliebhaber bringen: sie waren Menschen, die sich zu benehmen wußten. Die bösen Gerüchte entstanden und entwickelten sich anderswo als in der friedlichen Atmosphäre dieser Abende: nur wenn sie tagsüber in der Stadt verstreut waren, verstanden sie es durchaus, mit der giftigen Niedrigkeit über Nachbarn herzuziehen, die am Abend von ihrem egoistischen Wunsch nach Ruhe zurückgehalten wurde. So bemühten sie sich, die wie Inseln im Meer isolierten Kleinbürger, ein Leben in der Gemeinschaft zu führen, das kaum durch den Winter und den regnerischen Spätherbst unterbrochen wurde: vielleicht bedeutete das, daß sie weniger als sie glaubten von der volkstümlichen Herzlichkeit und dem Zusammenhalt der Arbeiterviertel entfernt waren. Selbst die Offiziere, die in dieser Straße wohnten, hielten es bis zu dem Tag, an dem die neuen Litzen eines höheren Dienstgrades ihnen das Recht geben würden, die Stadt zu durchqueren, nicht für unter ihrer Würde, einen alten Waffenrock ohne Litzen überzustreifen, um sich unter die Zivilisten zu mischen und ihnen über frischen Salatköpfen, im Duft des Flieders und des Pfeifenstrauches zu verkünden, daß Frankreich stark sei, daß nichts und niemand seine Armeen so mir nichts dir nichts schlagen könne, denn zumindest das 50. und das 32. Regiment seien kampfbereit, und nach ihnen könne man alle anderen Regimenter beurteilen...
Zur gleichen Stunde schwatzten die Arbeiter im Quartier du Toulon ebenfalls vor den Türen, in den Höfen, oder kamen

zusammen vom Weinhändler, am Rand neu angelegter Straßen entlang, auf deren lehmigem Boden Gewittergüsse Pfützen zurückgelassen hatten, in denen Kinder in den schwarzen Kitteln der Kommunalschule stocherten. Alle Männer sehnen sich nach den Freuden gemeinsamer Spiele: sie ahmen lange Zeit das Zusammenhocken und die Vergnügungen ihrer Kindheit nach, und die Frauen verstehen nicht, daß die Abende in der Kneipe so gut sie können die Freundschaft, das Freisein von Sorgen, Murmelspiele und Barlauf ersetzen... Doch die Menge im Quartier du Toulon war sich des kommenden Tages und des Friedens weniger sicher als die allzu beruhigten Anwohner der Rue Combe des Dames: in ihren Unterhaltungen gab es Themen, Akzente, die die Machthaber in der Rue de la Cité und der Rue Bertrand de Born genügend mißtrauisch machten, um davon beunruhigt zu sein. Die Menschen des Quartier du Toulon lauerten auf Anzeichen von Veränderungen in der Welt, der Zorn, der sie manchmal erfaßte, die Schwierigkeiten ihres Lebens, die zeitweise beiseite zu schieben ihnen kaum und nur dank der Brüderlichkeit gelang, die Hoffnung auf eine neue Welt brachten in ihre Tage eine Wärme, eine Solidarität, die den zufriedenen Kleinbürgern der Rue Combe des Dames unbekannt waren, die hinter ihrem Gleichmut ihre Einsamkeit, ihren Neid, ihr Mißtrauen, ihre Intrigen verbargen, wie kleine bedrohte Nagetiere.

Antoine lebte dieses Leben Tag für Tag, Nacht für Nacht. Es beschenkte ihn mit seiner Leichtigkeit, seinen tausend Möglichkeiten der Gleichgültigkeit und des Vergessens. Er ließ sich gehen: niemand kämpfte mehr gegen sie. Er hatte sich damit abgefunden. Er sagte:
»Alles regelt sich... Wie abgeklärt man mit den Jahren wird«. Er sagte sich diese Dinge, weil er sie sich sagen mußte, weil er trotz allem nicht so sicher war, daß sie stimmten. Doch Gott weiß, wo man hingeriete, wenn man sich nicht beruhigende Worte sagte. Die Kalenderblätter mit ihren geschicht-

lichen Jahrestagen, ihren weisen Sprüchen – sie waren jedes Jahr verschieden:
»Dieses Jahr werde ich einen humoristischen Abreißkalender kaufen«, sagte Anne,
die Kalenderblätter mit Mondwechsel, Gezeiten, Sonnenauf- und -untergang wurden eines nach dem andern abgerissen: die Monate unterschieden sich nur durch die Temperatur und die jahreszeitliche Vegetation voneinander, durch das, was die Haut von den Veränderungen des Universums empfand, alles schien so festgelegt, daß selbst Antoine sich alle Pläne ausmalte, die ihm durch den Kopf gingen:
»Wenn ich pensioniert bin«, sagte er zu Anne, »kaufe ich ein Haus in Palaves les Flots...«
Anne haßte den Süden seit der kurzen Reise, die sie nach ihrer Hochzeit dorthin gemacht hatten, niemals würde sie ihre Tage in diesem Land des Öls und des billigen Weins beschließen, sie wußte, daß sie das letzte Wort haben würde und daß diese Pläne nur ein Spiel waren, das sie Antoine gewährte... Schließlich stellte er sich den Höhepunkt seines Ehrgeizes vor: er dachte, daß er vollkommen befriedigt wäre, wenn es ihm gelänge, Werkingenieur zu werden.
Morgens ging er ins Büro, er hängte seinen Schirm oder seinen Überzieher an den Haken; bald war es Winter, bald Sommer, die Saison der Melonen, dann die der Strohhüte, der Panamas, der Kreissägen. Er setzte sich, zündete eine Zigarette an und öffnete die Tür zum Büro nebenan, wenn er dort Geräusche hörte, ein Husten, Schritte, ein leises Pfeifen, ein Liedrefrain zwischen den Zähnen, der dumpfe Laut eines Körpers, der sein ganzes Gewicht in einen Sessel fallen läßt: der Ingenieur war gekommen. Sie tauschten die Sätze aus, die den Tag einleiten, ein paar Geschichtchen, Witze, die ersten dienstlichen Worte. Antoine hob die etwas grauen Tüllvorhänge: vor ihm erstreckten sich die Gebäude und die lange Hauptstraße der Werkstätten, über die Männer in blauen Arbeitsanzügen liefen: auf den Anschlußgleisen reihten sich Wagen-

achsen mit ihren weißgestrichenen Achswellen, die hohen Treibräder der Lokomotiven; an den Ziegelmauern und den schwarzen Glasscheiben der Gießerei und der Kesselschmiede entlang stapelten sich Haufen von Balken, verrostete Kessel, Berge roten alten Eisens, Kupfer- und Stahlspäne. Links vom Büro stand eine kleine Blautanne, und an manchen Tagen, wenn er besonders abgespannt war, genügte es Antoine, sie anzusehen, um wieder neue Kraft zu spüren. Aus den Werkstätten drang Dampf in kleinen Stößen, der große Schornstein der Zentrale ließ seinen schwarzen Rauch wie einen zitternden Baum aufsteigen. In dem überheizten Büro hörte Antoine die Geräusche der Werkstätten: Pfiffe durchdrangen einen wirren Vorhang von metallischen Stößen, von Schwingungen, Brummen, das vom dumpfen, zornigen Stampfen des großen Fallhammers der Schmiede wie von gleichmäßigen Paukenschlägen unterstrichen wurde. Die Schichtleiter, die Werkmeister kamen, wie Unteroffiziere zum Rapport, und gleich darauf stürzte Antoine sich in den Tumult der Werkstätten, er machte seine Runde durch die Schmiede, die Gießerei, die Kesselwerkstatt, die Montier- und die Wagenwerkstatt, manchmal stieß er sogar die Türen zu der Werkstatt auf, in der die Feilen wieder geschärft wurden, er sah in die Holzbaracke, in der ein Mann mit Sandstrahlgebläse die Kessel reinigte – und trotz seiner großen Schutzmaske würden die kleinen Siliziumteile seine Lungenlappen zerreißen; in der Vernickelungswerkstatt lagen Stahlstücke in den Becken mit dem tückischen Widerschein, und die Männer dort hatten oft hohle Wangen; das waren Gebäude, in die Antoine nicht sehr gern ging, Gebäude, in denen er kein sehr ruhiges Gewissen hatte...

Die großen Werkstätten bildeten die Welt, in der er mächtig war und deren Geheimnisse er kannte: er lief zwischen den Werkzeugmaschinen umher wie ein Bauer zwischen seinen Tieren: wie lebendige Tiere hatten die Maschinen ein Eigenleben, es gab welche, die man gern haben konnte, weil sie die Menschen nicht bedrohten; die großen Radreifendrehbänke drehen sich langsam, und die Schneiden reißen große spiralige Bänder von den Stahlflächen; man braucht sie nur zu überwachen, sie beißen nicht; es gab andere, die man haßte, tödliche Maschinen, die die Männer in ihre pfeifende Schnelligkeit rissen, und die Hände ihrer Führer flogen um das Werkstück wie flinke, vorsichtige Tiere, die wissen, wo die Falle sich schließt; das einzig Friedliche an diesen Maschinen ist der kleine Wasserlauf, der über die Stücke rinnt; die Fräsen, die Revolverdrehbänke, die Pressen fordern dieses Mißtrauen und diesen Haß heraus, doch die grausamsten Maschinen sind die Holzbearbeitungsmaschinen. Antoine dachte an diese Organismen aus Eisen und Stahl nie anders als auf diese Weise. In der Holzwerkstatt fiel ein weißes Licht durch die Scheiben, ein Krankenhauslicht, die Sägen, die Hobelmaschinen zerschnitten die Bretter mit aufjaulenden Motoren, mit dem Geräusch vom Durchdrehen einer auf einem Wellenkamm aus dem Wasser ragenden Schiffsschraube. Sägespäne flossen herab. Die Sägeblätter drehten sich mit entsetzlicher Gier, es war eine Werkstatt, in der viele Hände nicht mehr vollständig waren, wo mancher Finger wie ein einfacher Holzspan absprang. Antoine überprüfte die Sicherheitsvorrichtungen: er war Buchhalter für die Finger und Hände wie für die Maschinen, er fand, daß die Maschinen nie genug geschützt waren, er wollte den Abgeordneten des Personals, den Verantwortlichen der Gewerkschaft begegnen, ohne sich schuldig zu fühlen...

In der Kesselwerkstatt, der Montierwerkstatt standen die kranken Lokomotiven herum wie die Schiffe im Trockendock: die Preßlufthämmer schlugen tobend auf die weißglühenden Köpfe der Nieten; die neu vernieteten Seitenwände der Feuerbüchsen glänzten wie genagelte Tore, ein an der fahrbaren Brücke hängender Kessel bewegte sich langsam vorwärts. Antoine ging überall herum; manchmal blieb er hinter einem Arbeiter stehen und dachte, daß er jetzt die Stufe erreicht hatte, wo man den Händen der andern beim Arbeiten zusieht, seine Arbeit bestand nur noch im Ordnen und Planen; er berechnete, schrieb

in sein Notizbuch, überwachte das Fortschreiten der Aufgaben, die er selbst festgelegt hatte und die sich in graphischen Darstellungen und Pauszeichnungen ausdrückten, und wenn es eine Verzögerung gab, verlangte er Rechenschaft von den Schichtleitern, den Werkmeistern. Es kam vor, daß er in der Schmiede einen schweren Hammer nahm, um zu zeigen, wie er auf das Stück treffen muß, weniger um ein Beispiel zu geben, als um in seinem Körper die Bewegungen von einst wiederzufinden. Er sagte sich, daß das eine Handlung sei, die außerhalb seiner Funktion läge: ein Fabrikleiter hat sich nicht mit Sachen zu befassen, die die Schichtleiter angehen, doch er konnte diesem Vergnügen nicht widerstehen, das ihn von seiner Bedeutung, seinem Schreibtisch befreite: er dachte, daß er zu befehlen verstand und die Arbeit und die Männer kannte, doch wie läppisch, Berichte zu schreiben, Pläne! Wozu soviel Schreiberei? Alles, was man außer Formeln und Zahlen schreibt, wird letzten Endes zu Höflichkeitsfloskeln, zu Geschwätz. Doch er ging in sein Büro zurück, er sagte zum Ingenieur:
»Der Rundgang ist gemacht...«
Und er setzte sich an die Berichte, die Pläne: wie viele Tage waren anzusetzen für die Reparatur der Feuerbüchsrohrwand der Lok 4 635? Wie soll man den Bericht für den Oberingenieur über den Bruch des Zylinders der 300 Tonnenpresse anfangen? Wie den Plan für die neue Aufstellung der Werkzeugmaschinen in der Kesselwerkstatt beurteilen, der Bolzenbohrmaschinen, Drehbänke, Schleifmaschinen mit ihren Hebeln, Rollen, Motoren? Alle Antworten darauf stellten sich ein, ordneten sich: der Betrieb lief, die reparierten Lokomotiven verließen in frischer Farbe leuchtend die Montierwerkstatt, ihr Gestänge glänzte wie die Schenkel von Radrennfahrern. Wenn Antoine sie auf den Anschlußgleisen wegfahren sah, sagte er sich, daß er berechtigten Grund hätte, stolz zu sein... Er sagte sich auch, daß man ihm keine »Steine in den Weg lege«; der Werkingenieur ließ ihn in Ruhe, er behielt sich die Verwaltungsarbeit vor und behandelte die Technik ziemlich von oben herab. An-

toine verachtete Monsieur Huet ein bißchen: es war ein dünner Mann mit Augen von verwaschenem Blau, so starr wie Glasaugen, sein Blick ließ an Geheimnisse glauben, doch er verbarg nichts. Monsieur Huet war ganz einfach ein Alkoholiker. Noch mit vierzig Jahren zeigte er einen kindischen Stolz, daß er vom Polytechnikum kam, daß er diesem mächtigen Orden der Meister der Bergwerke, des Brückenbaus, der großen Eisenbahngesellschaften, der Schiffswerften und der technischen Waffen angehörte. Monsieur Huet war ein Großbürger mit Familientraditionen: in der Verwandtschaft seiner Frau gab es einen General, einen Botschafter, das Ansehen dieser Verwandten erhob die Huets zu einem höheren Rang als dem, der einem Werkingenieur in der Stadt zugekommen wäre. Monsieur Huet schien in die dunklen Büros zu den groben Stämmen der Eisenbahner verbannt zu sein: er bekämpfte seine Verbannung mit den armseligen Räuschen der Provinzkneipen. Nachts brachte ihn ein Ingenieur vom Fahrdienst, den der Alkohol nie berauschte, nach Hause. Er konnte Latein und zitierte Barrès und Nietzsche, er ließ Antoine fühlen, daß diese Bildung ihm stets fehlen würde, daß er nie zu den Großbürgern aufrücken könnte. Monsieur Huet küßte in den Salons, zu denen die Bloyés keinen Zugang hatten, die Hände der adligen Provinzdamen. Doch so hoch hatte Antoines Ehrgeiz nie gezielt... So vergingen die Tage im gleichförmigen Rhythmus. Viele Fäden wurden gesponnen, um ein festes Gewebe zu bilden, das sich gleichmäßig verlängerte, das Leben.

XIV

Antoine Bloyé wäre in einer der mächtigen Industriestädte, die am Rande der Flüsse, am Rand von Kohlenbecken und Erzlagern qualmend wachsen, völlig verloren, völlig anonym gewesen. Doch an der Spitze der Werkstätten der Compagnie, die das größte Unternehmen der Bezirkshauptstadt waren, bekam er Bedeutung, zum ersten Mal in seinem Leben überschritt er den Kreis seiner Arbeiter, seiner unmittelbaren Nachbarn, er konnte mit den Persönlichkeiten in Verbindung treten, die die Wirtschaft, die Politik der Stadt lenkten. Er entging der engen Welt seines Berufes, der ihn lange Zeit an die Eisenbahnviertel gefesselt hatte wie an ein kleines, geschlossenes Universum abseits der Städte, er mischte sich unter das Bürgertum, er konnte an dem Gefühl teilhaben, das es von seiner sozialen Bedeutung besaß, zu den angesehenen Bürgern gehören, die die Lokalzeitungen die »Honoratioren« nennen. Die Zeitung »Le Combat« hatte sofort die Nachricht seiner Ernennung gebracht.

Er sah seine ersten Wünsche nach Macht aus seiner Jugendzeit sich verwirklichen. Was für eine Bilanz für den Sohn Jean-Pierre Bloyés, des kleinen Mannes im Betriebsdienst! Fünfzehnhundert Arbeiter unter seinem Befehl, soundsoviele reparierte Maschinen pro Jahr, soundsoviele Waggons. Die technischen Vorgänge vollzogen sich auf den Bahnen, die er vorgezeichnet hatte. Er wurde sich seiner Kraft und seines Könnens bewußt.

Bei der Eisenbahn gibt es eine Art Hierarchie der verschiedenen Abteilungen: jede achtet auf ihre Besonderheiten, sie hat ihre Werte, ihre Anerkennung, ihre Verachtung, kurz, ihre Moral. Die Bahnmeisterei, der Beschaffungsdienst werden verachtet; der Fahrzeugdienst steht weit über ihnen, die derben Witzeleien, die die Eisenbahner mit Freifahrtschein den Bahnhofsvorstehern mit den goldbetreßten Mützen durch die Waggontür zuwerfen, werden nicht ohne ein heimliches Vergnügen von den Streckenlokführern und den Depotchefs aufgenommen, die nicht zum Betriebsdienst gehören. Doch der Betriebsdienst kennt seine Bedeutung, die Vorsteher der gottverlassenen Bahnhöfe halten sich für die Herren der Eisenbahn und wollen die wie Zivilisten gekleideten Leute der anderen Abteilungen auf ihren Platz verweisen, sie verdienen das Geld, das der Fahrzeugdienst ausgibt, sie holen das Geld herein, das die Hersteller vergeuden. In der heroischen Epoche der Eisenbahn gab es in Angers einen Bahnhofsvorsteher, der, wenn er eine Lok betrachtete, sich sagte: »Diese Lok ME kostet 50 000 frs«, und der Fahrzeugdienst wies verächtlich auf »diese unverschämte Lüge« hin... Jean-Pierre Bloyé war eines der kleinsten Rädchen im Betriebsdienst gewesen: Antoine maß seinen Aufstieg, indem er seinen Vater in der Kleidung der Bahnangestellten vor sich sah und das Leben, das er geführt hatte. Er fühlte, daß er zur oberen Schicht seines Berufszweigs gehörte: zweifellos gab es Posten, nach denen zu streben gar nicht in Frage kam: für sie sind die ehemaligen Schüler des Polytechnikums bestimmt. Es gibt wenige Beispiele dafür, daß jemand von der Ecole des Arts et Métiers Oberingenieur im Fahrzeugdienst geworden ist, aber Antoine dachte daran, daß viele seiner Kameraden nicht über die Leitung eines Depots, über den Titel eines Inspektors hinauskamen: sein Schwiegervater hatte sich als Fahrzeugdienstinspektor pensionieren lassen. Warum sollte er nicht stolz sein auf das, was er erreicht hatte, und auf das, was die Zukunft ihm noch zu verheißen schien? Warum sich noch Fragen stellen, warum nicht dem weichen bürgerlichen Behagen nachgeben, das sich um ihn herum ausbreitete? Er wußte überhaupt nichts mehr. Warum an die Welt denken, an die Dinge, die hinter ihm zurückgeblieben waren, an die früheren Gefährten, an Marcelle, an die Zeit von Saint-Nazaire? Er verhielt sich, als wären alle diese Kräfte tot...

Die Bloyés hatten Muße genug, Bekanntschaft mit den Leuten aus der Stadt zu machen. Sie schufen sich Verbindungen, wie man das nennt. Bis jetzt waren sie stets an den Bahnbetrieb gefesselt gewesen, da sie im Haus des Depots gewohnt hatten, im Eisenbahnerviertel. Sie kannten nur die Familien dieser Leute und die der Gruppenleiter. Doch in ihrem neuen Leben atmeten sie auf, Antoine hatte geregelte Arbeitszeiten wie ein Angestellter, wie im Militärdienst, er wurde nicht mehr von der Compagnie untergebracht, er hatte unter den gewöhnlichen Stadtbewohnern Fuß gefaßt...

Anne hatte einen Tag festgelegt, an dem sie »empfing«, den

zweiten Freitag im Monat: dieses Ereignis war für sie eine neue Stufe in ihrem sozialen Aufstieg. Eines Tages, nachdem in diesem Jahr die Versicherungsprämien bezahlt und die 3%-igen Rentenpapiere, die »Ville de Paris« gekauft waren, hatte sie genügend Geld gehabt, um an den Kauf »eines Salons« zu denken: das Gehalt ihres Mannes erlaubte eine Miete, die ein Luxuszimmer mit einschloß, in dem sich ein paar Tage im Jahr ein Leben abspielte, das von den täglichen Notwendigkeiten befreit, das den schmeichelnden Regeln der Höflichkeit und der Repräsentation unterworfen war; wenn ein bürgerliches Ehepaar sich leisten kann, den für Essen und Schlaf bestimmten Zimmern einen nur für Gäste bestimmten Raum hinzuzufügen, fühlt es, daß es einen Schritt vorwärts zu Ehre und Ansehen getan hat, es genießt den Stolz, seine Freunde in einer für sie geschaffenen Umgebung zu empfangen. In den schweren Jahren nach dem Krieg zwang die Härte der Zeit oft die Hausfrauen, auf diesen Stolz zu verzichten: der Verzicht auf den Salon, auf das Gästezimmer erschien ihnen als ein herber Verlust. Der Salon der Bloyés war im Louis-xv-Stil eingerichtet: die Stühle, die Sessel, das Kanapee waren aus glänzender Eiche und mit grünem Samt überzogen, in einer Ecke stand ein Empire-Spieltisch aus Mahagoni mit glänzenden Kupferleisten, den sie bei einer Versteigerung erworben hatten und an dem Antoine nie vorbeiging, ohne daran zu denken, daß er weder Schach, noch Puff, noch Whist spielen konnte, sondern nur Manille, weil er das in den Eisenbahnerunterkünften gelernt hatte. Auf dem Boden lag ein Teppich, von der Decke hing ein Kristallüster, an den Wänden hingen ein paar Bilder in zu schweren Rahmen, eine Mandoline aus Porzellan, ein großer Limoges-Teller vor einem granatroten Samthintergrund; auf dem Kamin flankierten zwei Krüge aus Giens eine schwarze Marmoruhr. Die Vorhänge hatten große gehäkelte Einsätze, die Sessel Kopfpolster, die Blumentöpfe steckten in kunstvoll drapierten grünen Samtübertöpfen. Anne Bloyés Freundinnen sagten:

»Was für einen guten Geschmack Sie haben, Madame!«

Und Anne antwortete bescheiden:

»Das ist ganz natürlich, ich hänge so an meinem Heim... das ist wirklich nicht mein Verdienst...«

In diesem Raum kamen einmal im Monat nachmittags fünf oder sechs Damen zusammen, die über die Beförderung ihrer Männer sprachen, über ihre Kinder, die zur Schule gingen, die Masern hatten, Mumps, über den in der Stadt umlaufenden Klatsch, über alle diese den Damen vorbehaltenen Themen. Die Frau eines Fahrdienstinspektors war darunter, deren Sitten etwas leicht waren, die aber »so geistreich« war, die Frau eines Abteilungsleiters der Präfektur, eines Anwalts, eines Kapitäns, eines Ingenieurs in der Privatindustrie, eines Industriellen: es waren hochmütige Damen, die sehr von oben herab über die »kleinen Leute« sprachen, die Arbeiter, sie sagten von einem unter ihnen stehenden Menschen, er sei »gewöhnlich« oder »gemein«: sie wollten sich unterscheiden, »vornehm« sein, das Wort »gemein« schien ihnen schrecklich, sie hatten Wörter des Entsetzens, um von Gemeinschaftsgräbern zu sprechen, von der Gemeinschaft der Frauen; sie fühlten sich vereinzelt; ihre Kinder gingen nicht in die Kommunalschulen, sondern ins Gymnasium, ins Sankt-Joseph-Stift. Ihre Wohnungen spielten eine große Rolle in ihrem Leben. Sie sagten:

»Es gibt nichts Häßlicheres als ein Haus ohne Atmosphäre, ein Haus, in dem man nicht die Hand der Frau spürt...«

Sie interessierten sich für die Liebschaften ihrer Dienstmädchen, manchmal begünstigten sie sie mit einer gewissen Ironie, wenn sie legitim waren, »wegen der guten Sache«. Die Liebe ihrer Bediensteten war rührend, sie interessierten sich für sie nicht in der gleichen Form wie für die Liebe eines Ingenieurs, eines Mitglieds der Handelskammer, die so ernst, so pathetisch oder so anstößig ist. Sie schienen dann von den Sitten einer anderen Tierart zu sprechen, einer weniger seltenen Art als der ihren... Sie haßten die Arbeiter, die nie zufrieden sind: sie fühlten, daß es ihnen schwer fiel, sich über sie lustig zu machen wie zum Beispiel über die Bauern: Bauern sind komisch, aber ein Arbeiter bringt einen nicht zum Lachen, ein Arbeiter auf seiner Baustelle würde sich von Damen nicht »wie ein seltsames Tier« betrachten lassen... Sie hatten ihre mildtätigen Werke, sie gingen ins Quartier du Toulon, um dort gute Ratschläge zu erteilen und den Familienmüttern zu zeigen, daß sie angeleitet werden mußten, aufgeklärt vom Wissen der Bürgerlichen; die Philanthropie ließ sie viele ihrem Selbstbewußtsein schmeichelnde Stunden verbringen, sie gab ihnen eine hohe Vorstellung von ihren Fähigkeiten, ihren Talenten, ihrer Mission bei den »Armen«. Sie waren geboren, um die Armen anzuleiten, sie zu unterrichten, sie waren für sie weise, sie sagten:

»Diese Leute sind unwahrscheinlich, sie benehmen sich im Leben wie Kinder... Was für eine Unordnung bei diesen Frauen, wenn Sie wüßten, wie wenig Sauberkeit... Mein Gott, was täten die, wenn sie niemanden wie uns hätten, der sie anleitete! Es gibt Anblicke, von denen einem übel werden kann, stellen Sie sich vor, ich bin im Toulon auf eine Familie gestoßen, wo der Vater seine ältesten Kinder ruft, wenn er... ganz richtig, mit seiner Frau, und ihnen sagt: ›ihr sollt auch wissen, wie ihr gemacht worden seid!‹ Wie entsetzlich! Was für eine Erniedrigung! Sie leben in der Promiskuität von Tieren...«

Anne erzählte diese Dinge ihrem Mann: er fühlte einen Zorn in sich aufsteigen, der ihm nicht klar war. Die Beleidigungen, die diese »feinen« Damen gegen das »Volk« richteten, schienen gegen sein eigenes Innerstes gerichtet zu sein, sie schienen zum Beispiel seinen Vater zu treffen, seine Mutter, die zu den Leuten gehörten, denen diese Damen Ratschläge erteilten. Wie konnte er ihr Urteil teilen, ohne endgültig seine eigene Jugend zu verraten und Männer, Frauen, die er geliebt hatte? Doch er selbst war gegen sie, befahl ihnen von oben herab? Diese Gedanken waren verworren, sie führten sehr weit, man mußte sie zurückweisen. Und manchmal brach er aus:

»Red' mir nicht von all diesen eingebildeten Weibern! Ich weiß, was ein Arbeiter ist, der braucht die Ratschläge dieser Damen nicht!... Vielleicht wollen sie seine Dankbarkeit für ihre Afferei? Daß ich nicht lache, mit ihrer Erniedrigung! Ich möchte mal Madame Brun mit einem Arbeitergehalt leben sehen... Die Arbeiter sind hundertmal mehr wert als diese Leute!«

Er begriff sehr gut, daß diese Proteste ungenügend waren, daß sie kein Gegengewicht zu seinem Wechsel auf die andere Seite der Schranke bildeten: sie waren wie die schüchterne Demonstration eines ohnmächtigen guten Willens, die die Welt unversehrt ließ... Er verbot seiner Frau, sich an den mildtätigen Werken zu beteiligen: sie gab nach, doch sie dachte mit Bedauern, daß diese mildtätigen Werke ihr schließlich erlaubt hätten, noch eine Stufe höher in der Gesellschaft zu steigen, die adligen Damen kennenzulernen, die diese Aktionen leiteten, von ihnen unter dem Vorwand der Wohltätigkeit empfangen zu werden... Und sie sagte:

»Ich kann mich wirklich nicht noch mit Wohltätigkeit befassen... ich bin so durch meinen Mann, meinen Sohn, mein Haus in Anspruch genommen! Ich weiß, daß das wahrscheinlich Egoismus ist, aber Sie haben Verständnis dafür, nicht wahr?«

»Wir bedauern es sehr«, antworteten die Damen...

Und Anne dachte mit einer Art Zorn auf Antoine, daß er sich nie von seiner ersten Haut befreien würde, daß er immer nach dem Stall riechen würde, aus dem er kam.

So stiegen die Bloyés nicht noch höher: es gab in Antoine einen Widerstand, der ihn hinderte, gewisse Schwellen zu überschreiten. Er fand, daß er nicht einfach sei. Doch wies er diese Gedanken zurück... sie hatten immerhin das Vergnügen der Eitelkeit gegen sich... Zweifellos gab es an der Spitze der sozialen Pyramide eine Gruppe, deren Geheimnisse und Spiele er nicht teilte, doch stand er nicht abseits, er erduldete keine Demütigungen, er erhielt Einladungskarten für den Jahresball der Handelskammer, für den Ball der Vereinigung Französischer Frauen; wenn Madame Blanche Toutain in die Stadt kam, um den *Dieb* von H. Bataille zu spielen, saßen die

Bloyés an diesem Abend des Industrie- und Handelskreises in der zweiten Reihe der Orchestersessel, hinter dem Senator und dem Präfekten. Sonntags, wenn sie zum Konzert im Pavillon des Tourny-Parks gingen, grüßten sie viele Leute auf den Wegen, die ihren Gruß erwiderten, Angehörige vom Magistrat, Kaufleute, Lehrer, Menschen, die man nicht sehr nahe kennt, aber mit denen man nach der Messe, bei einem Fest, in der Konditorei mit dem angenehmen Gefühl einer gewissen Gemeinsamkeit ein paar Worte wechseln kann... Diese kleinen Befriedigungen lassen einen die Menschen vergessen, unter denen man geboren ist und die ihren Weg noch immer im Dunkeln fortsetzen...

In einem Jahr brach ein Streik aus, ein Streik, den man von weitem hatte kommen fühlen, der sich in allen Ecken Frankreichs aus den Bewegungen der Männer der Eisenbahnnetze entwickelt hatte. Den ganzen Sommer über hatte er wie ein Gewitter am Himmel gehangen, und die Verwaltungsräte warteten auf sein Ausbrechen. Alle Bedürfnisse, aller Zorn hatten schließlich für die Heizer, die Wagenreiniger und Ladearbeiter eine einfache und klare Form angenommen. Der Gewerkschaftsvorsitzende hatte gesagt: »Wir wollen unser Fünffrancstück und wir bekommen es.« Diese täglichen fünf Francs, seit Ewigkeiten versprochen, seit Ewigkeiten verschoben, erfüllten die Männer mit einer Erregung, bei der nicht das Geld allein eine Rolle spielte. Im Herbst drängten sich die Ereignisse. Der Streik brach in La Chapelle, in La Plaine aus. Die Compagnie du Midi erhöhte die Löhne um zwölf Centimes pro Tag. Der ganze Norden legte die Arbeit nieder, dann der Südosten, der Osten. Monsieur Briand ließ einundzwanzig Eisenbahner verhaften. Monsieur Briand ließ die Reservisten der Eisenbahn für einundzwanzig Tage einberufen. Monsieur Briand ließ bei der *Humanité* eine Hausdurchsuchung machen; in der Reithalle Saint-Paul sprach Jaurès vor achttausend Menschen unter den Androhungen des Belagerungszustandes. Jaurès fragte:

»Werden die Polizisten die Züge fahren lassen?«

Jaurès geißelte die Illegalität der Verwandlung von Arbeitern in Soldaten. Die Polizei von Lépine herrschte in Paris.

In der Stadt warteten Antoine und der Ingenieur auf das Absterben des Streiks. In den Höfen, in denen die Arbeiter leise miteinander sprachen, hatte es Gruppen gegeben, Gruppen, die sich langsam zerstreuten, wenn ein Inspektor, wenn Antoine sich näherten. Dann war der Streik wie eine Krankheit ausgebrochen. Werkmeister liefen untätig mit großen Schritten durch die Werkstätten, in denen die Treibriemen im fahlen Licht, das durch die Scheiben drang, stillstanden. Antoine trug eine rote, mit vier Goldstreifen verzierte Armbinde. Wie in einem Krieg. Es war wirklich ein Krieg, und er hatte den Eindruck, zum Feind übergewechselt zu sein. In der Stadt fragten ihn die Leute:

»Sind Sie sicher, Monsieur Bloyé, daß nichts passiert?«

»Alles wird ruhig bleiben«, antwortete er.

»Man muß die Scharfmacher im Auge behalten«, fügten die Kaufleute hinzu, die Angst hatten.

In den Werkstätten hatten Soldaten die Gewehre zusammengestellt. Sie glichen eher einem Stabsquartier im Krieg als einer Arbeitsstätte. Der Polizeikommissar, der Präfekt tauchten unvermittelt auf.

»Hoffentlich gibt es keine Sabotage«, dachten sie.

Es waren Männer, die bereit waren, Arbeiter zu töten. Antoine haßte sie, doch er gab ihnen Ratschläge, um den Streik der Arbeiter gewaltlos zu brechen. Ich bin mein eigener Feind, sagte er sich. Diese Teilung seiner Person, dieser Riß in seinem Leben, dieser Abgrund, der seine Jugend von seinem Mannesalter trennte, dieses Unglück brach in den geheimen Zusammenkünften mit den Polizisten aus.

Antoine blieb über Nacht in den Werkstätten, in seinem Büro, in dem man ihm ein Feldbett aufgeschlagen hatte. Er fand keinen Schlaf; wenn er sich auf seinem Ellenbogen aufstützte, konnte er die Spitze seiner Blautanne sehen, die sich in der Ok-

tobernacht wiegte. Doch die Blautanne tröstete ihn nicht. Er war besessen von den Gedanken an den Streik. Im Morgengrauen, wenn er durch die Straßen des Quartier du Toulon, wo die Machthaber des Streiks noch schliefen, nach Hause ging, öffneten die Frauen ihre Fensterläden und ließen sie gegen die Hauswand knallen. Antoine fühlte ihre Blicke ihn verfolgen wie einen Spion. Sie unterhielten sich von Fenster zu Fenster:
»Sie fangen heute nicht wieder an«, sagten sie.
Eines Abends demonstrierten die Streikenden. Sie kamen aus ihren Vierteln, aus Barrils, Toulon, sie zogen zum Zentrum der Stadt, wohin sie gewöhnlich nur sonntags mit ihren Familien gingen. Sie sangen. Ihr Gesang beherrschte die Stadt. Auf den Boulevards verzogen sich die Gäste der Cafés an den Mauern entlang. Der Zug bog in die Avenue de Paris ein. Das war keine Menge, die von irgendeinem Weg, auf dem sie sich ausbreiten und ihre Macht verkünden kann, angezogen war, sondern ein einziges Wesen, das einem Plan folgte.
»Sie ziehen zu Huet«, sagte sich Antoine, der von weitem die Demonstration beobachtete.
Sie marschierten tatsächlich dorthin. An der Ecke der Rue Lamartine und der Route de Paris erhob sich das Haus der Huets mit seinen beiden Stockwerken aus schönem Stein. Es war ein kaltes, hochmütiges Haus, das von einem Gitter beschützt wurde. Alle Fensterläden waren geschlossen. Die Menge umringte es: die *Internationale* war verstummt Nur ein Stimmengewirr, Fußscharren war zu hören. Die Menge glich einer Wolke. Schreie brachen aus dieser Wolke.
»Nieder mit Huet! Nieder!« schrien die Arbeiter. Ein Stein flog auf das Haus, dann zwei, dann ein ganzer Steinhagel. Die *Internationale* erklang erneut. In seinem Haus versteckte sich der Ingenieur im Keller und zitterte um seine Haut. Vom oberen Ende der Route de Paris näherten sich Gendarmen. Die Streikenden pfiffen, ein paar Steine fielen neben den blauen Soldaten der Polizei auf den Boden. Die Demonstranten zogen wieder ins Quartier du Toulon hinunter. Antoine sah sie sin-

gend hinuntermarschieren: er war allein, die Streikenden nahmen das Geheimnis der Macht mit sich; diese unbedeutenden Männer trugen die Kraft, die Freundschaft, die Hoffnung, von denen er ausgeschlossen war, weit von ihm weg. An diesem Abend begriff Antoine, daß er ein Mann der Einsamkeit war, ein Mann ohne Gemeinschaft. Die Wahrheit des Lebens war auf Seiten der Männer, die in ihre dunklen Häuser zurückkehrten, auf Seiten der Männer, die »erfolglos« gewesen waren.

»Die sind nicht allein«, dachte er. »Die wissen, wohin sie gehen...«

Der Streik ging zu Ende. Die Eisenbahner kehrten unter dem Gesang der *Internationale* in die Werkstätten, in die Depots zurück. Die letzten Flammen des Streiks erloschen: verurteilte Streikanführer dachten in den Gefängniszellen über andere Schlachten nach; die Truppen kehrten in ihre Kasernen zurück; die Polizisten verfaßten ihre Berichte. Am Tag der Arbeitsaufnahme sah Huet auf die geschlagenen Arbeiter, die draußen vorbeigingen; er hob die Tüllvorhänge in seinem Büro und sagte zu Antoine:

»Denen haben wir's gegeben, diesen Lumpen...«

Antoine antwortete nichts, weil er der Komplize dieses Mannes war. Er hatte verworrene und grausame Gefühle. Er nahm an der Freude teil, den Streik besiegt zu haben, an der Freude des Streikbrechers. Er war bestürzt über diese Freude. Er haßte jetzt die Arbeiter, weil er sie heimlich beneidete, weil er in seinem geheimsten Innern wußte, daß in ihrer Niederlage mehr Wahrheit steckte als in seinem bürgerlichen Sieg.

Acht Tage nach dem Streik traf Antoine einen ehemaligen Kameraden, den er während seiner Lokführerzeit sechs Monate als Heizer in Paris gehabt hatte:

»Was ist inzwischen aus dir geworden, Kamerad?« fragte Antoine.

»Entlassen, wegen dem Streik...«

Antoine wurde rot. Er redete ungeschickt, wie ein Schuldiger. Der Heizer ging. Antoine hat ihn nie wieder gesehen.

XV

Pierre wurde größer. Zunächst konnte er lesen, dann schreiben. Er sagte komische Sachen, die an den Freitagnachmittagen seiner Mutter wiedergegeben wurden. Am Abend stand er vor dem grünen Tor des Gartens, der vor dem Haus lag, und rannte lautlos in seinen Hausschuhen Antoine entgegen...

Im Jahre 1912 kam er in die achte Klasse des Gymnasiums und wurde Erster. Er spielte im Garten, immer allein, mit dem Geschick, den vielen Hilfsmitteln von Einzelkindern. Antoine dachte, während er durch die Malerwerkstatt ging oder Akten an seinem Schreibtisch unterschrieb, daß es Donnerstag war und sein Sohn umherrannte und schrie und vielleicht über die Salat- und Erdbeerbeete lief... Er sammelte Briefmarken, er bettelte um Murmeln, um Zündblättchenrevolver, er hatte die schönsten Backen der Welt, im Keller spielte er allein Fantomas, weil dieser Film im »Jardin de Paris« gezeigt wurde... Abends hörte Antoine ihm seine Aufgaben ab und sagte:

»Du darfst deine Lektionen nie im letzten Augenblick lernen. Du liest sie am Abend durch, ehe du schlafen gehst. Und wenn die Nacht darüber hingegangen ist, merkst du, daß du sie kannst. Das Gedächtnis arbeitet für dich, während du schläfst...«

Der Sonntag erhielt die ihm zustehende Bedeutung. Bei schönem Wetter ging Antoine mit seinem Sohn auf den Landstraßen spazieren.

»Das Kind hat zu wenig Auslauf«, sagte er zu seiner Frau. »Du wickelst ihn in Watte. Er steckt sowieso zu viel mit der Nase in den Büchern...«

Die beiden Bloyés marschierten los.

Diese Spaziergänge, die Antoine zunächst als einen Teil seiner väterlichen Pflichten betrachtet hatte, wurden zu einer Gewohnheit, auf die er erst mehrere Jahre später verzichtete, als die Zeit seines Abstiegs gekommen war.

Fast alle Straßen, die aus der Stadt führten, gingen aufwärts zu den Hügeln; nur die große Straße nach Bordeaux folgte dem Flußtal dort, wo es in der Ebene breiter wird. An den sonnigen Sonntagen zwischen Ostern und Allerheiligen, an den trockenen weißen Sonntagen im Dezember und Januar gingen sie in Gegenden, die Chancelade, Champcevinel, Campniac, Port à l'Anglais hießen. Sie liefen quer durch Eichenwälder, durch Kastanien- und Nußbaumwälder, sie überquerten Höhenrücken, die nur mit Wacholder und hohem Schlehengestrüpp bewachsen waren; sie kamen an Weinbergen, Obstgärten, Feldern vorbei; manchmal stieg von der Erde der dicke Dampf des Regens auf, manchmal war sie trocken wie Felsgestein. Im Herbst standen die Obstpressen auf den Bauernhöfen oder in den Scheunen. Pierre sammelte Kastanien in ihren Schalen, die wie aufgeplatzte Igel aussahen; Antoine zog mit den Wurzeln Wacholder-, Hirschzunge-, Frauenhaarpflanzen aus dem Boden und wickelte sie, die Erde fest zusammendrückend, in die abgerissenen Seiten der Zeitungen, die in seinen Taschen steckten und von denen er nur die Schlagzeilen las: es waren Pflanzen, die man zwischen die Steine künstlicher Felsen pflanzte, die viele Gärten in der Stadt schmückten. Vater und Sohn gingen auf Entdeckungen aus, jeder auf seiner Seite des Weges; das Kind konnte umherlaufen, es gab noch nicht viele Autos auf den Straßen; sie blieben stehen, setzten sich wieder in Bewegung, zeigten sich gegenseitig ihre Entdeckungen und spürten den Wind ... Sie gingen auch in die Ebene, in der sich Tabakfelder mit ihren großen stolzen Blättern ausdehnten, Reihen von Erdbirnen, die die Wildschweine im Herbst zerwühlten. Im Spätherbst trockneten Bündel von Tabaksblättern in den Schuppen am Rand der mit weißem Staub bedeckten Straßen im Wind, im Frühjahr beugte der Wind die grünen Getreidehalme; an feuchten Stellen blühten Narzissen, wilde Hyazinthen, der Hahnenfuß mit seinen gelackten Blütenblättern... An der Straße nach Bordeaux wuchs ein großer Holunderbaum: an bestimmten Sonntagen verkündete Antoine seinem

Sohn, der mit einem Kuchenpaket am schmerzenden Zeigefinger aus dem Hochamt kam:
»Na, mein Junge, bald können wir Holunder schneiden...«
Links von der Straße waren Hügel, rechts bog der Fluß in Wiesen ein. Es war die große Straße unter all den Landstraßen, die sich auf der Oberfläche des Landes verknoten und entknoten, sie paßte zu den Schritten zweier Männer, die keine Angst vor der Welt haben. Fünf Kilometer hinter der Stadt sah man den Holunderbaum, und Antoine, der sich seit seiner Kindheit die Kunst der kleinen Dinge bewahrt hatte, der Vogelfallen, der Steinschleudern, Mühlen, Schlingen, machte seinem Sohn eine kleine Knallbüchse. Sie gingen dann ins Kühle zurück, und Antoine nahm seinen Sohn auf die Schultern, er sang ein paar Takte von Wanderliedern und fühlte sich glücklich, ein Mann ohne Risse und Widersprüche. Wenn er später an diese Jahre zurückdachte, die so sicher schienen, an diese Jahre, in denen er versucht war zu glauben, daß ihm sein Leben gelungen sei, daß man ihn nicht belogen habe, als es hieß, er würde Erfolg haben, würde es zu etwas bringen, so war das erste Bild, das er vor sich sah, sein Bild als Wanderer auf den südlichen Straßen, neben einem Kind, das er mit seiner großen Statur überragte. Er erkannte darin das Gefühl der Kraft, das er einst besessen hatte, in der Zeit, als er mit seinen Kameraden aus dem Depot von Paris zusammen durch die Straßen marschierte, in der Zeit, als er eins war mit seinem Weggefährten auf der Lok. Antoine sah nicht von der Höhe seiner Bedeutung auf die Kindheit seines Kindes herab, er betrachtete ihn als gleichgestellt, als einen unwissenden Gleichgestellten, der belehrt werden mußte. Er erklärte ihm das, was Pierre »Sachen« nannte, damit er sich in der Welt zurechtfinden konnte; er sagte ihm, was er selbst wußte: den rechten Zeitpunkt, um Erbsen zu säen und Wirsing zu ernten, wie man einen Spaten hält, einen Hammer, wie man Steine wirft und wie man sie über die Wasseroberfläche springen läßt. Er sagte ihm auch, daß es schwierig sei, ein Stegeisen oder eine Vorder-

platte auszuwechseln, schwierig, einen Schnellzug gut ans Ziel zu bringen, wenn man minderwertige Kohle hat oder der Injektor schlecht funktioniert. Er zeigte ihm, daß man gut ausgeführte Arbeit schätzen muß: gut ausgeführte Arbeit behält immer ihren Wert, das Beste, was die Menschen tun, ist die Arbeit: man hat seine Aufgabe vor Augen, man betrachtet sie, man hat das Recht, stolz auf sie zu sein, man richtet sie vor sich auf wie ein Werk. Man fürchtet niemand, man fürchtet nicht die Natur, man ist fähig, alles zu besiegen: einmal mußte er im Département Creuse eine Aufgleisung durchführen: eine Lokomotive war in den Fluß gestürzt, es war wirklich unmöglich, sie herauszuholen, er hatte den Fluß umleiten lassen, er hatte seine Maschine gerettet, das Gras am Ufer wimmelte von Schlangen, und die Mannschaften trugen hohe Gummistiefel, er hatte ganze Tage im Wasser gestanden und abends, erschöpft, halb erfroren, mußte er erbrechen, die Mannschaften und er waren ein einziges Wesen, das gegen den Fluß ankämpfte. Welch ein Stolz an dem Tag, als die Lokomotive wieder auf ihren Schienen stand: sie betrachteten sie alle wie einen Stern, wie einen Menschen, sie hatten die Schwerkraft besiegt, die Strömung, die Metallmasse, die Jahreszeit:

»Oh mein Junge«, sagte Antoine, »das war gute Arbeit gewesen...«

Pierre lauschte gespannt: die Männer stecken voller Geheimnisse, Kinder erwarten sehr viel von diesen Sehern und Besitzern der Weisheit. Antoine begriff, daß er seinem Sohn beibringen mußte, Spielzeug zu machen und die von Kopf und Hand gut ausgeführten Werke zu lieben. Er erklärte ihm auch die Anzeichen für schönes und schlechtes Wetter, die sich bewährt hatten...

An manchen Sonntagen begleitete Anne ihren Mann und ihren Sohn: da sie nach Pierres Geburt sehr zugenommen hatte, war sie schwerfällig, sie haßte lange Spaziergänge, und so kamen sie kaum aus der Stadt heraus. Antoine mochte die Öde dieser Sonntage nicht. An Sonntagen ohne Spaziergänge aufs Land

fand er nur den Vormittag angenehm, mit dem späteren Aufstehen als gewöhnlich, dem gemächlichen Hin- und Hergehen zwischen seinem Schlafzimmer und dem Toilettenraum, den Zigaretten, der Zeitung, dem warmen Rasierwasser, Pierres Herumtollen im Treppenhaus: der größte Teil des Vormittags gehörte ihm, denn Anne und Pierre gingen, stolz gekleidet, um zehn zum Hochamt und kamen erst um zwölf zurück. Antoine las im Eßzimmer, er hörte das Mädchen mit den Töpfen klappern oder mit seinem Besen gegen die Plinthen im Salon stoßen, er ging in den Garten, um nach seinen Beeten zu sehen, tauschte mit einem Nachbarn die Begrüßungen des siebenten Tages aus, ab und zu zog er sich auch an und ging den Seinen entgegen... An manchen schönen Tagen, jenen Tagen, an denen man um sieben Uhr nach dem Himmel sieht und sich sagt:
»Heute wird es schön...«
und um elf, nachdem der Hitzedunst aufgestiegen ist, kein Wölkchen am Himmel zu sehen ist, die Stadt ist italienischer, römischer denn je – nahmen sie einen Wagen, eine jener Hochzeitskutschen, die Landauer genannt werden und mit einem weißen Verdeck mit Fransen geschlossen sind wie die englischen Kinderwagen. Sie fuhren im raschen Trab der Pferde, stiegen aus, gingen ein Stück spazieren, kehrten in einer Dorfkneipe ein. Am Kanal führte unter Linden der Treidelpfad entlang; die Reflexe der Zweige auf dem Kanal rührten sich nicht; rechts, am Ende der Gärten, folgte der Fluß dem Kanal am Fuß bewaldeter Hügel, er war von tiefem Olivgrün, fast schwarz, mit einem Streifen Sonne; nur das Geräusch der Räder und der Hufe war zu hören; von Zeit zu Zeit drangen aus den Kasernen Trompetensignale; Vögel schlugen im Schilf des Kanals mit den Flügeln. In den Höfen der Häuser mit den abgerundeten Ziegeln, zwischen dem Kanal und der Stadt wuchsen Magnolien, Palmen:
»Was für ein Wetter!« sagte Anne.
Und Antoine, den die Hitze schlaff machte – der Stoff seines

Jacketts war stellenweise ganz heiß – wiederholte gefügig, als wäre das menschliche Leben wirklich gut, vollkommen klar, vollkommen einfach und ohne Fragen:
»Was für ein schönes Wetter...«
Auf dem Camp de César, jenseits des Flusses, den sie auf der Fähre überquerten, pflückte Anne je nach der Jahreszeit Krokusse, wilde Rosen, Herbstzeitlosen, aber ihre schwarze Kleidung, ihr Hut mit den Straußenfedern, die in Metallröhren aus Aden gekommen waren, nahmen den Schritten im Freien jeden Sinn, es fehlten die männlichen Gespräche, die Gemeinsamkeit der Männer, und Vater und Sohn fühlten sich gehemmt...

XVI

Jedes Jahr verbrachte Antoine seinen Monat Urlaub in einem Dorf im Morbihan. Anne und sein Sohn waren bereits weg, sie fuhren sofort nach der Preisverteilung in der Schule, und er kam am ersten oder fünfzehnten August nach. Fast immer fuhr er über Paris, um die Luft der Büros des Zentraldienstes zu atmen, so wie ein Matrose zwischen zwei Seefahrten die Generalagentur seiner Gesellschaft besucht. Er traf sich mit ein paar Freunden, dann fuhr er an der gleichen Gare d'Austerlitz ab, an der er einst mit seiner Lok an der Spitze so vieler Züge angekommen war, er durchquerte das Depot, von dem er noch alle Winkel kannte; zwischen der Kuppel des Hospitals der Salpêtrière und dem Pont d'Orléans-Ceinture erstreckte sich die Kulisse der Zeit, als er fünfundzwanzig gewesen war; über den Bretterzäunen erhoben sich die Gebäude der Rue du Chevaleret, die damals noch nicht gestanden hatten; jeder Stein, jeder Bürgersteig des dreizehnten Arrondissements waren angefüllt mit Erinnerungen; und der junge Mann mit der Schirmmütze, der unter die finstere Brücke der Rue Watt tauchte, war er selbst, der zum Café d'Orléans hinaufging, zu Marcelle, zu diesem anderen Leben, das das seine jetzt hätte sein können, das keinerlei Ähnlichkeit mit seinem jetzigen hatte... Dann, nach den langen Vororten von Paris, nach dem Pont Royal von Juvisy, der Steigung von Etampes, den Hügelketten der Umgebung von Brétigny, rollte der Schnellzug über die Ebene der Beauce, man vergaß die letzten Häuser aus Kalksteinen, die letzten Schlackenhalden der Stadt, die Beauce breitete sich wie ein Meer aus, Kirchtürme tauchten auf wie Schiffsmasten. Fast immer herrschte das schöne Sommerwetter des Westens, Wäsche trocknete auf den Bauernhöfen, große Hunde liefen ihrem Schatten nach; an den Bahnübergängen, vor den Lorbeerbüschen der kleinen Bahnhöfe, winkten Kinder, junge Mädchen. Die Höhlenkeller der Touraine schoben sich in die Tuffsteinfelsen, und Weinstöcke zogen sich über die runden Buckel der Höhen des Anjou. Zwischen Angers und Nantes, bei Champtoceau, bei Ingrandes, Oudon, streckten sich große Wassertücher über die Wiesen; an der Uferböschung waren flache Loire-Kähne festgemacht, eckige Netze trockneten auf ihren Stangen... Antoine maß die Stunden an der Länge der Schienen, an den regelmäßigen Stößen der Räder. Wenn er den Nachtzug nahm, kam er bei Sonnenaufgang in Pont-Château an: auf dem Platz gegenüber dem Güterbahnhof erhob sich wie früher das große Gebäude der Mehlfabrik mit seiner Inschrift: Walzenmühlen und Plansichter; niemals war Antoine nach Pont-Château zurückgekehrt; wer hätte ihn in seinem Heimatort wiedererkannt? Er war völlig von seiner Kindheit getrennt. Er kannte jeden Bahnhof dieser Gegend, Drefféac, Saint-Gildas des Bois, Saint-Nicolas de Redon, Redon, wo seine Eltern noch lebten. In Redon spürte man an der Farbe der Felder, am Wind, daß der Zug in die Bretagne eingefahren war, und kurz danach war man in Vannes, in Auray.

In Auray nahm er einen kleinen Zug, bei dem die alten Wagen ohne abgetrennte Abteile, die alten Messingloks der Compagnie ihr Leben beschlossen. Diese Linie führte über Belz Ploemel, Plouharnel-Carnac, Kerhostin, Saint-Pierre Quiberon, sie wand sich wie ein Fluß durch die Stechginsterlandschaft, die Buchweizenfelder, die Kieferngehölze. Niemand hatte es eilig anzukommen, denn an beiden Enden der Halbinsel sprach man den gleichen Dialekt, trug man die gleichen Hauben. Neben dem Gleis wuchsen auf langen Feldern Zwiebeln mit dikken lila Köpfen, Unkrauthaufen brannten; durch die offenen Fenster drang der Geruch von Meer und Harz. Windstöße schlugen ins Gesicht wie feuchte Wäsche. In Saint-Pierre stieg Antoine aus, er ging auf dem Pfad der Gleisleger an den Schienen entlang, sofort übersah er die flach ausgestreckte Gegend mit all ihren Dörfern, Kergroix, Kervihan, Kervidenvel, Kerbonleven, Kerniscop, Le Manémeur, die jeden Sommer sich um ihn scharten. Möwen, Kormorane, Sturmschwalben flogen umher, und er erkannte sie jedes Jahr wieder, er hatte bei den Vögeln des Südens ihre Schnabelform, ihre Farbe, die Anordnung ihrer Federn und die Art, wie sie durch die Luft stießen, sie mit der Schärfe ihrer Flügel durchschnitten und sich auf ihr wie Schwimmer tragen ließen, nicht vergessen; sie flogen hoch, um die Fortdauer des schönen Wetters zu verkünden. Am ersten Abend der Ferien bummelte Antoine, in leichter Sommerkleidung, mit Pierre zum Hafen: Fischer gingen über die Mole, schwerfällig, kaum zu erschüttern. Fischerboote fuhren geräuschlos an der Mole vorbei, nur ihre Rollen quietschten, sie erinnerten an Fliegende Holländer, die das ruhige Wasser gebändigt hatte; eine Brigg oder ein Schoner hatte am Kai festgemacht, und die Männer kochten ihre Suppe, ein Rauchfaden drang aus der grün oder blau angestrichenen Kajüte. Manchmal tanzten auf dem Platz vor dem niedrigen Zollgebäude junge Mädchen einen Reigen nach traurigen und sehnsüchtigen Melodien, die wie asiatische Weisen klangen. Hammerschläge auf den Rumpf eines Sardinenkutters, der kalfatert wurde, verstummten plötzlich, und eine große Stille breitete sich über den Abend. Antoine vergaß das Getöse und die Männer der Werkstätten, er entspannte sich, um einen der Arbeit entrissenen Monat zu verbringen.

Die Halbinsel war ein schmales, kaum gewelltes Land, mit Dörfern, die alle nach der gleichen Richtung orientiert waren, um dem Meerwind nur die Giebelseiten der Häuser auszusetzen; in jedem dieser Dörfer lagen kleine Gärtchen zwischen Mauern aus Granitsteinen, in denen Feigenbäume, Tamerisken, wilder Wein, Hortensien, Wicken und Stockrosen wuchsen. Am Eingang zur Halbinsel breitete sich ein langer Kiefernwald aus, in dem das Knacken der Stämme, der dumpfe Fall der Zapfen auf die Nadeln und kleinen Wildrosen wie ein pflanzliches Feuerwerk widerhallten. Die Luft wehte über einer reinen, vom Meer umgebenen Landschaft. Antoine zeigte seinem Sohn das Sumpfgelände, in dem sich Schlangen verbargen – sie sahen einmal eine, als sie an den Gleisen entlanggingen – den Stall des Stiers, die Bauernhöfe...

»Nächstes Jahr...«, wiederholte Antoine ständig, und er hätte ebensogut sagen können:

»In zwanzig Jahren, in hundert Jahren...«

Denn dieser Monat verfloß in der Sicherheit, und Antoine verfügte über die Zukunft: gab es so etwas überhaupt, mußte man überhaupt damit rechnen? Er machte sich keine Sorgen und schmiedete keine Pläne, er war im Urlaub, beurlaubt von allem, er stand der Natur zur Verfügung, Besitzer einer Freiheit, die unbedroht von der Fülle der Jahreszeit war. Alle Ketten des industriellen Lebens, des bürgerlichen Lebens, der Eitelkeit waren zerrissen, alle Konflikte aufgeschoben...

Die Bloyés mieteten für sechzig Francs im Jahr ein Bahnwärterhäuschen, das einsam auf den Küstenfelsen stand; vom Speicher aus übersah man die ganze Halbinsel, den glänzenden Halbmond der Bucht, die grasüberwucherten Forts, den Semaphor von Kerbouleven, die Mühlen; abends blinkten die Leuchttürme ihre Warnungen in die Nacht, der lange leuchtende Arm des Turms von Belle-Ile-en-mer kreiste und warf seinen kurzen Schein in die Schlafzimmer. Sonntags zogen auf dem Weg Gruppen von Leuten zum Dorf, man begegnete zweirädrigen Karren voller Maisstengel, ab und zu schritt ein

Trauerzug zur Kirche Saint-Pierre hinunter: sie trugen einen Ertrunkenen, der an die Grande Côte gespült worden war und nun auf einem von zwei Kühen gezogenen und mit einem weißen Tuch bedeckten Fuhrwerk zur Erde zurückgeführt wurde. Antoine kannte die Namen aller Vorüberkommenden und schwatzte mit ihnen. Nur die Fremden in weißen Hosen und Segelmützen, die von Frauen in hellen Kleidern und großen Strohhüten mit kleinen weißen Schleiern begleitet wurden, blieben stehen und fragten anmaßend und von oben herab nach dem Weg nach Port Blanc oder wann der Zug nach Auray ginge... Zwischen den Schienen wuchsen Binsen und Dornengestrüpp, wilder Hafer, Farn und Fenchel, blühende Pflanzen, Königskerzen, Borretsch, Malven, Hirtentäschchen, Pflanzen, die aus den Samenkörnern hervorgegangen waren, die der Wind und die Güterzüge im Vorbeifahren gesät hatten...

Auf der anderen Seite des Bahnübergangs ließ Antoine auf einem Dreieck sandigen Bodens seine Kartoffeln wachsen, und Anfang September grub er sie aus, er wühlte in der krümeligen Erde, die zwischen seinen Fingern hindurchrieselte: er behielt einen Rest von Vertrautheit mit dem Boden, er vergaß nicht völlig die bäuerlichen Bewegungen, die seine Vorväter ausgeführt hatten, er befriedigte bescheiden den Landbewohner, der er hätte werden können, der nicht ganz abgestorben war in ihm: selten stirbt der Landbewohner vollkommen in den Menschen des äußersten Westens; die Spaziergänge der Pariser in der Pariser Umgebung, die Gärtchen der Arbeiter, die sich an die Stadtgürtel klammern, die Vorliebe für die Natur bezeugen sein Vorhandensein...

So verging die Zeit, befreit von den Dämmen, den Schleusen, die die industriellen Zeitpläne und die städtischen Kalender in ihrem Fluß errichten; allein die Sonne unterteilte sie vom Morgen bis in die Nacht auf eine natürliche Weise... Auf den Bauernhöfen, wo Knechte neugeborene Kälber wie um den Hals gelegte Kragen auf ihren Schultern trugen, verlor Antoine die Gewohnheiten eines Bewohners der Rue Combe des Dames, eines bedeutenden Einwohners seiner Stadt: wie konnte man an etwas anderes denken als an Tiere, an Feldanbau, ans Meer? Wie konnte man nicht glücklich sein darüber, frei zu atmen, weit weg von den Städtern, mit denen man sich so schwer auskannte, weit weg von ihrer Verschlossenheit, ihrem Ehrgeiz, ihrem Haß, ihren Intrigen? Antoine wollte nicht daran denken, daß es auch in den Dörfern Zornausbrüche gab, Niederlagen, Herren und Knechte, wie zwischen den Steinmauern und an den Treibriemen der Drehbänke. Für ihn wenigstens gab es hier keinen Kampf, keine Arbeit. Anne, die sich von der häuslichen Arbeit ausruhte, wurde nie böse, beunruhigte, erregte sich nie aus irgendwelchen eingebildeten Gründen, auch sie ging spazieren, sie stickte, setzte sich mit ihrem Mann und ihrem Sohn an einsamen Stellen an den Strand, und die Sandschiffe, die Pierre baute, lösten sich in der steigenden Flut auf wie Menschenpläne. Man fühlte sich eins mit der Welt, man konnte ohne Argwohn einschlafen. Manchmal war es so still, daß man in der Ferne die langen Ruder der Fischerboote schlagen hörte oder das Knarren der Rollen, wenn die Mannschaften die Segel hißten oder einholten. Am Horizont tauchten die Masten eines Dampfers auf, dann sein Schornstein, sein Rumpf: die Erde war wirklich rund. An manchen Tagen fuhr Antoine mit den Fischern von Saint-Pierre zum Fischen in der Bucht aus; die Boote aus Port-Navalo oder aus Arzon mit den roten Segeln zogen langsam heran; zur Mittagszeit antworteten sich die Glocken von einem Ufer der Bucht zum andern; metallene Blinker hüpften an den Enden der Angelleinen, Antoine fand es leicht, glücklich zu sein. Was für eine Waffenruhe... im Vergessen der Ungeduld, der Müdigkeit, des Krieges, in dieser kleinen, eingekapselten Welt, die an der Landenge von Penthièvre aufhört, wo es nur die Landstraße und die Gleise gibt... Dieser Raum genügte, um einen Menschen glücklich zu machen, der sich auf dem Sand, den Gräsern, auf dem gebuchteten muschelreichen Strand eingerichtet hatte, in den kräftigen Windstößen, dem Geruch von Harz und Jod... Vielleicht war dieses Leben das wirkliche Leben und das Fabrikleben ein nicht wiedergutzumachender Irrtum, den keiner bemerkte?

Doch in der vierten Ferienwoche begann der Sommer seinem Ende entgegenzugehen, das auf allen Feldern brennende Kartoffelkraut verkündete die neue Inkarnation des Jahres, abends mußte man früher nach Hause zurück, Anne sagte:
»Die Tage nehmen ab... Hast du die Mäntel dabei?«
Und zu diesem Zeitpunkt begann Antoine, an anderes zu denken. Die Bilder seiner Arbeit, die Gesichter der Männer bei der Arbeit tauchten in ihm auf. Die Welt des Land- und Fischerlebens verblaßte allmählich, eine neue Welt rückte an ihre Stelle. Antoine sehnte sich ungeduldig nach Tätigkeit und Befehlen, er fragte sich, wie es in den Werkstätten ohne ihn gegangen war, er fand sich ungeschickt, unnütz, unbeschäftigt, er langweilte sich, er lief unstet umher, unruhig, bis schließlich der Tag der Abreise kam – weil er nicht an lange Muße gewöhnt und die Luft der Maschinen sein Element war...

So verlief das Leben Antoine Bloyés in seinem Mannesalter. Um ihn herum herrschte ein süßlicher Friede. Unter all den Vergleichen, deren sich die Menschen bedienen, um Lebenswege zu beschreiben, kann man den der Gebirgsprofile wählen: es gibt Ebenen, steil abfallende Hänge, Abgründe, Hochebenen, die Menschen sagen selbst, daß sie »ganz unten« sind, »auf der Höhe« der Steigung, daß es mit ihnen »den Berg hinabgeht«, sie ahnen, daß sie Wanderer sind und ihr Weg unsichtbare Wasserscheiden überquert und große Flächen ohne Stürme und Unfälle, wo ihr Auge von weitem die nächsten Etappen erblickt... Antoine hatte Höhen erklommen und war sie in manchen Augenblicken wieder hinabgegangen, all seine Anstrengungen schienen unnütz, und er lernte Ermattung und Enttäuschung kennen: er war in tiefe Löcher gefallen, in die kein Tageslicht drang, in denen die Höhe der Wände ihn mit ihrer feindseligen Dunkelheit umhüllte. Dann war er wieder nach oben gekommen, er hatte sich von den Lasten, die ihn beschwerten, befreit, ohne sich um den Wert zu kümmern, den sie vielleicht besaßen – und plötzlich sieht er sich mit der ganzen Kraft seiner Beine laufen, er atmet mit vollen Lungen, die Landschaft um ihn wirkt so unendlich und ruhig, daß er sich nicht einmal fragt, ob sie unversehrt oder zerstört ist, er sieht nicht, wo sein Lauf endet. Da ist eine größere Hochebene, als er jemals überquert hat, und seine Weggenossen beglückwünschen sich zu der Leichtigkeit ihres hindernisfreien, gedankenfreien Laufs. Antoine steht in dem Alter, in dem der Mann glaubt, über seine besten Kräfte zu verfügen. Er glaubt, alle seine Quellen auszuschöpfen. Er glaubt, auf der Erde festen Fuß gefaßt zu haben, und seine Orientierungspunkte sind von weitem sichtbar. Er schreitet mit gleichmäßigen Schritten vorwärts. Antoine glaubt, daß sein Leben seine endgültige Form angenommen hat: er ist ein arrivierter Mann, viele Menschen grüßen und beneiden ihn. Seine Frau bereut nicht, ihn geheiratet zu haben. Seine Eltern sagen sich in ihrem Alter und ihrer Einsamkeit, daß sie ihre Anstrengungen für seine Erziehung nicht umsonst gemacht haben. Er ist ein Mann, den die Lehrer den Arbeiterkindern als Vorbild hinstellen. Wenn Anne ihn fragt, ob er glücklich sei, antwortet er, daß er es ist, und kaum macht sich in einem Winkel seines Selbst ein Widerstand, ein kleines Gefühl des Protestes und einsamer Angst bemerkbar, das unter der Decke des geselligen Menschen verborgen ist, doch das sich entwickeln möchte, das nicht sterben kann: seinetwegen zögert Antoine immer eine Sekunde, bevor er antwortet, daß er glücklich sei, denn er muß es erst beiseite schieben ... Dann sieht er sich endlich mit dem gleichen Blick wie die andern Menschen, er erkennt sich an, wie sie ihn anerkennen, und er streckt seine Arme nach rechts und links in den Raum seines Tages, wie ein der Erde angenehmes Wesen. Die Sonne steht für ihn auf halber Bahn: sie hängt für ihn wie für

ewige Zeit an einem wolkigen Platz des Sommers, von dem sie nicht mehr herabsinken wird.
Doch die Sonne wird sinken.

Dritter Teil

Die Nacht verging. Alle Nächte – selbst die sternenlose Nacht, die dem Weltuntergang vorausgehen wird – müssen sich verbrauchen.

Charlotte Brontë-Villette

XVII

Der Juli 1914 war ein schöner Juli.

Die Tage folgten einander ohne Gewitter, die Temperatur stieg allmählich gegen Ende des Monats; die laubreichen Bäume der Alleen von Tourny, des Cours Bugeaud, des Cours Montaigne, die Linden am Kanal begannen ihre Blätter zu verlieren, sich mit weißem Staub zu bedecken. Wassersprenger bildeten Pfützen, die rasch wieder verdunsteten, und der Staub verschleierte den roten oder schwarzen Anstrich der Läden. Alle Droschken, alle Landauer hatten ihr Verdeck hochgeschlagen; alle Kneipen und Cafés, geschützt von ihren rotgestreiften Markisen und ihren Kästen mit Spindelbäumen, übten auf die Vorübergehenden eine unwiderstehliche Anziehung aus; das Wasser in den Karaffen, das die Kellner aufs Pflaster schütteten, war lauwarm, die Liebhaber des Manillespiels hängten in den kühlen Hintersälen ihre Jacketts an die Haken und spielten in Hemdsärmeln. Die öffentlichen Anlagen waren voller Kinder, deren Mütter gemächlich Schals und Pullover für den Herbst strickten. Im Gymnasium gingen die letzten Schulstunden zu Ende, und in den leeren, hallenden Räumen blieben nur noch der Schulaufseher und der stellvertretende Verwalter zurück...

In den Fabriken hatten die Arbeiter nur noch ihre Monteuranzüge auf dem Leib. Die Straßen waren leer, und die Frauen streckten sich fast nackt hinter den geschlossenen Fensterläden auf ihren Betten aus; nur Männer gingen draußen vorbei, in schwarzen Alpakajacken und Strohhüten. Auf dem Bahnhofsvorplatz senkten die Pferde die Köpfe, und die Kutscher schwatzten behäbig im Schatten der Akazien...

Abends belebte sich die Stadt; die Arbeiterfamilien gingen an den Kanalufern spazieren und schlenderten durch die kleinen

Straßen der Unterstadt; auf dem Fluß fuhren Kähne bis zur Fähre von Campniac, bis zur Maladrerie, und die jungen Mädchen kühlten ihre verschwitzten Hände im Wasser; auf den Boulevards promenierten Männer in weißen Hosen, Frauen in hellen Kleidern mit weißen Spitzen und Gipüren wie an den Abenden großer Feste. Kein Feuerwerk war schöner gewesen als das in jenem Jahr... In den großen Cafés, im Comédie, im Café de Paris spielten die Orchester Romanzen, Walzer: die Geigen ließen in alle Herzen die leichten Wirbel des *Walzertraums*, der *Lustigen Witwe* dringen. Freilichtkinos zeigten in Höhe der ersten Etagen ihre blauen Bilder, die beim leisesten Windhauch zitterten. Zeitungen lagen auf den Marmortischen herum, und die Direktion der Cafés verteilte an die Damen Fächer aus gefaltetem Papier, die das Bild von hochgewachsenen Frauen in flatternden Gewändern trugen, mit in Spiralen herabfallenden Haarknoten voller Blumen und Bänder...

Um den 15. Juli herum, nach der Preisverteilung in der Schule, fuhren die bürgerlichen Familien in die Ferien: in den ruhigen Vierteln im Südwesten der Stadt sah man ganze Reihen von geschlossenen Fensterläden; mit Koffern bepackte Landauer rollten die Avenue de la Gare hinunter. Die Züge, die ins Gebirge, ans Meer fuhren, waren überfüllt; Sonderzüge mußten eingesetzt werden, und der Betriebsdienst war »am Ende«. Die Leute, die noch in der Stadt blieben, warteten nur auf ihre Ferien; die Männer, deren Frauen und Kinder bereits im Gebirge, am Meer waren, trafen sich im Café de la Comédie und vertrieben sich die schönen Juliabende mit dem Ungeschick der Junggesellen. Dann gingen sie nach Hause, in ihre nach Naphthalin riechenden Wohnungen, deren Sessel unter gestreiften Überzügen versteckt waren: auf ihrem Weg begegneten sie Pärchen, die sich lange küßten, und dieser Anblick der Liebe irritierte sie. Manche verbrachten die Abende in den Bordellen der Unterstadt; Schweißtropfen rannen über die parfümierte Haut der Mädchen; es war so heiß, daß sie ab und zu aufstanden, da sie in der Schwüle der fensterlosen Zimmer erstickten, und sich vor die Tür setzten, um die Nacht über sich hereinsinken zu lassen... Andere schliefen mit ihren Dienstmädchen. Einige schliefen allein...

Es gab vielleicht hundert Menschen in der Stadt, die jeden Morgen ungeduldig, mit einer gewissen Unruhe, die Zeitungen von Paris aufschlugen, ein paar Pessimisten, ein paar gewerkschaftlich organisierte Arbeiter, ein paar Sozialisten, Leute, die ein anderes Ereignis erwarteten als die Ferien. In all diesen Häusern, in all diesen Straßen beobachteten nur ein paar Köpfe, die auf die leisesten Geräusche der Erde achteten, angstvoll das Nahen von Katastrophen und waren empfänglich für die Warnzeichen in Europa... Doch alle andern Bewohner der Stadt lebten in Frieden, sahen mit schöner Sicherheit dem kommenden Tag entgegen: der Mord von Sarajevo, die diplomatischen Noten, die Verhandlungen von Cambon, von Sir Edward Grey, von Sasonow gehörten zu den Neuigkeiten der Jahreszeit: kluge Kommentatoren bemerkten, daß sich im Sommer die geringsten Neuigkeiten aufbauschen; andere sagten, daß die Stärke der Waffen den Krieg endgültig verbannt habe. In den Werkstätten waren die Arbeiter überzeugt davon, daß der Sozialismus den Krieg verhindern würde: die Leser der *Humanité* ließen ihre Zeitung wegen Jaurès' Artikeln herumgehen. Doch der Caillaux-Prozeß fesselte mehr Menschen als der schwarze Vogel des Krieges, man gab lange Kommentare zu dem rüden Eingreifen Caillaux', zum Kampf seiner zwei Frauen um den republikanischen Helden, diese ganze Zurschaustellung von Liebe und Politik, die dem Kampf der Linken und der Rechten einen skandalumwitterten Aspekt verlieh. Es gab auch Poincarés Reisen zum Zaren, und die ersten Bilder der Militärparaden in Zarskoje Selo erschienen in den Kinos. Die Bewohner der Stadt waren stolz auf den Empfang, den das alte Rußland dem kleinen Mann bereitete... Die letzte Woche des Friedens verging, die Befehle der allgemeinen Mobilmachung durchzuckten Europa wie Blitze, die letzten diplomatischen Depeschen jagten über die Telegraphenleitungen. Diese Schocks erschütterten kaum die heitere Zufriedenheit der Stadt. Die Zahl der beunruhigten Menschen war ein wenig gestiegen: Antoine Bloyé gehörte endlich zu ihnen. In der Welt der Eisenbahn herrschte bereits eine gewisse Unruhe von Vorbereitungen, spürbar für einen Menschen, der so wie er mit seiner Compagnie vertraut war. Anweisungen kamen von den großen Büros. Er wußte, daß der Krieg fertig montiert war, wie eine große Maschine; nur der Kontakt mußte noch hergestellt werden, damit sie sich in Bewegung setzte... Am 31. Juli kaufte Antoine die *Humanité*, wie um einen Grund zur Hoffnung zu finden; er ahnte, daß die einzige zur Wahrheit fähige Stimme dort zu hören war. Er las:

»Dieser panischen Erregung kann die Menge nachgeben, und es ist nicht sicher, daß die Regierungen nicht nachgeben. Sie verbringen ihre Zeit damit (eine reizende Beschäftigung), einander Angst einzujagen und einander wieder zu beruhigen. Und das – da soll man sich keinen Täuschungen hingeben – kann Wochen dauern. So müssen wir heute an die Intelligenz des Volkes appellieren, an sein Denkvermögen, wenn wir wollen, daß es Herr seiner selbst bleiben kann, wir müssen die Panik zurückweisen, die Erregung unterdrücken und den Lauf der Menschen und der Dinge überwachen, um von der Menschheit den Schrecken des Krieges abzuwenden...«

Antoine war ein Mensch ohne politische Ideen, er wollte nur in Frieden die Arbeit weitermachen, die er zu machen verstand, und er wandte sich seinen Arbeitern zu wie der einzigen Kraft, die fähig war, sein eigenes Leben, seinen eigenen Frieden zu beschützen. Es gab Millionen Menschen wie ihn in Frankreich, die wie er nicht wußten, weshalb es Kriege gibt. Antoine telegrafierte seiner Frau, unverzüglich aus der Bretagne zurückzukehren...

Am Abend des 31. Juli wurde Jaurès ermordet...

An den Mauern erschienen die weißen Anschläge der allgemeinen Mobilmachung. Plötzlich erfüllte eine große patriotische Erregung die friedlichen Herzen dieser Stadt, die zu entfernt, zu versunken in ihr früheres Glück war, um sich von dem schweren Schicksal der Schlachten bedroht zu fühlen. Demonstrationszüge fegten die Straßen leer, und die jüdischen Geschäfte schlossen hastig ihre Läden. In der Rue de Bordeaux wurde die Filiale der Firma Maggi in Brand gesetzt. Die Stammgäste der Kneipen fühlten patriotische und kriegerische Leidenschaften in sich wachsen. Sie ließen sich aufs Abenteuer ein, sie gaben ihren Kampfgelüsten, ihren Haßgefühlen, die lange von der Watte des bürgerlichen Lebens eingehüllt waren, freien Lauf. Die Geschichten, die die Zeitungen zu berichten begannen, nährten ihren Eifer: alle Anekdoten, alle Lieder, die man ihnen in der Schule beigebracht hatte, das mechanische Salutieren vor der Fahne, die Legenden über das ferne Elsaß, die Wörter, die Teil ihrer Sprache waren – Recht, Zivilisation, Wissenschaft, Freiheit – alles floß zusammen. Auf den Plätzen wurden die ersten Kriegsnachrichten kommentiert. Männer verkündeten:

»Ich rücke am zweiten Tag ein... am dritten...«

Die Reserveoffiziere, bereits in Uniform, die Riemen ihres Feldstechers und ihrer Kartentasche über der Brust gekreuzt, lehnten an den Bahnhofstüren. Der Dirigent des Theaterorchesters reckte seinen kleinen Körper und schrie:

»Ich bin dienstuntauglich geschrieben, meine Herren, aber ich verlange un-ver-züg-lich einberufen zu werden! Haben Sie den herrlichen Bericht von Lavedan gelesen? Er zeigt uns unsere Pflicht...«

Er zog einen Zeitungsausschnitt aus der Tasche. Er las:

»In dem Augenblick, als ich auf die Place de la Concorde einbog, bemerkte ich Barrès einige Schritte von mir entfernt an der Ecke der Rue Royale. Ich ergriff die mir dargebotene Hand. Ich rief mit erstickter Stimme: ›Oh, mein Freund! was soll ich Ihnen sagen!‹ ›Es gibt nichts zu sagen‹, antwortete er mir. ›Was könnten wir uns sagen? Die Stunde ist gekommen. Ich habe Vertrauen.‹ Und mit jugendlicher, charmanter Schlichtheit und einer reizenden Bewegung des erhobenen Kinnes, so, als handle es sich um etwas Eigensinniges, das man ihm verzeihen müsse, erklärte er mir: ›Ich melde mich freiwillig.‹ Und mit diesem Wort verließ mich der Präsident der patriotischen Liga und verlor sich in der Menge, die ihm herzlich und respektvoll Platz machte, als hätte sie begriffen, daß man ihn nicht zurückhalten dürfe... Hier, meine Herren, haben Sie das Beispiel!«

Das Infanterieregiment und das Artillerieregiment fuhren unter Jubelrufen und mit Blumen geschmückt ab zur Front. Auf den Bürgersteigen schrien Männer und Frauen: »Es lebe Frankreich! Es lebe die Armee! Es lebe der Krieg!« Das Denkmal für die Soldaten von 1870 ragte aus einem Meer von Kränzen und Blumensträußen auf. Der Präsident der Vereinigung der Kriegsteilnehmer von 1871 sagte in den Kneipen:

»Das mußte so kommen, wo *sie* uns seit vierundvierzig Jahren beleidigen!«

In den Bahnhöfen folgte Zug auf Zug: in den Wartesälen klagten die Zivilisten, daß sie die letzte Fahrmöglichkeit vor den Truppentransporten verpaßt hätten. Die Damen vom Roten Kreuz, bereits in das weiße Leinen gekleidet, das sie bis zum letzten Kriegstag tragen würden, richteten unter den Bahnhofsmarkisen Buffets ein und warteten auf die ersten Verwundetentransporte...

In den Büros der Werkstätten wurden die Transportbefehle für die einberufenen Arbeiter ausgefüllt: das war eine Arbeit, die abends gemacht wurde, wenn die Werkzeugmaschinen ruhten und aus dem Schornstein der Zentrale nur noch eine dünne Rauchfahne aufstieg. Die Arbeiter warteten, vertraten sich in der Stille die Füße, und wenn der Ingenieur kam, betraten sie das Büro in kleinen Gruppen. Der Ingenieur beugte sich über den Rücken der schreibenden Angestellten und lachte vor sich hin. Am zweiten Abend sagte er plötzlich:

»Man muß diese Kinder ein bißchen unterhalten!«
Und er begann mit zwei Stühlen zu jonglieren: sie fielen herunter, er gab nicht auf. Antoine zog ihn am Ärmel und sagte halblaut:
»Benehmen Sie sich doch!«
Die zum Sterben verurteilten Arbeiter murmelten haßerfüllt:
»Das Schwein ist schon wieder besoffen!«
Die ersten Telegramme tauchten hinter dem Gitter der Havas-Agentur auf: patriotische Zeitungen erschienen, und alle Kinder begannen die *Trikolore* zu lesen und kleine Fähnchen auf die Landkarten mit dem Frontverlauf zu stecken. In den Werkstätten der Compagnie vergaßen die Revolverdrehbänke ihre friedliche Produktion und fraßen sich in den Stahl und das Kupfer der Granaten: in den Schuppen wuchsen die Stapel der fünfundsiebziger Granaten, die der Krieg rasch verschlang. Die Männer der Werkstätten waren im Krieg, Antoine war im Krieg, er akzeptierte ihn schließlich mit der gläubigen Fügsamkeit Frankreichs, und wenn Truppen vorbeizogen, nahm er grüßend den Hut ab, wie alle anderen. Er sagte:
»Das ist eine Sache von einem halben, höchstens einem Jahr...«
Die Stadt hatte rasch die Gewohnheiten des Krieges angenommen. Nach dem letzten Sommermonat, als der Herbst über die Hügel zog, als der Sieg an der Marne in allen französischen Départements einen Siegestaumel ausgelöst hatte und Erinnerungen an die Katalaunischen Felder hervorrief, an Bouvines, Poitiers, Valmy, hatte sie sich in ihrem neuen Leben eingerichtet: die Städte sind gefügig wie schwache Frauen, es bedarf nicht vieler kraftvoller Männer, um sie zu formen. Wie in allen anderen Jahren stiegen die Gerüche von Trüffeln und Gänseleberpasteten, von Äpfeln und Nüssen im Quartier Saint-Front, vom Trüffelmarkt, vom Coderc auf. Die Stadt vergaß ihre Freuden aus den Friedenszeiten nicht. Im Sankt-Joseph-Stift, im Kloster von Sainte-Marthe kamen die ersten

Verwundetentransporte an mit ihrer Ladung von Verstümmelungen, Brand, Eiter und Unglück. Die Krankenschwester-Damen waren geschäftig an den Betten der Verwundeten tätig; einige unter ihnen, die zur Zeit des Friedens im Ruf der Leichtfertigkeit standen, verführten die Genesenden. Madame Astier im Sankt-Joseph-Stift ging nie an einem Feldwebel, dem man die Hoden entfernt hatte, vorbei, ohne zu seufzen:
»Wie schade, mein schönster Verwundeter!...«
Die Damen, die im Zivilleben geblieben waren, brachten den Verwundeten Körbe mit Pfirsichen und Trauben: im Herbst neunzehnhundertvierzehn kostete das Pfund Trauben drei Sous... Sie schickten, als der Winter kam, warme Mützen, Schals, Pullover, sie zupften aus ihrer alten Wäsche Scharpie, machten Binden, die die Ärzte nicht abzulehnen wagten, denn die Damen lebten getreu den Geschichten vom siebziger Krieg, die ihre Mütter ihnen erzählt hatten. Die bürgerlichen Häuser öffneten sich den Rekonvaleszenten, doch die Hausherrinnen waren erleichtert, wenn die »Helden«, die in ihren Speisezimmern so viel Platz einnahmen, wieder an die Front fuhren. Bald erfuhr man die Namen der ersten Toten der Stadt: der alte Monsieur de Leyment bekam die Nachricht, daß seine beiden Söhne an der Marne gefallen waren, und die Stadt sah ihn wie ein Kriegsgespenst umherirren, er ging mit gesenktem Kopf, doch plötzlich hob er ihn und bellte wie ein vom Mond erregter Hund... Im Gymnasium las der Militärgeistliche seine Messe in roten Hosen und blauem Mantel: er hatte ein aufgedunsenes bleiches Gesicht und ging wie eine verkleidete Frau. Flüchtlingstransporte aus dem Norden, aus dem Pas-de-Calais, aus Belgien, kamen auf ihrem Weg nach Süden durch die Stadt. Als es Winter war, hatte sich der Krieg allmählich wie ein heimtückisches Gift eingeschlichen. Die glühende Begeisterung der ersten Monate war erloschen. Man hörte Leute, die sich am patriotischsten gebärdet hatten, sagen:
»Man muß auch an sich denken... Jeder muß seine Vorsichtsmaßnahmen treffen...«

Der Dirigent des Theaterorchesters arbeitete in einem Büro.
Die Bewohner der Stadt fielen zurück in ihr kleines, vom Argwohn geprägtes Privatleben. Die Spuren des Krieges verwischten sich nach und nach in der Stadt: nur gab es mehr Uniformen in ihren Straßen, mehr Männer, die an Stöcken, an Krücken gingen, die Hüte der eleganten Damen erinnerten an Dienstmützen von Polizisten. Aus dem Gymnasium liefen die Kinder weg, die von alten, wieder in den Dienst zurückgekehrten Lehrern schlecht beaufsichtigt wurden, und schlitterten auf dem Eis des Kanals. Es herrschte eine kleine, unsichtbare Unordnung... In der Kathedrale begannen die Messen für die Gefallenen...
In den Werkstätten dachte Antoine an die Granaten, an den Unterhalt der Maschinen, die unter der großen Abnutzung des Krieges litten. Militärkontrollen gingen durch die Werkstätten, und Antoine fühlte sich in ihnen nicht mehr zu Hause. Er fühlte wieder die Nervenanspannung von früher, aus der Zeit, wo er Katastrophen fürchtete, fühlte wieder Resignation, die Angst, nicht wiedergutzumachende Fehler zu begehen: diese Granaten waren keine vertrauten Gegenstände. Der Ingenieur sagte zu ihm:
»Machen Sie sich keine Sorgen, Bloyé... Ich bin ja da, ich decke Sie, ich bin selbst ehemaliger Artillerieoffizier... das klappt schon alles, ich habe ausgezeichnete Beziehungen zu den Kontrolleuren...«
Wie konnte man sich auf diesen ständig betrunkenen, durch den Krieg verschreckten Mann verlassen, der im Suff die deutsche Stärke, die deutsche Ordnung pries und die Niederlage der Alliierten prophezeite? Die Katastrophe kam in Form eines drohenden, unverständlichen Telegramms, das zwei Tage später durch einen Brief in militärischem Ton bestätigt wurde:

18. Bezirk Artillerie

Inspektion der Schmiedewerkstätten von Toulouse

Depot Bordeaux

No. 457

Telegrammbestätigung

Der Schwadronchef an den Herrn Werkstatt-Ingenieur...

Hiermit bestätige ich Ihnen mein Telegramm heutigen Datums mit folgendem Inhalt:

Fehler bei der Auswuchtungskontrolle Granate 75 begangen. Drehstahl muß natürlich auf die Wand eingestellt werden, die dezentriert werden kann, um Unwucht auszugleichen. Zusatzkontrolle einstellen. Brief folgt.

Antoine las diese Erklärungen, es gelang ihm nicht, den Sinn der Worte zu begreifen, an die sein Kopf nicht gewöhnt war.

»Das gleiche gilt nicht für Granaten, die wegen Unwucht bearbeitet wurden, die Oberfläche ist keine Drehfläche mehr . . . also auf dem Zentrierwulst und dem Teil zwischen Ring und Boden drehen...«

Der Ingenieur sagte:

»Eine schöne Bescherung, verflucht noch mal. Die bringen es noch fertig und beschuldigen uns wegen Sabotage . . . Wozu sind denn die Kontrolleure da?«

Bloyé antwortete:

»Wir können nicht alles sehen, wir können nicht alle Lieferungen selbst überprüfen... Dafür sind die Artilleristen da...«

Monsieur Huet höhnte:

»Aber wir werden die Suppe auslöffeln, mein Lieber, nicht die. Wir haben die Verantwortung, und es gibt genügend Leute, die nur allzu froh sind, wenn sie Ihren Posten bekommen oder meinen. Man merkt, daß Sie die lieben Kameraden von der Artillerie nicht so gut kennen wie ich... Ich sag Ihnen, daß die uns über die Klinge springen lassen!«

Eine Untersuchung wurde eingeleitet. Antoine begriff, daß er für einen Fabrikationsfehler verantwortlich gemacht werden würde, der die nationale Verteidigung schädigen konnte, die einzige Gottheit dieser bewegten Jahre. Er machte seine Berichte und verteidigte sich: doch die Tugenden aus Friedenszeiten, eine »ehrenvolle, arbeitsame Vergangenheit«, schützten schlecht gegen die rigorosen Forderungen des Krieges und der Waffenherstellung. Plötzlich war sein Aufstieg, seine zunehmende Wichtigkeit bedroht. Und wodurch? Durch ein paar Zehntel Millimeter Abweichung in der Dicke einer Granatwand, im Durchmesser der Vertiefung, der Spur einer Dezentrierung, die sich als Unwucht bemerkbar machte. Diese Details hatten keinerlei Verbindung mit seinem Leben, seinen Anstrengungen, seinen früheren Zweifeln. Peinlich genaue Kontrolleure prüften die Granaten der abgelehnten Lieferung. Die Offiziere verhielten sich wie Untersuchungsrichter... Die Untersuchung zog sich hin: weder Monsieur Huet noch Antoine wurden noch befragt, sondern die Inspektoren, die Schichtleiter. Die Stadt begann über die Vorgänge in den Werkstätten zu reden. Es war die Zeit, da der Patriotismus der Franzosen sie wie in ein Mißtrauensfieber, einen Aggressionswahn trieb: auf den Straßen und in den Cafés redeten die Leute von falsch gedrehten Granaten. Sie sagten:
»Ein Irrtum? Das können Sie andern weismachen... Ein Überwachungsfehler? Vielleicht, aber dieser Fehler ist ein Verbrechen. Es gibt Umstände, wo mangelnde Überwachung oder ein Irrtum an bewußten Verrat grenzen...«
Antoine wiederholte:
»Man kann schließlich nicht an jeder Maschine sein...«
Die Leute antworteten ihm kalt:
»Sicher, sicher, trotzdem ist das sehr unangenehm für Sie...«
In der Unterstadt erzählten die Frauen beim Einkaufen:
»Die Granaten waren so schlecht gemacht, daß sie auf die Franzosen zurückgeflogen wären und sie getötet hätten... Einer von ihnen war bestochen...«

In den Gärten taten die Nachbarn, als erkennten sie Antoine nicht: diese Müßiggänger fühlten die Sorge um das öffentliche Wohl auf sich lasten. Wenn Antoine auf eine Gruppe von Spaziergängern zutrat, ahnte er oft, daß sie das Thema wechselten. Der Inspektor sagte zu seinen Freunden:

»Bloyé hat sich das Genick gebrochen... Da ist ein Platz freigeworden...«

Diese Dinge wurden Antoine hinterbracht. Man ließ ihn fühlen, daß ein Provinzkrieg gegen ihn geführt wurde, und er konnte sich nicht verteidigen. Er fiel von der Höhe seiner Wichtigkeit herab, er war nichts mehr. Er wurde tatsächlich versetzt. Monsieur Huet »flog«, wie er es vorausgesagt hatte. Man gab beiden zu verstehen, daß sie froh sein konnten, in einer Zeit, in der es von Verrätern und Spionen wimmelte, so gut davongekommen zu sein... Antoine verließ endlich die Stadt: die Lokalzeitung brachte nicht einmal eine Notiz darüber. Lediglich am Tag vor seiner Abreise überreichten seine Arbeiter ihm eine Bronzestatue auf einem grünen Samtsockel. Es war eine Frau mit den Schenkeln eines Schmieds und den Armen eines Abdeckers, die hinter einem Amboß stand, die lächerliche Allegorie der Industrie. In einem Werkstattschuppen saßen die Werkmeister und Arbeiter um einen langen Tisch mit Flaschen und Gebäckschalen: als der Zeitpunkt der Reden gekommen war, bemerkte Monsieur Huet grinsend:

»Der Abschied von Fontainebleau...«

Ein Werkmeister erhob sich, um eine Rede abzulesen. Im gleichen Augenblick sagten die Arbeiter, die nicht zu der Ehrung gekommen waren:

»Ein Gegenschlag, bei dem der Chef mit Blumen zugedeckt wird. Das hat etwas zu bedeuten...«

Die Rede lief ab:

»Monsieur Bloyé,

das Personal der Werkstätten spricht Ihnen heute anläßlich Ihres Scheidens seine Gefühle der Anerkennung und Dankbarkeit aus.

Sie waren für dieses Personal immer ein wohlwollender Chef gewesen und hatten seit langem die veraltete Form und die allzu hochmütige Haltung, die unseren früheren Chefs so gut anstand, die aber in unserer heutigen Zeit keinen Kurswert mehr hat, auf den Mist geworfen. Von Wahrheit und Gerechtigkeit erfüllt, haben Sie es verstanden, trotz der strengen Anordnungen der Compagnie, von Ihrem zahlreichen Personal das Höchste an Anstrengungen und Eifer bei der Arbeit zu erreichen, weil Sie es mit der Höflichkeit behandelt haben, die Sie so beliebt bei uns gemacht hat. In der Stunde, da eine höheren Ortes getroffene Entscheidung Sie auf einen entfernten Posten ruft, fällt es uns ganz besonders schwer, uns von Ihnen zu trennen, doch lassen Sie uns Ihnen öffentlich sagen, wie stark die Erinnerung an Ihre Zeit bei uns ist, die Sie hier zurücklassen. Wenn der Name Bloyé auch nicht wie der großer bedeutender Männer in die Marmortafeln der Geschichte eingegraben wird, so bleibt dieser Name doch tief in unser Gedächtnis geprägt. Ist die Tatsache, ein großer Vorgesetzter gewesen zu sein, in den schwierigsten Augenblicken die schwersten Verantwortungen auf sich genommen zu haben und beim Abschied das einmütige Bedauern seines Personals mitzunehmen, ist das nicht der höchste Lohn, die höchste moralische Befriedigung? Möge die Bronzestatue, die Ihnen heute überreicht wurde und in die ein jeder von uns etwas von seinem Herzen gelegt hat, um Ihre Gedanken zu uns zurückzuführen, in Ihnen die langen Jahre des guten Einvernehmens und der zähen Arbeit weiterleben lassen, die wir gemeinsam verbracht haben. Im Namen aller spreche ich Ihnen, Monsieur Bloyé, unsern Dank aus!«
Es war wie am Tag der Preisverteilung in Saint-Nazaire. Was für Bilderbucheindrücke! Der gute Schüler... Dann der gute Vorgesetzte... Aber wo waren die »tüchtigen Köpfe« des Betriebs, der Gewerkschaftssekretär? Während die aufgeblasenen Sätze der feierlichen Ansprache sich gemächlich abspulten, dachte Antoine an die Männer, die nicht gekommen waren:

in ihrer Abwesenheit steckte eine große schweigende Mißbilligung. Gerade an ihrer Anwesenheit hätte ihm gelegen. Ihre Gegenwart hätte ihn gerechtfertigt. Doch er wußte, daß es Männer im blauen Monteuranzug gab, mit ölverschmierten Händen, die den Streik von 1910 und die zusammengestellten Gewehre der Soldaten im Hof der Werkstätten nicht vergaßen... Dieser Werkmeister mit dem dicken Schnauzbart eines Gendarmen und seinen überflüssigen Schmeicheleien! Ich war höflich zu ihnen, ich habe sie nicht wie Dreck behandelt, nicht wie in der Kaserne, ich habe Unterstützung für ihre Frauen im Wochenbett erreicht und dann habe ich sie trotzdem für den König von Preußen und den Baron Rothschild marschieren lassen unter ihnen sind welche denen ein Arm fehlt und Brevet der einen Schädelbruch hat sein Gehirn ist herausgelaufen seine Kameraden haben seine Schuhe rechts und links an seinen Kopf gehalten wie Kerzen wenn ich mit ihnen sprach waren sie sehr höflich sie wußten den Abstand zu respektieren ich schmeichelte ihnen um ihnen bei der Arbeit Mut zu machen ich wandte mich an ihren Stolz von Ihrem Personal das höchste an Anstrengung die Lokomotiven fahren ab Gesamtreparaturzeit zwanzig Tage was haben sie davon und ich werde ihnen nicht mehr befehlen und nicht mehr der Chef sein dabei bin ich gern Chef und es gibt mehr als einen der genau weiß daß ich gegen sie bin aber es hat mir nichts geholfen daß ich gegen sie bin ich bin entlassen wie ein Rangierarbeiter. Sie haben ihr Herz in die Bronzestatue gelegt das stimmt nicht ich wünschte es wäre wahr aber es stimmt nicht es stimmt einfach nicht – Jahre guten Einvernehmens weil ich nicht grob war wenn ich ihnen etwas sagte scheinheilig ein ganz Gerissener der den Arbeiter zum Vorteil der Compagnie kennt und wer steht denn da auf, Lafarge, das war der Streikbrecher damals, noch eine Rede, nein, ein Gedicht

Dem scheidenden Chef als sichtbares Zeichen
Unserer Dankbarkeit wir diese Statue überreichen.
Sie ist das Ergebnis der Gemeinsamkeit,

Die sich täglich bewährt hat in langer Zeit.
Sie ist das Zeugnis unserer großen Achtung,
An die er denken soll bei ihrer Betrachtung.
Sie soll in der Zukunft ihn erinnern an Tage,
Von denen vergessen dann endlich die Plage,
Doch von denen geblieben Ehre und Ruhm
Als das höchste erringbare Heiligtum
In einer Laufbahn, die, von Pflichterfüllung geprägt,
Den unsterblichen Glanz der Treue trägt,
Ein Glanz, der die Schläge des Schicksals überstrahlt,
Weshalb die Belegschaft dankbar für diese Statue ihre Groschen bezahlt.

Idiot mit seinen Klippschulversen, kein Wort glaubt er davon...

Antoine antwortete darauf, dankte diesen Männern, die die Wahrheit nicht wußten, er dankte ihnen in dem Ton, der hier angebracht war, als wäre er ein Priester... Jemand sang. Es war eindeutig ein kleines Fest, sein Abschied wurde zum Betriebsfest. Der Inspektor, der eine Baßstimme hatte, sang seinerseits:

O meine Lok, wenn deine Flanken glühen,
Aus deinem Schornstein Funken sprühen,
Wenn deine Seele, frei von Fesseln,
Entsteigt als Dampf dem schwarzen Kessel,
Jagst du dahin mit Donnergrollen
Und deine schweren Räder rollen
Stund um Stund durch große Weiten,
Die sich vor dem Auge breiten.

Das war derjenige, der auf seinen, Antoine Bloyés, Posten wartete. Du Schwein, murmelte Antoine zwischen den Zähnen.

Dann brachen sie auf, Antoine ging zum letzten Mal durch die Türen der Werkstätten, dem Ort seines Stolzes und seines Vorankommens; die kleine Blautanne stand vollkommen unbeweglich; die Männer liefen über die Gleise, alles ging genauso gut

weiter ohne ihn, kein Schriftstück, kein persönlicher Gegenstand lag mehr in seiner alten Schublade, auf seinem alten Schreibtisch. Draußen war schönes Wetter, der Abend nahte, ein leichter Ostwind wehte über die Dächer, auf dem verlassenen Friedhof, an dem er täglich vorbeikam, wucherten Grünpflanzen, Gräser und Blumen wie in einem Garten, und das eiserne Kreuz an der Weggabelung war mit Winden und Klematis bewachsen; ein von den Hügeln kommender Bach floß ein steinernes Bett hinunter, ein besonders lebendiger und fröhlicher Bach; die Gesichter der Frauen wurden von der sinkenden Sonne vergoldet, Männer, die etwas dick waren, wischten sich bereits den Schweiß von der Stirn, Kinder schrien auf den Treppen, die Katzen schlichen nach einem trägen Tag in die Häuser zurück; auf den Boulevards blieben die Passanten stehen, um den Heeresbericht zu lesen, es war die vierundvierzigste Woche des Krieges, die Hänge von Notre-Dame de Lorette wurden angegriffen, die Deutschen griffen die Zuckerfabrik von Souchez an, die französischen Truppen griffen das Labyrinth von Neuville-Saint-Vast an. In den Zeitungen wurde die Rede von Lloyd George in Manchester abgedruckt, der gesagt hatte: »Wir brauchen Granaten, Kanonen, Maschinengewehre... jedesmal, wenn ihr unserer Armee die Munition schickt, die sie von euch verlangt, könnt ihr euch sagen, daß ihr damit ebenso viele menschliche Existenzen, ebenso viele tapfere Soldaten rettet... Granaten, und noch mehr Granaten...« Was für eine Ironie! Antoine beugte den Rücken, der Frühling war drückender als Frost oder die Augustsonne. Er ging wie ein gedemütigter Mensch, wie ein Mensch, der aus dem Gefängnis kommt, und die Scham stand auf seiner Stirn und lag auf seinen Kleidern, die nicht die Falten der Kleider eines freien Menschen hatten. Als er am Ende der Rue de Paris ankam, fühlte er, daß er Hunger hatte, er dachte:
»Seltsam, daß man trotzdem Lust zum Essen hat...«
Und so würde er also weiter essen, sein ganzes Leben lang, die Dinge würden sich abwickeln, er würde weiter schlafen, essen.

Er würde keinerlei Stolz mehr haben, er war wie ein degradierter Soldat... Plötzlich erinnerte er sich an die Sätze, die seine Schwiegermutter zu zitieren pflegte: ein leerer Sack steht nicht, solange man lebt, hofft man... Er ging nach Hause. Seine Frau fing an zu weinen, als sie ihn sah. Pierre betrachtete angstvoll seine Eltern, weil er eine Atmosphäre von Auflösung und Niederlage im Haus spürte. Das Mädchen trug das Abendessen auf:

»Iß«, sagte Anne. »Du mußt Kräfte sammeln...«

So trafen Geschosse, die aus der Wolke des Krieges kamen, in der Ferne einen Mann, der geglaubt hatte, glücklich zu sein.

XVIII

So begann Antoine Bloyés Abstieg...

Die Männer, die von den Pariser Büros aus, die wie ein Felsvorsprung die Gleise der Gare d'Austerlitz überragen, das Eisenbahnnetz regieren, hatten ihn zum Magazinverwalter der Banlieue Süd ernannt...

Antoine fiel von seinen fünfzehnhundert Arbeitern, vom Befehlen und der Macht zurück in eine demütigende Langeweile, herab auf die Leitung von sechzig Mann...

Zwischen Vitry und Choisy, mitten in einer trostlosen Ebene, die sich zwischen der Seine und den Hügeln von Thiais erstreckt, lag eine verworrene Ansammlung von Gebäuden und Schuppen neben den Gleisen: in diesen Lagerhallen waren Vorräte gestapelt: Schmierfett, Seife, Wergballen, Kampecheholz, Öl- und Teerfässer. Hinter den Gebäuden lagen die Weinkeller für die Kantinen der Compagnie, sie lagen im dichten Schatten der Kastanienbäume. Auch Planen wurden dort hergestellt, die ausgebreitet wie große schwarze Bettücher in Trokkenkammern hingen. Die einzige Maschine, die es gab, war eine Hobelmaschine, und Antoine sah ihr beim Arbeiten in ihrem dunklen Winkel zu, weil sie ihn an seine verlorene Macht über ein Volk von funkelnden Maschinen erinnerte. Er war gedemütigt, reduziert, er fühlte sich als »Lebensmittelgrossist«: für einen Mann seiner Art ist es ein nicht wieder gutzumachendes Unglück, der Produktion entrissen zu sein. Er war vor allem ein produktiver Mann, und nun war er plötzlich steril geworden wie eine ausgemergelte Frau...

Er stellte sich voller Scham vor, wie seine früheren Freunde von ihm sagten:

»Bloyé, weißt du das nicht? Na, mit dem war doch diese dumme Geschichte, der ist doch die Treppe hinuntergefallen, ich weiß nicht genau, wo er jetzt steckt...«

Man hatte ihn abgeschoben wie einen Gegenstand, der nicht mehr gebraucht wird: innerhalb des Lagergeländes standen alte Lokomotiven, alte Gestelle, verrostete Kessel, von Dornen und Beifuß überwucherte Räder, er glich wirklich diesen Metallstücken, die einmal gearbeitet hatten... Man hatte ihn nicht wirklich verjagt, man hatte so etwas wie Mitleid gehabt, so wie für die pensionierten Soldaten, die invaliden Arbeiter, für die man eine ruhige Beschäftigung sucht, den Posten eines Aufsehers, eines Nachtwächters. Ein Mann, der sein ganzes Leben nur auf dem Stolz seiner Arbeit aufgebaut hat, fühlt diesen Stolz nicht schmerzlos vergehen.

Antoine hatte nicht viel Arbeit, die Untätigkeit belastete ihn. Er hatte niemals gelernt, Freizeit auszufüllen. Und er lief herum wie eine Maschine im Leerlauf. Er schlenderte durch die Gänge in den stillen Lagerhallen. Wenn er in seinem kleinen Laboratorium ein paar Versuche mit Leinöl beendet hatte, das sich kräuselnd auf einer Kupferplatte trocknete, wenn er die Runde durch die Lagerhallen gemacht und die Post unterschrieben hatte, war sein Arbeitstag beendet. Er setzte sich auf die Fässer am äußersten Ende des Magazingeländes: die elektrischen Züge von Paris nach Juvisy brausten über die Gleise, und lange Funken stoben aus ihren Stromabnehmern. Ein niedriger dunstiger Himmel dehnte sich über der Ebene: ein paar Fliederfelder, auf denen die Gärtner der Baumschulen von Vitry arbeiteten, dann eine riesige glatte Fläche, die sich am Fuß der fernen Fabriken, die am Horizont rauchten, verlor. Von Zeit zu Zeit stießen die Schleppdampfer, die eine lange Reihe von Lastkähnen nach Bercy schleppten, einen Sirenenton in den Dunst, das Donnern eines Schnellzugs wurde lauter. Es war eine armselige, verkümmerte Landschaft, in der die Luft nach Teer und Säure roch und das Gras grau und mit Glassplittern und Eisenstückchen übersät war, eine ausgedehnte, tödliche Landschaft, in die von Vitry her die Häuser eindrangen, Häuser aus Blocksteinen, in denen Arbeiter zwischen ihren Gemüsebeeten lebten. Es war ein Stück Steppe wie die reiz- und baumlosen Gelände, auf denen die asiatischen Nomaden Halt machen zum Zelten: Antoine betrachtete diese Ebene, wie er das Meer betrachtet hätte, mit einer Art Schwindel und einem Herzen, das ebenso leer wie diese trübsinnige Welt der Vororte war...

Auf der anderen Seite der Gleise dehnte eine chemische Fabrik ihre weißen Ziegelmauern aus: ein beißender chemischer Geruch umwehte sie, Giftgase wurden dort hergestellt, und an manchen Tagen, bei ungünstigem Wind, mußten Antoine und seine Arbeiter Masken beim Arbeiten aufsetzen. Das Gift des Krieges vernichtete die wildwuchernden Pflanzen, die am Rand der Gleise gewachsen waren. Die Männer spuckten aus und wischten sich die Augen, ständig in der Furcht, daß eine Explosion in der Fabrik gegenüber einen Wirbel von Gas und Tod herüberwehen würde. Doch nur manchmal flog ein Behälter in die Luft, und die Luft schnürte plötzlich die Kehle der Arbeiter zu: in der Fabrik gegenüber gab es einen Toten.

Das Haus der Bloyés stand fünfhundert Meter von den Lagerhallen entfernt am Ende mehrerer Gärten: es war ein langes einstöckiges Gebäude mit einem langen Anbau aus braungestrichenem Holz. Um das Haus herum wuchs ein Kranz von großen Bäumen, Buchen und Firnisbäumen, auf dem Rasen stand eine große Akazie. Wegen der Bäume und einer Böschung, auf der die Straße von Alfortville die Gleise überquerte, lag das Haus ständig in einem grünen, lastenden

Schatten, der kaum von der Morgensonne durchbrochen wurde. Es gab noch einen sehr großen Garten, der von einer mannshohen Hopfenhecke eingefaßt war, in der Igel lebten. Jenseits dieser Hecke erstreckte sich ein Gebiet, auf dem Lumpensammler und ausländische Arbeiter dahinvegetierten; doch der Hopfen war zu dicht, als daß sie hätten sehen können, was bei den Bloyés vorging, die lediglich wußten, daß es ein paar Meter von ihnen entfernt in Schlamm und Schutt eine entsetzliche Stätte des Elends und der Krankheiten gab, aus der der Rauch aufstieg wie aus einem in Schlamm und Abfällen erstickenden Negerdorf, wo die Kinder und Hunde auf der Suche nach unverhofften Funden herumstreunten. Was für eine Erniedrigung für Anne Bloyé, diese Nachbarschaft nach den glanzvollen Tagen in der Rue Combe des Dames! Doch das Haus, das Lager und der Garten bildeten eine ziemlich geschlossene kleine Welt: nur manchmal kletterten Kinder in Lumpen, kleine Mädchen mit hellen Haaren und schlammverschmierten Beinen, auf die Böschung und sahen von weitem zu dem dichtbelaubten, blühenden Garten der Bloyés; wenn die Mädchen Anne erblickten, die auf dem Rasen saß und stickte, und Pierre, der neben ihr spielte, schrien sie den friedlichen Leuten Schimpfwörter zu, voll von wildem Haß, der aus ihrem Elend kam:

»Arsch-löcher...« schrien sie.

Dann stand Anne auf und sagte zu ihrem Sohn:

»Komm, wir gehen hinein!«

Und sie murmelte vor sich hin:

»Diese dreckigen Herumstreicher...«

Antoine arbeitete sich in dem großen Garten müde. Er mähte Luzerne, häufelte Kartoffeln; im Frühjahr ging er morgens auf den Blumenmarkt, er verbrachte ganze Nachmittage damit, auf dem Quai de la Mégisserie die Auslagen der Samen- und Vogelhändler zu betrachten. Doch war das keine Zerstreuung, die seine Langeweile und seine Demütigung vertreiben konnte... Er war über fünfzig und stand abseits der großen, von den Männern gebahnten Wege, abseits der Kriegsereignisse, abseits des Fiebers, das die großen Unternehmen schüttelte. Seine Vergangenheit lastete plötzlich auf seinen Schultern. Plötzlich fühlte er seine Müdigkeit, und das Alter begann diesen kräftigen, beschäftigungslosen Körper zu quälen. Es hatte sich angehäuft, hatte in alle Winkel des Körpers und des Gedächtnisses seine Rückstände und sein Gift abgelagert: die Jahre hatten sich eines zum andern gefügt, und das Anwachsen dieser Summe war im stillen und unbemerkt geschehen. Die Männer glauben während all dieser Jahre, sie besäßen noch die Leichtigkeit der Jugend, und das Erhoffte liegt vor ihnen, ohne sich zu verringern, ohne zu zerrinnen, sie sehen ihren kleinen, stets unbeschadeten Haufen Zukunft vor sich, doch plötzlich bricht die Summe der Jahre auf. Ohne Ankündigung wird sie offenkundig. Antoine, der sein ganzes Leben in der Erwartung von etwas Neuem, das keinen Namen hat, verbracht hatte – und jedes Jahr sagte er sich, es kommt im nächsten, so wie die Juden sich trösten, indem sie sagen, nächstes Jahr in Jerusalem – Antoine, der seine Veränderung vom Jüngling zum Mann nicht bemerkt hatte, erlitt plötzlich seine Verwandlung vom Mann zum alten Mann: diese Verwandlung war schwerer als ein Wechsel der Haut... Zuerst war die armselige, enge Ruhe seiner Kindheit gewesen, die Erschütterungen der Jugend, dann kamen sein Beruf und sein kurzes, keuchendes Atmen, die Maschinen, die Werkzeuge, die Arbeit, die Heirat, das Büro, die Vaterschaft, der kleine, von den Demütigungen der Jugendzeit genährte Ehrgeiz und die kleinen Erfolge des Mannesalters, die Eitelkeit, die Einsamkeit. Antoine hatte niemals Zeit gefunden, sich Rechenschaft abzulegen: er wartete. Vielleicht wartete er darauf, zu entdecken, daß er glücklich war... Nie hatte er sich besonders für sich selbst interessiert, außer in kurzen Fieberanfällen. Nichts hatte ihn auf die Gelegenheiten aufmerksam gemacht, in denen er ein Mann gewesen war, niemals hatte er sich ernsthaft nach dem Sinn des Ausdrucks »ein Mann sein« gefragt. Kaum daß er den Sinn der Worte seines Milieus gekannt hatte: »jemand sein«. Und schließlich war er zwischen vierzig und fünfzig Jahren »jemand« im Sinne der Bourgeois gewesen, ein Mann, der besser als alle anderen die Lokomotiven kannte und dessen Name bei mehreren tausend Leuten bekannt war. Nachdem ihm dieser Erfolg nun entrissen war, erkannte er jäh, daß es ein Erfolg war, der nicht zählte, ein Erfolg, der ihm nichts zurückließ. Er fühlte sich nackt und ärmer, als er je gewesen war. Eine Leere seines ganzen Körpers, seines ganzen Kopfes. Sein Schicksal verlor sich im Dunkel. Er hatte bereits die Fünfzig überschritten... Wie konnte er Gegendampf geben? Die Richtung seines Lebens ändern? Was konnte er noch auf seiner einsamen Insel, entfernt von den vorbeifahrenden Schiffen, erwarten? Es gab nichts mehr zu erwarten. Keine menschliche Schlacht, keine Muße, keine Erfindung. In seinem vergangenen Leben fand er nichts, was ihm hätte helfen können: in diesen vom Ablauf der Tage und Nächte aufgezehrten Jahren hatte er keinerlei Besitz erworben – oh, diese endlosen Tage im Depot von Tours, und dieser dumme Stolz, den er in jener Zeit aus ihnen zog! – Städte, Kinder, Freunde, Kameraden, Marcelle, alle diese Dinge wurden geboren, starben, Sonntagsspaziergänge, kurze, müßige Ferien, vergessen wie die Herstellung einer geschichtslosen Welt in einem unbekannten Himmel.

Im Jahre 1917 starb Jean-Pierre Bloyé. Alle geliebten Wesen sterben eines nach dem andern. Alles, was sich auf ihre Gegenwart baute, nehmen sie mit der hochmütigen Gier der Toten mit sich, das ganze Gerüst aus Herzlichkeit, Beschäftigungen, Gewohnheiten, Streit, Späßen, Gesprächen, Spaziergängen, deren Basis und deren sichtbare Mitte sie waren, stürzt in dem Augenblick zusammen, da das Herz zu schlagen aufhört, da der Mund beim letzten Atemholen offenstehen bleibt... Antoine Bloyé war wie viele andere ein Mann, der der Sohn eines anderen Mannes war, so wie er der Vater eines Sohnes war. Er war nach beiden Seiten verbunden. Und eines dieser

Bänder riß; seine Tochter Marie war gestorben. Monsieur und Madame Guyader waren gestorben, und jetzt starb Jean-Pierre Bloyé. Seine Großeltern waren schon in seiner Kindheit gestorben, er hatte sie kaum gekannt, nur schwach hatte er die verblaßte Erinnerung an seine Großmutter väterlicherseits behalten, an ein altes weißes, mit einem Schleier bedecktes Gesicht, über dem grüne Fliegen summten, die von geschwätzigen Frauen vertrieben wurden. Wie viele Leben, zu Grabe getragen im gedankenverlorenen Schritt der Leichenzüge und ihrer müden, klapprigen Pferde! Bei jedem Tod gibt es diese Zerstörung, diesen Zerfall, diese Niederlage. Ein ganzer Teil des Daseins stürzt in einen offenen Spalt, ein ganzer Teil des Menschen wird abgetötet.

Antoine fuhr nach Redon, Anne blieb bei Pierre zurück. Im Zug versuchte Antoine, den Abgrund zu überqueren, der ihn von seiner Kindheit trennte.

Jedes Jahr hatten die Bloyés auf dem Rückweg aus den Ferien in Redon Halt gemacht: seit ihrer Pensionierung lebten Jean-Pierre Bloyé und seine Frau in einem Weiler, der Châtaigneraie hieß und an der Straße nach Rennes lag, in einem kleinen Häuschen, das nur aus einem großen Raum und dem Speicher bestand. Es war von hohen Nußbäumen und Ilexsträuchern umgeben; durch tiefe Hohlwege ging man zu den Höfen des Weilers und zu einem mit Weizen bedeckten Plateau, dem Plateau de Galerne. In dem Haus standen auf dem Boden aus gestampftem Lehm zwei große Betten mit roten Federbetten, weich wie der Schlaf, ein Tisch, ein Schrank und eine Birnbaumkommode; an den Wänden, die Jean-Pierre Bloyé einmal im Jahr kalkte, waren Bilder von der Jungfrau Maria angenagelt und ein Kruzifix, um das ein Rosenkranz herzförmig aufgehängt war. Auf der Kommode schlug eine Pendeluhr zwischen einer Orangenblüte unter einem Sturzglas und einer Glaskugel, in der man eine Gebirgslandschaft sah: wenn man das Seifenwasser der Kugel schüttelte, schneite es, und die Landschaft, die sich mit der Zeit abgelöst hatte, drehte

sich um sich selbst wie ein Fisch. Alle irdischen Güter der alten Bloyés hätten auf einem Handkarren Platz gefunden:
»Für so alte Leute wie uns reicht das«, sagten sie.
Je älter sie wurden, um so mehr nahm die Fläche ihres Lebens noch ab, dieses Lebens, das schon immer so schmal, so wenig bedeutend gewesen war, das so wenig Echo hervorgerufen, mit seinen Wellen so wenige Menschen berührt hatte. Jean-Pierre Bloyé hatte seine große aufrechte Statur und seine blitzenden Zähne, auf die er immer stolz gewesen war, seit die Mädchen in Allaire nach ihm sahen, behalten; Marie Bloyé war eine alte, ausgemergelte und gekrümmte Frau geworden; auf ihrer Stirn, auf ihren Wangen, um ihren Mund lag ein ganzes Netz von tiefen Falten, sie hatte gerötete Backen und tief in den Höhlen liegende Augen, die den Tod ankündigten. Unter ihrer Redon-Haube, unter ihrem schwarzen Haarnetz sah man die weißen Strähnen ihres Haares, das sie oft mit der flachen Hand glattstrich...
Jedes Jahr, drei oder vier Tage lang, fand Antoine die Möbel, die Phantome der Gebärden, die Spuren der Schritte seiner Kindheit wieder. Er öffnete den Schrank, die Kommode: die Wäsche, die Gegenstände wechselten nicht ihren Platz, auf dem obersten Schrankbrett lagen noch die Preise, die er einst in Pontivy, in Saint-Nazaire bekommen hatte... Bei Tisch erzählten seine Eltern Geschichten, die nur er allein verstehen konnte: seine Frau stand außerhalb dieser Gemeinsamkeit, sie kannte die Leute aus Saint-Nazaire nicht, sie langweilte sich ein bißchen, sie lächelte ein bißchen über die Fehler, die ihre Schwiegereltern beim Sprechen machten, und sie fühlte sich von vornehmerer Abstammung als ihr Mann.
»Wie verworren deine Mutter ist...«, sagte sie zu Antoine.
Pierre lief über die Wege von Châtaigneraie. Bald fuhren sie wieder ab.
»Bis zum nächsten Jahr«, sagten sie.
Antoine gab seinen Eltern Geld. Er dachte darüber nach, daß man kaum mit den Menschen, die man liebt, zusammenlebt,

drei, vier Tage im Jahr, was für ein Hohn! Er forderte sie auf, den Winter bei ihm zu verbringen, doch sie lehnten ab, sie sagten:

»Wir stören euch nur…«

Denn sie hatten sich daran gewöhnt, mit einem imaginären Sohn zu leben, der für sie zu hochgestellt schien. Sobald die Kindheitserinnerungen, die Neuigkeiten des Dorfes erschöpft waren, hatten sie ihm nicht mehr viel zu sagen. Sie lebten jeder in einer anderen Welt. Antoine empfand im übrigen die Einsamkeit, in der sie alterten, vielleicht lebhafter als sie selbst. In dem Zug, der ihn nach Hause brachte, spürte er ein Bedauern, eine dunkle Beklemmung, die sein Lebensrhythmus rasch beiseite schob.

Im Haus in Châtaigneraie betrachtete Antoine die Leiche seines Vaters, diesen mageren, bescheidenen Körper, der ein kräftiger Körper gewesen war, der seinen Schatten warf, wenn er lief. Er dachte an seine Tochter, die gestorben war, an diese alte, noch immer schmerzende Wunde. Seine Mutter betete Rosenkränze. Ein anderer Teil seines Lebens ging mit Jean-Pierre, Sohn Josephs, Sohn Aoustins, zu Ende.

Da waren die Beschäftigungen des Lebens gewesen, die gemeinsamen Mahlzeiten, die Ankünfte, die Abreisen, die Briefe, die Rückkehr, die reale Gegenwart eines Menschen, eine Vertrautheit, ein Verstehen bei nur wenig Worten, das gemeinsame Spiel der Erinnerungen und die halb verhüllten Worte der Menschen, die sich lieben, die Seite an Seite geatmet haben, und wenn der Tod das Leben ergreift, bleibt nichts als die Leere abgebrochener Gedanken zurück. Unvorsichtige Menschen, deren Leben sich aus anderen Leben zusammensetzt, die an anderen Toden als ihrem eigenen sterben!… Antoine war nicht mehr jung, der Tod seines Vaters traf ihn härter, als er gedacht hätte. Die Wunden verbrauchter Körper vernarben nicht so schnell, das Fleisch hat nicht mehr die Kraft der Jugend, sein Gewebe erneuert sich nicht mehr so schnell: dieser Tod traf einen Mann, dessen Regenerationskräfte bereits verringert waren. Dieses nicht mehr wiederherzustellende Leben kündete seinen eigenen Tod an; dieser Tod war wie der erste Teil seines eigenen Todes. Antoine empfand den unbestimmten Schmerz eines Greises ohne Zukunft, der in sich nicht die geheimnisvolle Ahnung junger Menschen spürt, daß sie über den Schmerz triumphieren werden. Seine Mutter war eine sehr alte Frau, sie jammerte über den Tod ihres Mannes mit der geheimen Unbetroffenheit der Menschen, in denen das Alter die wirkliche Quelle des Schmerzes versiegen läßt: sie erfaßte nicht mehr die Leere. in der sich ihr Leben auflöste... Fast alle ihre fernen Erinnerungen waren bereits verloren. Auf dem Weg, der vom Friedhof über das Plateau de Galerne zurückführte, fragte Antoine sie:

»Erinnerst du dich noch an den Tag, als...«,

um zu versuchen, in den Besitz seiner Kindheit, der Wärme der Anfänge zu gelangen, doch sie gab zur Antwort:

»Das liegt so weit zurück, Antoine... Ich kann mich nicht mehr erinnern...«

So verlor Antoine sein erstes Leben: von nun an konnte er nicht mehr seine Erinnerungen anderen Bildern gegenüberstellen, sein Vater würde ihm nicht mehr antworten, so wie er es in den drei, vier Ferientagen jährlich getan hatte, in denen Antoine die Last seiner Jugend wieder aufnahm, den Übergang zwischen den extremen Grenzen seiner Jahre wieder herstellte. Er fuhr wieder ab. Seine Mutter blieb allein im Häuschen von Châtaigneraie zurück...

XIX

Antoine träumte. Er träumte nicht im Wachen, er versuchte nicht, in eine am hellen Tag errichtete Welt zu flüchten, er träumte wirklich, nachts, und die Träume erhielten in diesem zerrissenen Leben eine Bedeutung, die die Zukunftsträume niemals gehabt hatten...

Die Ortsveränderungen und Begegnungen, die der Mensch im

Schlaf erlebt, enthalten immerhin eine gewisse Weisheit, Träume sind nicht immer Ratgeber, die aus Böswilligkeit sprechen; nicht immer lügen sie, und sie haben wenig Ahnung von den Regeln, die die Bewohner der Häuser des Tages und die Wächter der Moral auswendig kennen müssen: der Mensch, den sie heimsuchen, befreit sich nicht so leicht von ihrer geheimen Wahrheit. Wenn man sie im wachen Zustand befragt, antworten sie mit wirksamen Worten, trotz ihrem Gehabe, die Geheimnisvollen zu spielen, in Gleichnissen und Kalauern zu sprechen und die ehrwürdigsten Idole der Moral und der Geometrie ins Lächerliche zu ziehen. Doch der Mensch versteht es nicht, sie beim Erwachen zu befragen, er weiß nicht, daß er einer so klugen Stimme als Echo dient, er tut alles, was er kann, um taub zu bleiben und zu vergessen. Jahrelang hat man ihm den Glauben an die Tugend der ständig gegenwärtigen Vernunft eingetrichtert: er macht wenig Gebrauch von dieser Abwesenheit der Vernunft, von dieser geheimen Weisheit, die in der Ödnis der Tugend nur für sich selbst spricht. Der erwachte Mensch verliert die nächtlichen Gewinne... Jeder Mensch ist geteilt in einen wachenden und einen schlafenden Menschen, und der Schläfer und der Wachende halten selten gut zusammen Haus. Welcher Mensch ist mit sich selbst identisch, welcher Mensch ist die Verbindung, die Kameradschaft zwischen der Gegenwart der Vernunft und ihrer Abwesenheit? Welcher Mensch kann seine Teilung besiegen? Er wird auch keineswegs allein siegen, denn die Gründe seiner Teilung liegen nicht in ihm...

Im Schoße der einsamen Trägheit der Nacht erscheint unter einem Schleier alles, was der Tag untersagt, die von den Gerichten der braven Bürger, ihren Befehlen, ihren Tugenden verurteilten Wünsche. Die Scham, die Disziplin, die unbefriedigten Wünsche, das Fehlen müßiger Beschäftigungen vernichten den verborgenen Teil des Menschen, in dem sich vielleicht seine authentischsten Bedürfnisse verstecken. Solange die Menschen nicht vollständig und nicht frei sind, sicher auf ihren

Beinen und der Erde, die sie trägt, werden sie nachts träumen. Sie werden ihren ganzen Hunger, ihren wirklichen Hunger stillen – denn alle Menschen auf der Welt essen sich nicht satt, stillen nicht ihren Durst – werden ihren Rachedurst stillen, sie werden den Sieg über ihre Unterdrücker am Tag davontragen, werden willige Frauen erringen. Der Mensch der Nacht macht seinem Tagesschatten Geständnisse, die dieser nicht anhört. Wenige Menschen nur besitzen den Schlüssel zu ihren Träumen: sie nehmen sie nicht für prophetische Geheimnisse, für Bilder ihrer Zukunft, sie sehen darin keine verwandelnde Magie, nicht das Geheimnis von Abenteuern, in denen nicht Götter, Dämonen und Phantome erscheinen, sondern das einst gedemütigte Kind, der unter den Pflichten, den Lasten, der Selbstverteidigung erdrückte, der um alles gebrachte Mensch. In dieser Periode der Verzweiflung, in der die Bedrohung des Todes nach Antoine griff, ohne daß er sich durch die Beweise, die Bezeugungen eines Lebens, einer Vergangenheit gegen sie wehren konnte, ohne daß er sie wie ein Mann, dessen Kräfte sich verwirklicht hatten, dessen Wünsche befriedigt waren, akzeptieren konnte, in der er in seiner Vergangenheit nur die Leere und die Vernebelung des bürgerlichen Lebens entdeckte, träumte er. Das war wie eine unterirdische Verteidigung. Er gewöhnte sich nach und nach daran, seine Träume in den Stunden des Wachseins anzuerkennen, ihnen Glaubwürdigkeit zuzugestehen, weil alles Augenscheinliche zusammenbrach, davonflog wie eine Zeltwand im Wind, und ihn am Rand einer großen Ödnis, die der Ebene hinter seinen Lagerhallen glich, zurückließ. Es waren Träume, die sich nicht alle in unzugänglichen Winkeln formten, bei einigen von ihnen konnte er ihre Zeugenschaft, ihre Ratschläge erkennen. Zunächst errötete er über sie, doch die schlechte Laune, der tödliche Zorn, in denen er lebte, ließen ihn schließlich das Anstößige einiger dieser nächtlichen Forschungsreisen vergessen. Kaum daß er sie noch fürchtete, denn sie drückten Ansprüche aus, die zu befriedigen er zweifellos niemals den Mut gehabt hätte. Manche Träume

waren zu kompliziert, als daß er sie hätte deuten können, sie ließen ihn am Morgen zu sich selbst sagen:
»Diese Nacht habe ich wieder einen ganz absurden Traum gehabt... Woher holt man diese Dinge, die man träumt und doch nie gesehen hat?«
Andere waren mit dem ersten Morgenlicht, das durch die schrägen Latten des Fensterladens drang, vergessen, und er versuchte sie wiederzufinden, er fühlte, daß irgendwo eine merkwürdige oder verführerische oder schreckliche Erinnerung steckte, doch sie entwichen ihm wie ein kleines Tier im Gesträuch, das man rascheln hört, ohne zu wissen, ob es ein Nagetier oder eine Eidechse oder ein Vogel ist; es blieb von diesen Träumen nur eine unbestimmte, ungreifbare Gegenwart. Manche von ihnen verloren sich nicht, sie begleiteten ihn den ganzen Tag, kaum weniger glänzend als eine böse oder freundliche Erinnerung; erst gegen Abend wurden sie schwächer, lösten sich auf...
Was ist in einem Mann gedemütigter als seine männlichen Bedürfnisse? Der Stolz kann sich vernichten lassen, er ist nicht der geheimste Besitz. Die Gedanken über den Stolz sind keine verbotenen Gedanken. Diese Leidenschaft, die von den Gruppen gelehrt wird, überlebt kaum ihre nächtliche Vernichtung; der Stolz ist eine Leidenschaft arbeitsamer Wachzustände, von Termiten in der Sonne: Der Schläfer verliert den Stolz. Antoine gab wie die meisten seiner Mitmenschen den Stolz auf, wenn er einschlief, die Beziehungen, die er mit den anderen zwischen acht Uhr morgens und sieben Uhr abends hatte, genügten ihm, um den Stolz zu nähren, zu verletzen, ihn zu wenden. Doch sein sexuelles Leben war kümmerlich ausgefüllt.
Antoine war ein verheirateter Mann, ein seiner Frau seit sechsundzwanzig Jahren treuer Ehemann. Es gibt viele treue Ehemänner, aus Trägheit, aus Mangel an Zeit und Gelegenheit, aus Furcht vor häuslichen Zornesausbrüchen; meist ist diese Treue keine heroische Tugend, kein Opfer, das einer großen

Liebe dargebracht wird, sondern ein Nachgeben, ein Aufgeben; denn um treulos zu sein, braucht man Mut und Anstrengung. Um sich zu trösten, sagt man:
Der Liebesakt ist mit allen Frauen der gleiche . . ., man befriedigt sich mit dieser Lüge. Antoine hatte eine legitime Ehefrau, eine Frau, von der er einst, mit dreißig, überzeugt gewesen war, sie zu lieben.Seit dieser Zeit, seit diesen endlosen Jahren gab es nur noch die träge Gewohnheit. Doch nach so vielen Jahren der Nachbarschaft gibt eine Frau nicht viel mehr Freude als tausend andere Gewohnheiten, als tausend andere Netze, in denen sich nach und nach die Tage, die Jahre verfangen, als die Mahlzeiten, die Zigaretten, die Schreibtischschubladen, die man von Zeit zu Zeit aufräumen muß, wobei es eine Menge Papier zum Verbrennen gibt... Wie viele Skrupel, Unterweisungen, Tugenden, um diese legitime Gewohnheit zu schützen! Weder die Liebe noch die Freiheit verlangt so viel: niemand spricht von den Gesetzen der Liebe, von den Skrupeln der Freiheit. Anne fühlte Antoines Blick sie durchdringen, sie abwägen. Sie war eine schwere, formlose Frau geworden; das Altern hatte nicht nur ihre Stirn gefurcht, ihren Mundwinkeln Falten gegeben, die Krampfadern an ihren Beinen hervortreten lassen, es hatte sie Jahr für Jahr massiger und schwergewichtiger werden lassen. Anne begann, in ihrem Haus mit dem schwerfälligen Schritt Madame Guyaders herumzulaufen. Die Jahre hatten ihre Ablagerungen an häuslichen Manien, an geheiligten Gewohnheiten hinzugefügt: es war wie eine Muschel, die die Seelenverfassung eines sentimentalen jungen Mädchens umschloß. Anne las noch immer mit den gleichen Gefühlen wie mit sechzehn leichte, romantische Romane in buntbebilderten Umschlägen. Sie war die Verkörperung der Jahre, in denen sich nichts ereignet hatte. Im Schlafzimmer der Bloyés stand auf beiden Seiten des Bettes je ein kleines Tischchen: ein Tischchen auf Antoines Seite, ein Tischchen auf Annes Seite; auf Annes Tischchen lag seit fünfzehn Jahren ein Buch, das bei jedem Umzug ein paar Seiten verlor, die *Kleinen*

Geheimnisse der Frau, es enthielt Rezepte für die Schönheit und den Haushalt. Auf Antoines Tischchen lag das unverwüstliche treue Buch: *Das Leben George Stephensons*. Wenn Antoine seine Zeitung im Bett gelesen hatte, schlug er noch sein Lieblingsbuch auf, infolge eines Risses in der Bindung stieß er immer auf die gleiche Seite:

»Machst du das Licht nicht aus?« fragte Anne.

Er legte das Buch hin, streckte den Arm zur Lampe: es wurde dunkel. Doch die Nächte waren nicht mehr erfüllt von Wärme und dem Aufschwung der Liebe...

Währenddessen liefen die jungen Frauen der Welt vor Antoines Augen herum, doch waren sie völlig außer Reichweite für ihn, ein geheimnisvolles Glas trennte sie von ihm, es hätte nicht genügt, die Hand nach ihnen auszustrecken, um sie zu erfassen und in seine traurige Welt zu ziehen. Bestimmt dachten sie, wenn sie an ihm vorübergingen, daß er alt sei, oder sie dachten gar nichts, er war ein Teil der unbeweglichen oder beweglichen Gegenstände, sie dachten nicht an ihn wie eine Frau an einen Mann denkt, sondern wie ein Passant an einen Pflasterstein, eine Straßenlaterne denkt. Früher hatte er sich nicht überlegt, daß er alle Frauen verlieren würde, indem er so kurzentschlossen eine wählte, indem er die Augen schloß, um das Bild der Liebe zu bewahren; dieser Verlust war nicht mehr gutzumachen, es war zu spät, keine andere Frau würde ihn mehr lieben, er würde nicht mehr die Haut der Jugend berühren, die Quellen der Jugend würden nicht mehr in ihm strömen.

Ständig achtete er auf die Gegenwart all dieser Körper, er lebte wie auf der Lauer, in einem Zustand, in dem fast alle Jugendlichen leben: Frauen setzen sich in einen Zug, eine Trambahn, sie zeigen ihre Knie, Frauen in Leinenblusen, die der Wind öffnet, putzen morgens die Fensterscheiben der Geschäfte, Frauen fahren auf Rädern vorbei, Windstöße drücken Röcke gegen Körper; alle diese flüchtig auftauchenden Körperteile bildeten so etwas wie einen großen anonymen Körper, der überall ge-

genwärtig war. Warum das ganze Leben in der Gesellschaft einer einzigen Frau, eines einzigen Körpers verbringen? Fast alle Männer stellen sich diese Frage, wenige wissen darauf eine Antwort. Antoine war nicht klüger als seine Geschlechtsgenossen. Eine bestimmte Macht hinderte ihn, eine letzte Anstrengung zur Annäherung an eine dieser unbekannten Frauen zu machen. Worin bestand diese Macht? Er wußte es nicht. Er war angekettet, er lebte sein angekettetes Leben weiter, ständig gezwungen und ohne Entfaltungsmöglichkeit. Da es ihm plötzlich an Arbeit fehlte, hatte er zum ersten Mal ein Innenleben, er war erstaunt, in sich eine »Seele« zu spüren, da er träumte. Eine ganze Welt tauchte aus der nächtlichen Ebbe des Meeres, wenn im Schlaf in der Ferne ihre Riffe, ihre exotischen Pflanzen, ihre unterseeischen, als Menschenkarikaturen gemachten Gestalten freigelegt wurden. Er träumte von Kraft und Macht, er brachte Menschen um und trug Siege davon, er folgte Trauerzügen, bei denen ganze Reihen von Menschen ihm Beifall klatschten. Den größten Teil dieser verschwommenen Reiche, dieser farblosen Kolonien bevölkerten Frauen. Sie bevölkerten sie mit weiblicher Unbekümmertheit. Unter ihnen war er ein nackter Mann und kein Wähler mehr, kein Familienvater, kein Ingenieur: die Männer verlieren in dieser Welt, die alle Gesetze über den Familienstand in Flammen aufgehen läßt, selbst noch ihren Namen, jeder Mann wird ein auf seinen Hinterbeinen stehendes Tier, das sich in dem gelähmten Körper der Schläfer in den dunklen Zimmern aufrichtet, befreit von Wohnstätten und Fallen, von Kleidung und Gedanken; keine Stadt, kein Himmel schließt diese unwissenden Tiere ein, die nur die ältesten Geheimnisse der Menschheit kennen. Beim Erwachen errötet der Mann über die Besucher, Antoine errötete wie alle anderen. Es gab eine ganze Epoche in seinem Leben, wo er so träumte, wo er von diesen Träumen beherrscht wurde, wie früher von der Arbeit und den Bildern der Aktivität. Viele Frauen tauchten auf, viele Geständnisse wurden ihm gemacht, viele Körper besessen; die Haltungen, die Kostüme dieser Besitzergreifungen hätte ein morgendlicher Zensor als obszön oder komisch beurteilt. Die wirklichen Frauen, denen er am Tag begegnete, die er grüßte, mit denen er über ihre Männer, über den Krieg sprach, lieferte die Nacht ihm aus. Er hatte an nichts Schlechtes gedacht, er hatte nur eine unbestimmte Vorstellung gehabt, wie eine flüchtige Anspielung. Und plötzlich erfüllten sie die Nacht. Die Bilder griffen auf seinen Wachzustand über, er nahm sie auf, er »dachte an Schlechtes«, er wurde davon erfüllt, er errötete nicht mehr, diese Wünsche zu haben, ihnen das Licht zuteil werden zu lassen, das sie brauchten: eine mit jedem Tag niedriger werdende Schranke trennte ihn von der wirklichen Ausschweifung. Er stieg in eine Welt hinab, in der seine Arbeitsstätte, seine Frau, sein Sohn immer unwichtiger wurden. Er haßte sie wie ein Hindernis. Doch er entsetzte sich noch vor diesem Abstieg, dessen Ende er nicht ahnte: einige Stimmen verurteilten noch diese Veränderung, diese Flucht, diese Eroberung durch eine ständige Versuchung. Ein moralischer Mensch sieht sich nicht kampflos sterben...

Die Bloyés hatten ein Hausmädchen mit Namen Lucie. Sie war ein Kind des Südens, trug rosa Kleider und seidene Strümpfe. Singend lief sie durchs Haus. Pierre, der dreizehn war, errötete, wenn sie ihm in die Augen sah und ihn fragte:

»Mach ich dir Angst?«

Antoine begann, ihr mit den Blicken zu folgen, ihre Bewegungen zu beobachten. Wenn man geduldig eine Frau beobachtet, entdeckt man viele Geheimnisse ihres Körpers, die Form einer Brust, die Höhle eines Armes, ein Knie, die Haut eines Schenkels, den Brustansatz, die Wölbung der Hüften: aus diesen Bruchstücken nährt sich die Begier. Lucie begann, auf Antoine heimliche Blicke zu werfen, und Antoine wandte die Augen ab wie sein Sohn. An den Tagen, wenn Anne nach Paris fuhr – und sie würde erst um sechs zurückkommen, da sie Pierre vom Gymnasium abholte – kehrte Antoine nach Hause zurück, um etwas zu holen, was er absichtlich vergessen hatte. Er

ging in die Küche, wo Lucie das Abendessen vorbereitete, bügelte oder nähte. Er fragte sie:
»Haben Sie nicht irgendwo mein Feuerzeug gesehen?«
Und Lucie antwortete:
»Nein, ich habe es nicht gesehen. Sicher haben Sie es in irgendeiner Rocktasche...«
Antoine machte ein paar Schritte durch die Küche, er trank ein Glas Wasser, dann ging er wieder, während er sich mechanisch, ohne ein Wort zu sagen, die Taschen abklopfte. Er wußte nicht mehr, wie man eine junge Frau ansprach, nach all der Zeit... Er war kahl geworden. Er zitterte davor, daß sie sich über ihn lustig machen könnte, daß sie am Abend Anne alles erzählen würde. Anne sagte bereits zu ihm:
»Warum hockst du immer in der Küche herum? Du hinderst das Mädchen nur am Arbeiten.«
Zu Lucie sagte sie:
»Ich finde Ihre Kleider reichlich kurz, mein Kind.«
Nachts, wenn er nicht schlief, dachte er mit der ungeschickten Glut eines Jugendlichen an das junge Mädchen. Er erinnerte sich, daß er sie am Tag in einem Liegestuhl hatte sitzen sehen, man hatte ihre Schenkel bis zur Wäsche erkennen können, und sein Sohn war seinem Blick mit haßerfüllten Augen gefolgt. Er hätte nur geräuschlos aufzustehen, vorsichtig die knarrenden Stufen zum zweiten Stock hinaufgehen, eine unverriegelte Tür öffnen und Lucies Schulter zu berühren brauchen. Aber vielleicht würde sie schreien, es war besser, vorsichtig mit ihr vorher zu sprechen, ihr etwas zu schenken, sie hatte den Übermut der Jugend. Sie lachte über ihn. Antoine nahm Baldriantropfen, um wieder einzuschlafen.
Eines Sonntagmorgens bemerkte er Lucie, die sich mit einem jungen Mann unterhielt; sie lehnte an einer mit Plakaten überklebten Fabrikmauer in einer einsamen Straße, und der Mann war über sie gebeugt und starrte ihr unverwandt in die Augen. Antoine ging rasch vorbei, wie in kindlicher Angst.
Dann wurde sie entlassen. Anne sagte:

»Hat man sowas schon gesehen! Sie können Ihren Koffer pakken, mein Fräulein...«

Außerhalb des Hauses spielten sich die Ereignisse ab, ohne daß Antoine darauf achtete. Auf den Straßen liefen immer mehr Soldaten aller Waffengattungen herum; Genesende humpelten, die Frauen trugen Kleider, die kriegerischer aussahen denn je. Diese Leute zeugten von der Gegenwart des Krieges, von diesem Abenteuer, an dem Antoine keinen Anteil nahm – höchstens steckte er von Zeit zu Zeit mit seinem Sohn kleine Fähnchen auf einer großen Frontkarte um, gleichgültig, als handle es sich darum, eine Schachpartie nachzuspielen, die irgendwo auf der südlichen Halbkugel der Erde stattfand... Fliegerangriffe begannen nachts die Leute im Hinterland aufzurütteln: Luftschiffe glitten am dunklen Himmel, über den Scheinwerfer der Forts huschten, die Kanonen der Luftabwehr dröhnten, Stahlsplitter fielen auf die Dächer. Wenn der Alarm vorüber war, ging Antoine mit seinem Sohn auf die Böschung und zeigte ihm den Schein der Brände.

»Sieh«, sagte er, »beim Zentralmagazin brennt es.«

Diese Brände erfüllten ihn mit einer Art geheimen Befriedigung.

In dem Schutzkeller, den die Magazinarbeiter gegraben hatten, zitterten die Leute des Viertels vor Aufregung und Kälte, Hunde jaulten wie an einem Gewittertag, schwindsüchtige Frauen husteten, Kinder weinten. Die Männer sagten leise, als fürchteten sie, von den deutschen Piloten, die in drei-, viertausend Metern Entfernung vorbeiflogen, gehört zu werden:

»Sie fliegen weg. Hören Sie? In der Stadt ist Entwarnung...«

Der Waffenstillstand kam. Dann der Friede. Es gab Umzüge, auf die die Kinder mit leeren Augen starrten. In stillen Parks wurden deutsche Kanonen aufgestellt, die Rohre zu den Wolken gerichtet. Die Soldaten kamen wieder nach Hause. Die Frauen öffneten sich den Gliedern der zurückgekehrten Männer. Man glaubte, aufatmen zu können. Alle Welt vergaß das

Grollen der Kanonen, das man in Paris während der zweiten Marneschlacht vernommen hatte. Antoine höhnte angesichts dieses Aufblühens der Menschen.

XX

An einem Tag im Mai 1920 ging Antoine über den Boulevard de la Gare; er ging zu seinem früheren Viertel, zufällig, denn er hatte noch eine Stunde Zeit, bis sein Vorortzug in Orléans-Ceinture abfuhr, und es war schönes Wetter. Überall sah man die Zeichen des Frühlings. Antoine dachte an nichts, er ging, seine Schuhspitzen erschienen vor seinen Augen und verschwanden wieder. Er ging. Eine große Leere war in ihm, eine Leere, die auf die Anwesenheit von Gedanken, von Gefühlen wartete. Das war nicht die frohe Leere der Zufriedenheit, der Freude oder einfach nur der Unbekümmertheit...

Und plötzlich, mitten auf dem Bürgersteig der Rue de Tolbiac, auf der die Männer und Frauen mit ihrem alltäglichen Gang, ihrer alltäglichen Geschäftigkeit entlangliefen, fühlte Antoine, daß er sterben müsse. Er trennte sich jäh von allen Vorübergehenden, die ruhig in ihrem ewigen Leben voranschritten. Er erkannte das mit einer einzigen Regung des Bewußtseins, einem besonderen, vollkommenen Wissen.

Es gibt im menschlichen Denken Ereignisse, Bewegungen, die die Zustimmung des Urteils wie eine Erfindung, ein Gedicht mit sich bringen: ein Gedanke ist auf den Kanälen der Angst und der Erinnerung dahingeflossen, er hat Zuflüsse gesucht und gefunden, er kommt ans Licht wie eine neue Quelle, wie der Überlauf eines stehenden Gewässers, das der Mensch niemals ausgelotet hat. Er wurde nicht erwartet, er überschwemmt den Menschen. Ebenso wurde Antoine von der Gegenwart des Todes überschwemmt: es war ein Zerreißen seiner Langeweile und seiner Leere, ein blendender Lichteinfall; die Welt verschwand in dieser reinen Klarheit... Sicher hatte er immer gewußt, daß er sterben würde, doch wie alle seine Artgenossen in einer so unbestimmten Form, daß ihn dieses Wissen nicht wirklich traf. Man sagt:

»Wir sind alle sterblich. Ich werde eines Tages wie alle anderen sterben...«

Man macht Witze über seine eigene Beerdigung, erzählt Geschichten, man sagt:

»Ich würde mich gern verbrennen lassen, aber das ist sehr teuer, Leichenverbrennungen sind unerschwinglich...«

Und der Tag bricht an, die Nacht kommt wieder, die Mahlzeiten sind eingenommen, der Schlaf beendet, die Pflichten erfüllt, die Frauen geliebt. Das ist eine der Kenntnisse, die man vom Hörensagen erwirbt, wie die von der Bewegung der Planeten, dem Lauf des Sonnensystems, der Zerstörung des Tempels in Jerusalem. Die Erde dreht sich um die Sonne. Alle Menschen sind sterblich... Nichts verändert sich, nichts wird gestört durch die Voraussage des Todes: niemand wendet die Konsequenzen dieses Wissens an, von dem jeder findet, daß es viel mehr die Menschheit betrifft als seine eigene leibliche Person. Doch an diesem Tag wußte Antoine alles mit einem ganz sicheren Wissen, nicht mehr wie eine von den Leuten gebrauchte Redensart; das hieß nicht mehr, alle Menschen sind sterblich, sondern Ich, ich muß sterben; das war nicht mehr wie der Bericht eines Verbrechens, eines Unglücks, die Einzelheiten einer unangenehmen Geschichte, in die man nicht unbedingt hineingezogen zu sein braucht, das war nicht wie das große Los der Lotterie, das war eine aus den arbeitenden, feuchten Tiefen des Körpers, aus dem Geflecht der Muskeln und Venen kommende Warnung, das war die wissende Stimme des Herzens.

Antoine war ein Körpermensch, sein Bewußtsein war nicht rein genug, um gleichgültig gegenüber dem Körper zu sein, der es ernährte und ihm seit so vielen Jahren zu jeder Sekunde den bewundernswürdigen Beweis des Existierens lieferte. Der Tod ist die Umwandlung des Körpers: Antoines Körper hörte auf, mit der Unbekümmertheit und Sicherheit eines Tieres zu leben, die schlechte Nachricht kam aus seinen geheimsten Verstecken, sie stieg aus seinen Organen auf. Dieser Körper erstickte: Antoine fühlte in seiner Brust eine lebensbedrohende Angst, eine Angst, die an den Wurzeln saß: es war ein vorübergehender Stillstand der Bewegungen, eine Unterbrechung, die seinen Brustkorb, seine Lungen zusammenpreßte. Er hob den Kopf und rang nach Luft.

Er befand sich auf einem kleinen, menschenleeren Platz, der ihm sehr vertraut vorkam. Ein halbkreisförmiger Platz mit niedrigen, von Akazien beschatteten Häusern, vor denen eingezäunte Gärten lagen; auf der geraden Seite erhoben sich riesige Gebäude mit senkrechten, fensterlosen Mauern. Der süßliche Akaziengeruch verursachte Antoine Brechreiz. Er öffnete den Mund, und ein Vorübergehender hätte bis in seinen Rachen die Kiefer sehen können, an denen die Hälfte der Zähne fehlte, und den roten Schatten, durch den die Luft streicht. Ihm fielen die jungen Hunde ein, die er einmal mit Revolverschüssen getötet hatte: aus ihrer Brust war eine Perlenreihe blutiger, platzender Blasen gedrungen, und sie hatten alle gleichzeitig ihre Schnauzen geöffnet, um zu atmen – genau wie er heute – und er sah ihre Gaumen, die schwarz und rosa gestreift waren wie eine seltsame Muschel. Er hatte sich auf eine Bank gesetzt, er hielt seine Melone auf den Knien und versuchte sich zu erinnern, wo er diesen schläfrigen Platz gesehen hatte – natürlich im Traum, aber Träume entstehen nicht aus dem Nichts, es war ein Platz, über den er früher gegangen war, zu Zeiten Marcelles und der Lokführer, und an den zu erinnern er sich niemals woanders gewagt hatte als im Traum...

Der Tod saß in ihm, er erfüllte ihn mit einer brechreizerregenden Furcht ohne Bilder, ohne Vorstellungen – man hat keine Vorstellung vom Tod, man empfindet nur eine vollkommen nackte Angst... Er blieb lange allein auf der Bank sitzen; er hätte sterben können, niemand hätte ihn sterben sehen wie er die vier Hunde, man hätte ihn erst am nächsten Morgen zu der

Stunde, da die Straßenkehrer, die Polizisten kommen, gefunden. Doch er erhielt einen Aufschub, es gelang ihm, wieder zu atmen, vorsichtig, um diese eisige Spinne nicht zu wecken, die in seine Lungen und sein Herz gedrungen war, die sich gegen seine Rippen, sein Brustbein gedrückt hatte; von der tödlichen Mahnung blieb nichts als eine fast angenehme Schwere, die durch seinen linken Arm lief.

Als es dunkel wurde, nahm er einen Zug, der viel später fuhr als jener, den er hatte nehmen wollen. Er lief durch die menschenleere Rue Danton zwischen der langen, endlosen Mauer eines Parks, in dem Danton spazierengegangen war, und den Eisenbahngleisen entlang; im Becken der Faïencerie faulten zwei alte Flußkähne unter den Kastanien; etwas weiter, in der Rue des Epinettes, patschten die Kinder des Viertels barfuß in einem von den Abwässern einer Fabrik getrübten kleinen Bach herum; über den Bäumen seines Hauses wuchs ein im Bau befindlicher Fabrikschornstein zwischen Gerüsten wie ein noch ungefestigter Turm, der Stützbalken braucht. Zu Hause saß sein Sohn an einer lateinischen Übersetzung; die Akazie auf dem Rasen blühte wie die Akazien auf dem Platz; Anne kam ihm entgegen:

»Wie spät du kommst«, sagte sie, »ich habe mir schon Sorgen gemacht... Warum hast du nicht den gleichen Zug wie sonst genommen? Oder warst du etwa wieder in der Kneipe?«

»Ja, ich habe ein Glas Bier getrunken«, antwortete er so erschöpft, daß Anne sich nicht aufregte, »ein Glas Bier mit Huet, den ich unterwegs getroffen habe.«

Ein Mensch hat durchaus das Recht zu lügen, um seinen Tod zu verbergen...

Antoine dachte von nun an ständig an seinen Tod. Er fragte sich, was geschehen würde an dem Tag, da das Verdikt seinen Körper erreichte. Wie würde er seinen Verlust ertragen? Würde er sich auflehnen? Wie würden die Dinge nach seinem Tod aussehen? Man kann sich diese Ereignisse nicht vorstellen, man kann nicht wirklich tot sein und sich als Toten sehen, im Tod ausgestreckt: sein eigener Tod war nicht vorstellbar, kaum konnte er sich sehen, wie er gleich einem Schatten über seinem Körper trieb, doch diese Verdoppelung war nicht der Tod. Es erregte ihn, daß sein Nichts nicht darstellbar war. Der Mensch spielt zu oft mit Gedanken und Bildern, als daß er sich an eine Angst gewöhnen kann, die alle Gestaltung verachtet.

Alle anderen Menschen, die Freunde, die er traf, die Frauen, die er sah, waren Komplizen des Lebens, sie lebten in einer anderen Welt, sie spielten ein völlig anderes Spiel, sie liefen umher, sie liebten, sie besaßen noch Ehrgeiz, machten Pläne, sie stellten eine Art Wechsel auf die Zeit aus in der Gewißheit, daß die Zukunft sie akzeptieren würde – diese verdammten Lebenden, diese egoistischen Lebenden, die nicht leer waren, die die Hoffnung vor sich hatten – Antoine begann sie zu hassen, er haßte sogar seinen Sohn, der sagte:

»Wenn ich groß bin...«

Seinen Sohn, der wie die Verkörperung all der Jahre war, die ihm entglitten waren. Wer von diesen Verrückten liebte ihn so, daß er ihn vor dem Tod schützte, ihm Gründe gab, das Leben fortzusetzen, sich selbst fortzusetzen? Doch alle betrachteten ihn als einen Gleichgestellten im Leben. Kameraden, die er traf, sagten zu ihm:

»Na, Bloyé, denkst du nicht mal an deine Pensionierung? Ich denke dran, ich hab noch zwei Jahre und dann nehme ich meinen Hut und verlasse diesen Saustall... Was haben wir für die geschuftet, seit wir Lokführeranwärter waren!«

Doch Antoine antwortete unbestimmt:

»Ich überlege noch, ich frag mich, was ich machen soll. Was tut man schon, wenn man pensioniert ist? Ich hab noch lange Zeit, darüber nachzudenken. Als Rentner führt man ein Leben, das alten Eisenbahnern schlecht bekommt: wir sind wie alte Pferde, die sterben, sobald sie die Sielen nicht mehr spüren. Ich mache keine Pläne, Pläne verwirklichen sich nie, gibt es das über-

haupt, Pläne? In drei Jahren, vier Jahren ... vielleicht leben wir da alle gar nicht mehr...«
Die Kameraden sagten ihm, daß er das Leben reichlich schwarz sähe, daß er sie alle zu Grabe tragen und ihnen eine schöne Leichenrede halten würde. Antoine dachte voller Zorn an diese Leute, die ihr Leben einrichteten, als wäre die Zukunft ein Besitz, als könnte man die Form dieses Jahres oder jenes anderen bestimmen: die Zukunft ist kein Haus, das man geerbt hat und dem man, wann immer man will, einen Flügel, eine Mansarde oder einen Schornstein anfügt. Diese Dummköpfe hielten sich für unsterblich, sie handelten, als hätte jemand Allmächtiges ihnen die Ewigkeit auf Erden versprochen, als wären sie aus unvergänglichem Material geschaffen, aus Diamant, und nicht aus Blut, Fett, Albuminen, Gedächtnis, Dingen, die faulen, sich zersetzen, die nicht bestehen bleiben. Sie sahen die Jahre mit deutlichen, erkennbaren Gesichtern aus den Wolken treten, sie waren im voraus vertraut mit den Möglichkeiten ihres Lebens. Antoine fühlte, daß ein Plan kein gewöhnliches Unternehmen ist: die einfachste Entscheidung bindet ein übergroßes Stück Zeit, vielleicht die Zeit überhaupt. Schließlich zögerte er sogar, eine Anweisung zu geben, eine Verabredung zu treffen, seiner Sekretärin zu sagen:
»Ich gehe jetzt weg, wenn jemand anruft sagen Sie, ich sei in zwei Stunden zurück...«
Dabei waren das Sätze, die ganz mechanisch ablaufen, Gewohnheiten eines Phonographen, doch er fühlte, daß er in dem Augenblick, da er sie aussprach, ein Wunder verlangte, das Wunder seines sich fortsetzenden Lebens. Embolien drohen, Herzanfälle, man stürzt auf der Straße, und die Leute schleppen einen in eine Apotheke, eine kleine Menschenansammlung bildet sich vor den farbigen Glasbehältern, du bist mit Staub und Schlamm verschmiert wie eine überfahrene Katze... und dabei glaubtest du so schlau zu sein mit deinem »In zwei Stunden bin ich wieder zurück«... Er würde sterben, bald – aber er hatte nicht gelebt. Seine Frau sagte manchmal – und das war

ein Gesichtspunkt der Wohnzimmerphilosophie, dieser Allerweltsphilosophie –:

»Würdest du dein Leben gern noch einmal von vorn anfangen, bei allem, was du jetzt weißt?... Ich nicht, ich habe meinen Anteil an Last gehabt und meine Freude... Man lebt nur einmal, ich möchte nicht wieder von vorn anfangen, es wäre bestimmt das gleiche...«

Doch Antoine antwortete schlecht auf diese Frage, sie führte ihn zu weit, sie bewog ihn, Anne Dinge zu sagen, die sie ihm nicht mehr verzeihen würde, die ihm seine letzten Jahre verderben würden. Das war eine Frage, deren wirkliche Überprüfung ihn, wie er fühlte, hätte erröten lassen, fliehen, weinen! Selbst in der Allerweltsphilosophie gibt es Fallen. Was für eine Frage! Ein Leben noch einmal anzufangen, in dem die Bedrohung durch den Tod nicht – zu früh käme! Wenn man sich nur bewußt wäre, daß man wenig Zeit vor dem Tod hat, wenn man nur nicht so gedankenlos lebte, als zählten die Irrtümer nicht, als wären sie stets nur Irrtümer, schlechte Wege, die schließlich doch zu den großen Straßen zurückführen... Doch alles hindert die Menschen, auf ihren zukünftigen Tod zu achten. Sie haben keine Kenntnis von ihm – Antoine hatte vor dem Junitag auf dem kleinen Platz auch keine Kenntnis von ihm gehabt – nichts veranlaßt sie, über ihn nachzudenken, sie wissen nicht, daß sie ihre Zeit verlieren, sie wissen nicht einmal, daß die Zeit verloren werden kann inmitten all der lebendigen Dinge, die die Welt bevölkern. Männer und Frauen gehen aus und laufen auf den Straßen umher; diese Feiglinge haben Arbeit, haben Kinder, Tisch- und Bettgenossen, sie lassen sich von der unaufhaltsamen Bewegung der Ketten ihres Lebens mitschleifen; Wesen des anderen Geschlechts schlafen in ihren Betten, gehen an ihrer Seite, geben ihnen das Gefühl von Glück, beschwören für sie die Schatten des Unglücks; sie sind von Schranken umgeben, von Festungswällen, die das Menschengeschlecht mit seinem Eigensinn, mit der Geduld von Korallen aufrichtet, um allen offenen Augen die Abgründe und den kräftigen Sog des Todes zu verbergen. Die schön verputzten Häuserfelsen, die Spiele der Kinder, der Stolz, die Armut, das Tollen der streunenden Hunde im Frühjahr, die Baumblüte, die Veränderung der Wolken, die Fabriken, Kasernen, Gefängnisse, die Theaterfassaden, die weißen Tische der Cafés, die Druckbuchstaben, die Fahnen, die Filmleinwände, die Familien, die Pflichten, die Profite, die Staaten, die Götter, alles garantiert ihnen unaufhörlich die Stabilität, die unerschütterlichen Motive des Lebens. Doch hinter diesen Schutzwänden, die die Menschen daran hindern sich zu sagen, daß die Zeit drängt und man wirklich leben muß, hockt die menschliche Armseligkeit.

Antoine hatte lange im Innern dieser Befestigungswälle gelebt, die um ihn errichtet waren, um den guten Ehemann, den guten Arbeiter, um all die guten »Personen«, die er gewesen war, er hatte lange an der Verschwörung zugunsten dieses Lebens, das nicht das Leben war, teilgenommen. Und nun zog er die Gewißheit in Zweifel, er riß die schützenden Wände nieder, die lächerlichen Boulevards, die feierlichen Possen; es gab nur noch ein inneres Schwindelgefühl, einen Strudel von mitleidloser Kraft, der sich sanft in seiner Brust drehte und in seiner blinden Bewegung alle äußeren Erscheinungen hinabzog, alle Versicherungen, die in Reichweite seiner gierigen Anziehungskraft vorbeitrieben. Alle Flüsse fließen zum Meer, alle Trümmer fallen in die Abgründe – diese Dinge geschahen, weil eine der Schranken, die ihm den Tod, das Nichts verborgen hatten, zusammengebrochen war, die soziale Schranke des Stolzes, die Schranke des Berufs, weil ihn eines Tages eine Mahnung von seiten des Herzens erreicht hatte, nur wegen solcher Kleinigkeiten...

In diesem unendlichen, gleichgültigen Atmen des Nichts gab Antoine seine ältesten Vorwände auf, seine Frau, seinen Sohn, die auf ihn mit den Blicken beunruhigter Tiere sahen, wie Kinder, die das Leiden der Erwachsenen ahnen, die lächerlichen Lagerhallen, in denen er umherstrich, seinen Garten, der voller

Früchte, Gemüse, Dahlien, Gladiolen war, seine Freunde – das ganze Gebäude, das er sein Leben genannt hatte und das um ihn errichtet war wie die Schale einer Molluske. Er irrte in einer Welt von Erscheinungen, Personen und Kulissen des Todes umher, er malte sich diesen Zustand der Verzweiflung, der Hoffnungslosigkeit nicht sehr deutlich aus, er hätte niemandem den Gegenstand seines Übels erklären können, er war ein Mann ohne Vokabular, und sicher hätten die Worte ihm gefehlt, wenn er seinen Bankrott und seine Hilflosigkeit hätte beschreiben wollen. Diese Angst konnte nicht ausgedrückt werden. Er wand sich, machte sich zu schaffen, er führte seine Krankheit spazieren. In dieser Zeit lief er sehr viel, er hielt es nicht lange an einer Stelle aus, er flüchtete. Die einfachsten greifbaren Gegenstände erschienen ihm manchmal unkenntlich; es kam vor, daß er einen Baum anfaßte, dessen Rinde rauh wie die Haut eines großen Tieres war, und seine Hand auf ihm ruhen ließ, wie um sich zu vergewissern; er ging mit seinen vertrautesten Werkzeugen um, seinem Spaten, dessen Stiel und Griff glatt und wie geölt von seinen eigenen Händen waren, seinen Reagenzgläsern, seiner Präzisionswaage, und plötzlich vergaß er, wie man mit ihnen umgehen mußte: unter seinen Blicken, zwischen seinen Händen veränderten sie ihren Sinn und ihre Form, sie schienen aus einer unverständlichen Welt zu kommen, deren Art er nicht kannte – und er warf sie weg, stellte sie beiseite.

Nachts trug ihn sein Bett wie eine Schattenbarke fort in ein Land, aus dem man nicht zurückkehrt; die verformten Wände seines Zimmers waren die Abfahrtquais für eine Reise in den Tod; er schlief nicht, er versuchte zunächst, vollkommen unbeweglich zu liegen, um nicht das zu wecken, was in ihm war, er streckte die Arme rechts und links von seinem Leib aus, als wäre er tot, als hätte man seine Leichenwäsche gemacht, oder kreuzte die Arme über der Brust, er versuchte sich klarzumachen, was nach seinem Tod geschehen würde, doch war das ein absurdes Unterfangen – er würde sich nicht sehen, unmöglich, tot zu sein und sich als Toten zu sehen; dann begann er sich zu bewegen, sein Bett war ihm zu heiß, er suchte nach kühlen Stellen auf dem Bettuch, doch sie wurden sofort brennendheiß und er mußte aufstehen; er gab acht, um seine Frau nicht zu wecken, die tief neben ihm schlief, er nahm seine Sachen auf den Arm und zog sich mit den Vorsichtsmaßnahmen eines Diebes am Fuß der Treppe an. Er ging hinaus: in dem dunklen Garten hatte er das Gefühl einer gelungenen List, als wären seine Frau und sein Sohn Feinde, die ihn um jeden Preis in ihrer kleinen, wohlgeordneten Welt zurückhalten wollten, in ihrer Welt der Schranken, der falschen Schranken gegen den Tod. Er lachte höhnisch und ging weg. Er kletterte auf allen Vieren auf die Böschung gegenüber und erreichte die Straße am Bahnübergang; hinter der Eisenbahnbrücke senkte sich die Straße von Alfortville zur Seine hinunter und folgte ihr dann. Diese Uferstraße führte an einem riesigen, öden, von einsamen Anschlußgleisen und tristen Fabrikmauern durchzogenen Gelände entlang; ab und zu ragte eine Landungsbrücke mit einem Kran über die Seine; in der Luft hing der Geruch von chemischen Produkten; ein scharfer Gasgestank stieg mit dem Dunst des Flusses auf. Antoine stolperte über Schutthaufen, über Eisenschlacken, trat in Pfützen. In manchen Nächten regnete es, und er schlug den Kragen seines Jacketts hoch, Kälte und Feuchtigkeit durchdrangen ihn. In der Ferne, in Richtung Alfortville, sah er verschleiert Lichter blinken; neben ihm floß der in Abständen von kümmerlichen Laternen mit dicker Kugel erhellte Fluß, der mit dem Tod unter einer Decke steckte; auf der dicken Haut der mit einem Ölfilm bedeckten Seine strömten große, matt glänzende Strudel flußabwärts, ohne bei ihrem langsamen, schlaffen Kreisen ihre Geschwindigkeit und ihre Form zu verändern; diese Strudel sahen ihn wie starre Augen an und zogen ihn zu den Geheimnissen des Flusses. In diesen Nächten wälzte Antoine das, was seine Frau und alle anderen »seine schwarzen Gedanken« nannten, seine Nachtgedanken, in seinem Kopf hin und her.

Sein Leben war zu leicht, als daß es verdiente, geschont zu werden, was sollte er mit diesem Leben anfangen? Mein Leben ist mir überflüssigerweise gegeben worden, es fügt sich zu den Leben der anderen wie ein einzelner Pflasterstein zu einem ganzen Haufen, unnötig, darauf zu beharren, mein Leben nimmt niemandem etwas, niemand hat etwas von ihm, wenn ich an meinen Tod denke, ist das gut so, denn mein Leben ist hohl, es verdient nur den Tod. Es gibt Menschen, die schaffen sich einen Platz, und man kann nicht auf sie verzichten; das galt nicht für Antoine Bloyé. Wenn diese Menschen sterben, ist ihr Platz lange Zeit gezeichnet, so wie man die Spur eines Feuers zwischen Felsgräsern erkennt, es ist wie eine Narbe auf der Erde; weil sie sich drehen und immer wieder drehen wie Hunde, die sich ihr Lager machen, schaffen sie sich ein fast vollkommenes Bett. Aber ich? fragte sich Antoine. Kein einziges errichtetes Gebäude, keine angelegte Straße, kein gelieferter Beweis. Ich hätte Brücken bauen können. Kein Beweis für mich. Ich bin überzählig, ich diene zu nichts, ich existiere schon nicht mehr, wenn ich mich ins Wasser fallen ließe, würde das niemand bemerken, es gäbe lediglich Todesanzeigen, Anne würde einen großen Schleier an einem schwarzen Hut befestigen, ich habe mein Leben verfehlt, ich bin am Ende... Er fühlte sich wie nach einem mißglückten Experiment entlassen, ein schlechter Arbeiter, ein schlechter Lebender: jedes Leben, das keine Fülle gekannt hat, wird in das Dunkel fehlgeschlagener Versuche gewiesen. Das war der Schlüssel, das war die Schlußfolgerung, und er konnte sich sterben lassen, weil es keinerlei Grund dafür gab, ihm einen Aufschub zu gewähren, weil keine Macht fähig war, ihn zurückzuhalten, weil alle menschlichen Kräfte außerhalb seiner Reichweite lagen bei diesen nächtlichen Ausflügen zu einer Stunde, da die anderen Männer neben den Körpern ihrer Frauen lagen. Antoine hing nicht mehr an der Erde. Wo waren die Gesichter, die ihm hätten Vertrauen geben können? Er stand über dem Leben, und dieses Leben war hart und glatt wie Eis. Es gab nichts anderes mehr als die

Angst, die Erde, die unter den Schritten nachgibt, und das schlimme Gefühl von der Kehle bis zur Magengrube und die Schwere in der Schulter und die gefühllosen Finger. Er lief wie ein Blinder, und er wußte, daß sein Übel nicht eingebildet war, daß es ein nicht mehr zu heilendes Übel war, das ihn in den Tod führen würde. Nach zwei Stunden kehrte er nach Hause zurück: da er durchs Gras gelaufen war, waren seine Hosenbeine fast immer bis zu den Knien naß, und er zitterte, er fuhr sich mit der Hand übers Gesicht und fühlte, daß sein Bart in der Nacht gewachsen war. In der Nähe des Hauses suchten und riefen ihn seine Frau und sein Sohn, die inzwischen aufgewacht waren: von weitem hörte er ihre schrillen Stimmen, doch er gab keine Antwort, er ließ sie bis zum letzten Augenblick in ihrer Sorge, wie um sie zu strafen. Sie fürchteten, er hätte sich umgebracht, er hätte der Verlockung des unter Strom stehenden elektrischen Gleises oder den Seinestrudeln nicht widerstanden. Bei ihnen angekommen, sagte er mit unterdrücktem Zorn:
»Hab ich denn kein Recht mehr, zu tun, was mir gefällt... Müßt ihr mir immer nachspionieren...«
Er ging in das Schlafzimmer hinauf, ohne sich um sie zu kümmern, er legte sich hin, schweigend wie ein Stein.
Die Leute, die ihn trafen, sagten:
»Ist Ihnen aufgefallen, wie weißhaarig und wie alt Bloyé geworden ist, und wie düster... Der spinnt keinen guten Faden.«
Andere sagten:
»Bloyé hat es mit den Nerven, und wie...«
Er »hatte es mit den Nerven«: man konnte auf sein Übel ein beruhigendes medizinisches Etikett kleben, ein vertrautes Schild; er hatte Kopfschmerzen und starrte stundenlang auf eine elektrische Birne, er hatte Magenschmerzen, aß nicht mehr, er hatte Schmerzen, die wie Blitze an seinen Gliedern entlangliefen: es gab genügend Anzeichen, um das Bild einer gewöhnlichen Krankheit zu zeichnen, einer Krankheit, die die Medi-

zin betraf, die wie ein Schnupfen geheilt werden konnte; er hatte den Haß gegen die Familie, die schlaue »Bosheit« der Kranken, die unbegründeten Zornesausbrüche, er zeigte die bekannte Rinde einer Krankheit, und seine Frau, sein Sohn machten sich Hoffnungen und sagten sich, daß er krank sei, sie baten ihn:

»Sag uns doch nur, ob dir etwas weh tut, ob du irgendwo Schmerzen hast, tu etwas dagegen, das kann doch so nicht weitergehen...«

Doch hinter dieser Schale verbarg sich eine Not, die lebensbedrohender war als alle mit einem Namen versehenen und Medikamenten gehorchenden Krankheiten, und zwar der Atem des Nichts. Es gab keine Möglichkeit, ihn zu verteidigen: wenn das Nichts erscheint, stürzt alles zusammen, alle Sorgen, alle Vergnügungen, alle Gesichter, alle Arzneien, alle Freuden schützen die Menschen nicht gegen die Angst, nicht zu sein. Viel Kraft und viele geschaffene Werke sind nötig, um dem Nichts zu entgehen. Antoine hatte nichts geschaffen, er hatte seine Kraft vergeudet, hatte nichts erfunden, hatte den Kontakt mit anderen Menschen gemieden, er erkannte schließlich, daß er nur durch etwas Schöpferisches hätte gerettet werden können, durch Übung seiner Kräfte. Alles, was sein Leben erfüllt hatte, zerfiel zu Staub. Wenn er sein Leben noch einmal von vorn hätte beginnen und es hätte ausfüllen können!

XXI

Man sagte Antoine immer wieder, daß er krank sei: seine Frau, seine Kollegen bezeichneten mit Krankheit diese sichtbare Veränderung seines Gesichts, seines Gangs, seiner Stimme, seines »Charakters«: die Rahmen, in denen ihn unterzubringen sie sich gewöhnt hatten, paßten nicht mehr zu seiner neuen Erscheinung. Antoine klammerte sich an den Gedanken dieser Krankheit: wenn er krank war, war er nicht mehr schuldig, war er nicht mehr verloren. Schließlich gab er nach, er suchte einen berühmten Neurologen auf, einen berühmten Professor, der alle Neurasthenien und Angstzustände heilte, der den Ruf eines Magiers hatte.

Auf dem Boulevard Haussmann stand ein großes Haus mit Karyatiden, die über die von der Sommerhitze versengten Bäume hinweg auf die gegenüberliegenden Häuser blickten. Es war eines der dämmrigen und hochmütigen Häuser, die von den diensthabenden Polizisten mit Respekt betrachtet werden. Sie enthalten Welten von Kellern, Garagen, Dienstbotenzimmern, sie sind verziert mit gläsernen Lampenglocken, Samtbänken, schmiedeeisernen Geländern: man kann sie nur mit Käfigen und Aquarien vergleichen, in denen kostbare Vögel und Fische leben. Antoine nahm nicht den Fahrstuhl, er benutzte lieber die Treppe, die zwischen Steinwänden hinaufführte, die so nackt wie die Mauern einer Krypta waren. Seine Füße versanken in einem roten Teppich. Er nahm in einem großen Salon Platz, in dem er allein war, um ihn die Stille der großen Wohnungen, in denen die Bewohner durch geheiligte Zwischenräume, durch die Dicke der Wände voneinander getrennt sind. Ein Flügel stand darin, auf dem eine Decke aus gestickter Seide lag, deren Fransen herunterhingen, Tierfiguren aus Bronze, Stilmöbel, deren Metallteile funkelten, an den Wänden hingen Blumenaquarelle. Eine Portiere öffnete sich: Antoine trat in das Sprechzimmer des Professors.

Der Professor war ein weißhaariger Mann, der an Heinrich IV. erinnerte, er hatte die höfliche, schlichte Autorität eines Menschen, der stets über dem andern steht, den man fürchtet, den man respektiert, der mit Leichtigkeit seine Kranken, seine Schüler beherrscht. Er ließ den andern sofort fühlen, daß er ein Nichts war, daß er selbst alles über den Tod und die Heilung vermochte. Er sprach: seine wegen ihrer Wärme, ihrer Tiefe bekannte Stimme, die Stimme eines predigenden Mönchs, erfüllte die Kranken mit Glauben. Er untersuchte lange Antoine, ging um ihn herum, sein Hämmerchen schlug auf Antoines Knie, auf seine Handgelenke, als wollte er ein Echo hervorrufen, dessen Sinn nur er allein zu erkennen vermochte. Er sah Antoine lange in die Augen und sagte:

»Sie haben gewiß sehr viel Antipyrin in Ihrem Leben genommen...«

»Das stimmt, Herr Professor«, sagte Antoine, als beichtete er eine Sünde.

Der Professor sagte noch:

»Was für ein Leben haben Sie denn zwischen dreißig und vierzig geführt?«

»Ich habe sehr viel gearbeitet«, antwortete Antoine.

»Für Arbeit muß man zahlen wie für Ausschweifungen, Monsieur.«

Antoine antwortete auf die Fragen, die seinen Körper betrafen, die eindeutigsten Angstzustände, diejenigen, denen er einen Platz, einen Namen zuweisen konnte. Doch die wirkliche, die lebensbedrohende Angst konnte er nicht benennen: er fühlte, daß die weisesten Hexenmeister des Körpers keine Arznei gegen sie hatten. Er sagte lediglich:

»Und ich denke unaufhörlich an den Tod... ich habe Selbstmordgedanken...«

Er verließ das schöne Haus mit einer Diätanweisung für sein Herz, für seine Leber, für seine Nieren. Und guten Ratschlägen.

»Sie sind im gefährlichen Alter«, sagte der Professor. »Alle Menschen arbeiten zu viel. Sie sind neurasthenisch. Was heißt das? Das heißt, Sie sind wie eine leere Batterie. Man kann eine Batterie wieder aufladen. Diese Batterie muß wieder aufgeladen werden. Mit ein bißchen gutem Willen gelingt Ihnen das. Strengen Sie sich nicht zu sehr an, aber versuchen Sie, auf andere Gedanken zu kommen. Machen Sie große Spaziergänge unter Menschen, mischen Sie sich unter Menschen, die Einsamkeit bekommt Ihnen nicht, und erlauben Sie mir einen Rat, den ein Arzt geben darf, ein Arzt steht ein wenig über der Moral, kümmern Sie sich ein bißchen um Frauen... Sie verstehen mich. Beschäftigen Sie sich, treffen Sie sich mit Freunden...

Und kommen Sie in drei Monaten wieder... Ich habe Ihnen Veronal aufgeschrieben, wenn Sie gar nicht schlafen können ... aber nehmen Sie nicht zu viel davon...«
Auf der Straße dachte Antoine, daß der ganze Besuch die eigentliche Frage überhaupt nicht berührt hatte. Er würde folgsam sein. Eine ärztliche Verordnung war auch eine Möglichkeit, um aus seinem Leben herauszukommen. Er konnte sich sagen: Ich bin ein Neurastheniker. Dieser Arzt hatte ihm zumindest einen Namen geliefert, um seine Einsamkeit und seinen Tod zu benennen.

Antoine pflegte sich. Auf dem Tisch standen Medizinfläschchen. Anne fragte ihn:
»Hast du deine Tropfen genommen?«
Er hatte die Illusion, etwas zu tun. Um ihn herum war eine Atmosphäre von Aktivität, von Hoffnung. Seine Frau, sein Sohn halfen bei der Heilung mit. Diese Krankheit, die über einen Namen verfügte, beruhigte alle: eine Krankheit ist etwas Vertrautes, Begreifbares, gegen das man sich nicht mehr ohnmächtig fühlt. Als Kranker erschien Antoine den Seinen nicht mehr unheimlich, grausam. Anne sagte zu ihrem Sohn:
»Du darfst deinen Vater nicht aufregen, bei seiner Krankheit...«
Alles war einfach, so als hätte er Rheumatismus, eine von diesen langen Krankheiten, in denen man sich für Monate, für Jahre einrichtet. Aber Antoine war nicht sein eigener Narr, er ließ sich von den Anstrengungen, die er machte, um an seine Krankheit zu glauben, an diesen Zustand mit dem deutlichen Etikett, nicht betören. »Mit ein bißchen gutem Willen gelingt Ihnen das... man kann eine Batterie wieder aufladen...« Was für Anstrengungen, um das Bewußtsein vom Ausgelöschtwerden zu verlieren, um die Schale der tödlichen Einsamkeit zu zerbrechen, um die Wände wieder aufzurichten, die ihm früher das Fortschreiten des Nichts verborgen hatten, um den Kopf in den Sand zu stecken.

Abenteurer und Verrückte sind nicht die einzigen Wesen ohne Wurzeln, ohne Freundschaft: in den an den Straßen aufgereihten bürgerlichen Häusern leben seßhafte Menschen, die nichts an die Welt fesselt, die sich ebensowenig mit den anderen Menschen verbinden wie Öl mit Wasser. Antoine versuchte, sich unter die Menschen zu mischen. Sein ganzes Leben lang hatte er sich durch Menschengruppen hindurchbewegt, hatte ihr Verhalten nachgeahmt, ihre Sprache gesprochen und ihre Redewendungen übernommen, aber er war nicht von ihnen durchdrungen worden, er hatte sich nicht in ihnen entfaltet: vielleicht gehörten sie zu den Gruppen, die nicht für eine Entfaltung gemacht sind. Sicher war es reichlich spät dafür, daß ihm eine Vereinigung, eine Gruppe die Illusion verschaffte, nicht mehr allein zu sein. Die in der Leere des bürgerlichen Lebens verlorenen menschlichen Atome schließen sich zusammen, um ihre Winzigkeit zu vergessen: Antoine hätte das früher begreifen müssen, um diesen Selbstbetrug mit ihnen zu teilen. Zwanzig oder dreißig Jahre früher hätte er in eine dieser Gruppierungen eintreten müssen, die die Bürger der Provinz bilden: in eine Loge mit ihren Geheimnissen, ihren Zeichen, ihren durchsichtigen Verschwörungen, in ein von den Wahlen erregtes politisches Komitee, in eine Musikvereinigung, einen Jagd- oder Angelverein. Jedenfalls in einen Verband, an den zu glauben er noch jung genug gewesen wäre. Diese Zeit war vorbei. Antoine hatte sein ganzes Leben lang unbestimmt gewußt, daß die wirkliche Einheit, die Einheit, die der Einsamkeit trotzte, die den Staub des bürgerlichen Lebens wegfegte, die Einheit der Arbeiter war. Er dachte ständig an die Epoche in seiner Jugend, als er in Saint-Nazaire die Wärme eines Streiks kennengelernt hatte, an die Menge, die 1910 zu den Werkstattoren gezogen war, als wäre eine neue Welt bereits an den Platz der Welt der Einsamkeit getreten...

Antoine besann sich darauf, daß er die Ecole des Arts et Métiers besucht hatte. Wie alle Schüler großer Schulen bleiben auch die Schüler dieser Schule miteinander in Verbindung. Sie veröffentlichen ein dickes blaues Jahrbuch. Wenn einer von ihnen stirbt, enthält das Jahrbuch einen kurzen Nachruf, und die Vereinigung schenkt ihm einen bronzenen Palmenzweig, um seinen letzten Weg zu schmücken. Sie veranstalten Bankette. Antoine war sehr selten zu den Banketten seines Jahrgangs gegangen. Er begann, alle die Einladungen anzunehmen, die in einem Stil geschrieben waren, der nur die Eingeweihten zum Lächeln brachte:

Lieber Kamerad,
Es sind gute zweieinhalb oder vier Jahrzehnte her, daß Du die Schule verlassen hast, und bestimmt würden Deine ausgefallenen oder weiß gewordenen Haare oder auch Dein runder Schmerbauch uns davon abhalten, dich daran zu erinnern, wenn es nicht Brauch und Sitte wäre, die 25. – oder 40. – Wiederkehr Deiner Befreiung gebührend zu feiern.
Wir hätten Dich gern zur Zeit des schönen Wetters zum Kommen aufgefordert, aber menschliches Mitgefühl hat uns daran gehindert: einige von uns sind in der Zwischenzeit etwas schwach auf der Brust geworden, und es wäre unziemlich gewesen, ihren Speck den Schwitzkästen der Eisenbahn auszusetzen. Wir haben deshalb die Dezemberfrische gewählt, besonders im Hinblick darauf, daß um diese Zeit die Automobilausstellung stattfindet, die sicher eine große Anzahl der Kameraden interessiert.
Wir treffen uns also am 6. Dezember um 12 Uhr zu einem Essen bei Marguery, Boulevard Bonne-Nouvelle.
Niemand darf fehlen, und dann 'ran an den Speck.

In dem stickigen Saal bei Marguery, zwischen Stuckornamenten, schmiedeeisernen Lampen, Geländern, bunten Fensterscheiben, Palmen, wärmten die gealterten Männer Schulerinnerungen mit einer Melancholie auf, deren Niveau ihnen nicht zu niedrig erschien. Während der ersten halben Stunde des

Essens wurden sie vielleicht wieder zu einer Gruppe von Jungen ohne Zukunft und Vergangenheit, die mit all ihren Kräften gegen ein freudloses Kasernendasein kämpften, eine Gruppe von Kameraden, die die Gleichheit ihrer Arbeit verband. Dann kam das Aufrufen der Fehlenden: sie trauerten den Verstorbenen nicht stärker nach als die jungen Menschen, die geschützt sind durch ihre gemeinsame Kraft und die lebendigen Quellen einer Gemeinschaft, die ihre Wunden heilen, ihre Lükken auffüllen kann. Doch beim Käse hatten sich die Männer, die die sozialen Unterschiede trennten, die Familien, die sie gegründet hatten, die Verschiedenheit ihrer Berufe, die mit ungleichem Geschick und Erfolg angestrebten Ziele, nicht mehr viel zu sagen. Wenn die Erinnerungen an den Unterricht, die Eßsäle, die Spaziergänge, die Zwischenfälle in den Schlafsälen, die Wörter eines Jargons, dessen sie sich nicht mehr bedienten, ihren Zauber erschöpft hatten, dessen Macht sich im übrigen mit jedem Jahr verringerte, wurden sie wieder zu Männern ihres Alters, schwer geworden durch zu reichlichen Fleisch- und Weingenuß, und sie sprachen miteinander wie Menschen, die sich kaum kennen, die sich zum erstenmal sehen. Sie kannten sich tatsächlich kaum: die Jahre hatten die Jugendlichen, die sie einst waren, mit ihren Verhärtungen und Ablagerungen überdeckt. Sie sprachen von ihrer Arbeit, ihrem Beruf, und manchmal schlossen sie Geschäfte ab, machten Vorschläge für Stellen, gaben Empfehlungen. Die erste Fröhlichkeit der Jugend endete in dem unterdrückten Lärm eines Geschäftsessens. Zum Schluß, um der Gepflogenheit Genüge zu tun, sangen diejenigen, die die »Anstifter« des Jahrgangs gewesen waren, die Lieder, die erwachsene Männer nicht mehr singen; alle anderen zwangen sich zum Gelächter, und aus der Versammlung stieg die trostlose Melancholie, die das imaginäre Vorüberziehen der verlorenen Zeit, das Heraufbeschwören der Schatten mit sich bringen. Auf dem Boulevard Bonne-Nouvelle, der sich vor dem Restaurant wie ein See verbreiterte, lief die Menge an den Männern aus der Provinz vorbei, die von ihren

Pariser Kameraden mit einem gewissen Stolz unterrichtet wurden. Der doppelte Strom der Autos floß vorbei, die Omnibusse fuhren mit klirrenden Scheiben ab. Es war Nachmittag; das Nichtstun war ihnen unangenehm, und sie begannen, an die Einkäufe zu denken, die sie machen mußten, an die Abfahrtszeit ihres Zuges. Sie liefen durch die Straßen, sie fühlten sich schwer, sie sprachen von den im vergangenen Jahr, zwischen zwei Banketten, gestorbenen Kameraden, und dieses Hinscheiden, das sie beim Genuß ihrer Seezunge so leicht aufgenommen hatten, lastete jetzt auf ihnen wie die Ankündigung ihres eigenen Todes. Antoine traf Vignaud wieder, Le Moullec und Martin: Rabastens war mit dreißig Jahren gestorben. Antoine sagte zu Martin:
»Erinnerst du dich noch an die große Marie?«
Martin antwortete:
»Und Marcelle, besinnst du dich noch auf sie?«
Vignaud verabschiedete sich von ihnen, er war ein bedeutender Mann geworden, der zu ihnen sagte:
»Ich muß jetzt gehen, meine Geschäfte warten...«
Als er in der Menge verschwand, murmelte Le Moullec, der Depotchef geblieben war:
»Manche haben ein verdammtes Schwein gehabt...«
Und sie trennten sich bis zum nächsten Jahr, bis zum nächsten Bankett.
Antoine versuchte ein paar Monate lang, in seiner Landesgruppe der Ehemaligen Schüler zu verkehren: er wurde dort mit der konventionellen Achtung vor dem »Alter« behandelt. Er befaßte sich mit den Fragen, die die Gruppe beschäftigten, er machte Berichte, Pläne, er ergriff das Wort bei Zusammenkünften, in denen über ein Altersheim und den Hilfsfonds beraten wurde, er hielt Reden über Ehrengaben, über die Auswahl des Nachwuchses, über die Lehrzeit, Reden, die mit guten Wünschen für die staatliche Verwaltung endeten. Antoine ließ sich nicht täuschen, er wußte genau, daß das nur eine Arznei war, die er versuchte. Diese Männer waren nicht durch ein

humanes Ziel vereint: sie verfolgten nur kümmerliche Interessen, die von herzlichen Worten verschleiert wurden. Diese Techniker der Industrie, des Transports, die auf der Stufenleiter der Arbeit zwischen Werkmeister und Betriebsleiter standen, versuchten, an Wichtigkeit zu gewinnen. In den Reden hieß es: »Zur Stunde, da die Konkurrenz unter den Ingenieuren aus allen Schulen härter wird, ist es unbedingt erforderlich, daß unsere Kameraden sich oft zusammenfinden, daß sie von überall her ihre Gedanken beitragen, sie austauschen und sie in ihren verschiedenen Vereinigungen verbreiten.« Da die neuen Industrieschulen die Konkurrenz verstärkten, mußten sie sich auch anstrengen, um nicht zu scheitern. Sie verteidigten sich, sie verteidigten ihre Funktionen und ihre Privilegien. Die Solidarität, von der sie wie von einer Tugend sprachen, war nichts anderes als eine gegen die Schüler der Ecole Centrale, der Ecole Polytechnique gerichtete Waffe. Antoine empfand bei diesen ziemlich schmutzigen Diskussionen bitter die Künstlichkeit seiner neuen Aktivität. Für diese Männer, die zwischen den Besitzern, denen sie dienten, und den Arbeitern, die sie beherrschten, standen, ging es lediglich darum, sich zwischen diesen beiden Wassern zu halten: ihre durch eine gewisse Gefühlserregung kümmerlich verschönerte Tätigkeit war nur darauf gerichtet, sie auf ihrer Stufe zu halten, mit der von ein paar spärlichen Erfolgen genährten Hoffnung, in den bürgerlichen Himmel aufzusteigen. Antoine fühlte, daß der Korpsgeist noch nie jemand einen gültigen Grund zum Leben geliefert hat. Seine tödliche Losgelöstheit machte ihn klarsehender denn je. Er trennte sich von ihnen; an den Versammlungsabenden blieb er in seinem einsam hinter den Lagerhallen gelegenen Haus. Außerdem brachten die Neuankömmlinge der jungen Jahrgänge, die ehemaligen Kriegsteilnehmer, neue Formen, Ansprüche und Wörter mit, die ein Mann in Antoines Alter schon nicht mehr begreifen konnte...

»Mischen Sie sich unter Menschen«, hatte der berühmte Professor gesagt. Antoine lief durch Paris, er ermüdete seinen Körper, doch das innere Übel, das er überallhin mit sich nahm, ermüdete nicht. Männer, Frauen gingen an ihm vorbei. Sie waren durch einen eisigen, undurchdringlichen Raum von ihm getrennt. Es gab welche, die im Laufen mit sich selbst sprachen; es gab andere mit irgendeinem Tick. Eine Staubwolke von Leuten, die im Wind der Boulevards wirbelte, ein Haufen Körper, deren Tätigkeiten weniger verständlich waren als die eines Ameisenhaufens; Fahrzeuge, Autos teilten, zerstückten sie; sie hatten keinerlei Verbindung untereinander, aufgelöst ergossen sie sich über die Straßen. Mochten die jungen Frauen auch farbige Kleider und Mäntel tragen – alle diese Leute bildeten eine schwarze Menge. In Frankreich sind fast alle Männer, fast alle Frauen schwarz gekleidet. Ihre Gesichter waren welk, alle hatten das gleiche Gesicht; und in dieser grauen Welkheit vergaß man das Besondere an diesem oder jenem Gesicht, eine verpickelte Nase, hervorquellende Augen, einen Kropf, ein Muttermal, ein schönes Frauengesicht, das aus einer anderen Welt kam. Diese Menschen traten in Haustüren, Geschäfte, in Metroeingänge, sie nahmen Trambahnen und Autobusse, sie sahen aus, als wüßten sie, wohin sie gingen, wohin sie rannten. Manche verließen die Avenuen, die großen Straßen, verschwanden in Gäßchen, die zwischen steilen Felsen entlangliefen. Antoine folgte ihnen manchmal mechanisch, sah sie in dunkle Geschäfte eintreten, in Kneipen, aus denen der Lärm in Wellen drang; und ab und zu schickte er ihnen einen flüchtigen Blick nach. Diese Menge war ihm ebenso fremd wie ein dunkles Wasser, auf dem er abgetrieben würde; Arme, Schultern stießen ihn an, als wäre er unsichtbar oder als wären die Vorübergehenden blind. Er begegnete keinem einzigen Blick; kein einziges Zeichen kam von all den Stirnen. Niemals mehr hatte er das Glück junger Männer, dem eindringlichen, lächelnden Blick einer jungen Frau in der Menge zu begegnen: nur abends, wenn die Lampen brannten, sprachen ihn Straßenmädchen an, die einzigen aufmerksamen Geschöpfe der Welt, kehrten ihm ihre glitzernden Gesichter zu; einige waren schön und anziehend wie verführte junge Mädchen, manche waren schon alte Frauen mit dicken nackten Armen und breiten Speckfalten unter den Brüsten; andere hatten Goldzähne, die wie im Mund von Toten glänzten; er schob sie alle beiseite, und sie kehrten in den Schatten zurück. Er betrachtete die Schaufenster, die voller Gegenstände waren, deren Häufung sie ungewöhnlich machte: da gab es Berge von Gewehren, Messern, Koffern, von Geschirr, von bemalten Schachteln, Ketten, Bildern, Porträts. Manche Schaufenster stellten Strümpfe aus, Hemden, Korsetts, die über kopflose Frauenkörper gezogen waren oder auch über ganze Frauen mit einem gefrorenen Lächeln: fast alle Männer warfen einen Blick auf die seidenen Schenkel, die schimmernden Brüste, die Spitzenränder. Andere versuchten, zwischen Pyramiden von Schwämmen, von Medikamenten, von roten Gummischläuchen Präservative zu finden; Frauen betrachteten sich lange in den Spiegeln.

Antoine ging weiter. Boulevards überquerten Bahngleise; unter den Bogen der Metro beschimpften sich Männer und Frauen mit zischenden Worten. Manchmal trieb es Antoine zu einem Rummelplatz: dort waren Trauben von Menschen. Endlich wurde die Menge verständlich. Jugendliche mit Schirmmützen zielten an den Schießbuden auf Eier; Schreien und Lachen fiel von der Höhe der Schaukeln, von den Gondeln der russischen Räder. Hohe Karussells, die mit trompeteblasenden Kriegern in schönen Rüstungen geschmückt waren, drehten sich in der blechernen, krächzenden Musik der Drehorgeln. Mädchen wurden auf Fischen davongetragen, auf Kühen, auf Schweinen, und ein Kranz von Köpfen starrte auf ihre vom Fahrtwind entblößten Beine. Die Räder der Losbuden drehten sich knatternd. Die Kugeln der japanischen Billards stießen aneinander. Dieser Arzt war ein Dummkopf. Antoine floh, erschöpft kehrte er in seine Vorortstille zurück.

Eines Tages ging er in ein Bordell. Seit fünfundzwanzig Jahren hatte er einen solchen Ort nicht mehr betreten. Doch er fühlte sich kaum schuldig. Es war ein glanzloses Bordell, auf einem Boulevard, an dem die Metro entlangfuhr. Es erinnerte an ein kleines Provinzhotel: der Flur leuchtete von den Porzellantellern, die die Wände schmückten. Im Hintergrund, hinter einer Kasse, rechnete eine Frau. Antoine trat in den Saal. An einem Tisch schwatzten zwei Unteroffiziere leise mit zwei Mädchen, die grüne Unterwäsche trugen. Andere Mädchen kamen herein, eine von ihnen setzte sich neben Antoine, versuchte, sich mit ihm zu unterhalten. Antoine, den Nacken gegen die Banklehne gestützt, sah auf die Wand, die Spiegel, die kaum erotischen Schäferbilder.

»Na, was klappt denn nicht, mein Dicker«, sagte das Mädchen. »Du bist nicht sehr gesprächig...«

Sie legte ihre flache Hand auf Antoines Schenkel und strich darüber.

»Errege ich dich nicht?« fragte sie.

»Kaum«, antwortete Antoine.

Sie strich weiter. Ein Unteroffizier stellte das elektrische Klavier an, das sich ruckartig wie ein alter Lastwagen in Bewegung setzte. Die beiden Soldaten und die Nutten tanzten. Die eine von ihnen sah aus wie eine alte Jungfer mit ihren faltigen Backen und der granatroten Schleife im Haar; die andere war kurz und rund; bei jeder Walzerdrehung hob sich ihr Unterrock und entblößte den unteren Teil ihrer weißen, gepuderten Hinterbacken. Antoines Gefährtin sagte:

»Na, kommst du nicht mit rauf?... Ich bin auch sehr nett zu dir...«

»Nein«, sagte Antoine, »ich bin nur gekommen, um etwas zu trinken... ich geh wieder...«

Das Mädchen leerte ihr Glas und stand auf. Antoine erhob sich schwerfällig von der Bank. Im Flur sagte die Frau an der Kasse zu ihm:

»Der Herr kann sich heute nicht entscheiden?... Vielleicht ein andermal...«

Draußen regnete es; starke Windstöße trieben die Passanten vor sich her; jeder von ihnen war in dieser Stadt ebenso einsam, als ginge er an einem stürmischen Tag auf Felsenklippen spazieren. In der aufsteigenden Nacht, die rasch das fahle Licht des Gewitters verdrängte, waren alle Menschen auf der Flucht. Antoine zog die Schultern zusammen und wischte mit der Hand die Wassertropfen weg, die über seine Backen rannen...

Das ganze Leben zog sich zu dem kümmerlichen Rinnsal zusammen, das dem Tod zufloß. Nichts verteidigte mehr Antoine, keine Schutzwand verbarg ihm mehr sein Ende. Selbst die Hoffnungen, die er einst auf seinen Sohn gesetzt hatte, waren von ihm selbst vernachlässigt und zerstört worden, seit Jahren war er nicht mehr fähig, mit Pierre ein einziges menschliches Wort zu wechseln. Ab und zu betrachtete er den schweigsamen jungen Menschen, der bereits in die Abenteuer der Jugend verwickelt war, der die Kindheit mit einer gierigen Erregung hinter sich ließ; er forderte ihn auf, wenn Ferien waren, einen Spaziergang mit ihm zu machen. Doch sie sprachen nur von fremden Dingen, von den Ereignissen, von der Schule, von Pierres Zukunft. Es war zu spät, um die nützlichen, männlichen Gespräche von früher wieder aufzunehmen: auch dieses Geheimnis war verloren. Von dem jungen Mann, der ebenso einsam wie er selbst war, der nichts mehr mit dem Kind gemein hatte, das einst an seiner Seite zwischen den Pappeln der Straße nach Bordeaux lief, war keine Hilfe zu erwarten...

XXII

Nantes ist eine Stadt, wo der Seehandel, die Banken, die Fabriken, die blassen Gesichter der gottesfürchtigen Frauen, der Tod und die Sorge die geheimnisvollen Elemente eines Lebens bilden, das keine andere französische Stadt ihren Bewohnern aufzwingt. Die Menschen von Nantes, seit ihrer Kindheit an ihre Stadt gewöhnt, achten längst nicht mehr auf die Luft, die sie zu beiden Seiten der Loire atmen. Diese Stadt war vielleicht diejenige, in der Antoine am allerwenigsten die Ruhe finden konnte, die er suchte. Er zog hierher aus Zufall und aus dem für Anne entscheidenden Grund, daß ihre Tochter und ihre Eltern hier begraben lagen, daß sie, so oft sie wollte, »ihren Toten einen Besuch abstatten« konnte. Dieses Gräbermotiv genügte vielleicht, um Antoines letzte Jahre in der Provinzhauptstadt im Zeichen der Trauer und des Todes zu verleben. Nantes konnte für ihn nur die Stadt sein, in die man zieht, um den Tod zu erwarten, die Stadt, die man nicht mehr lebend verläßt. Sicher hätte er für sein Alter eine Stadt des Südens wählen müssen, eine Stadt, die es mit dem Tod aufnimmt: lange Zeit hatte er davon geträumt, nach seiner Pensionierung in Palavas-les-Flots zu leben, dort, wo er früher seine Sonntage verbracht hatte. Die Erinnerung an die Toten, das unbestimmte Verlangen, sich dem Ort seiner Geburt, seiner jugendlichen Streifzüge zu nähern, dieses bei den meisten Menschen, die eine lächerliche Treue an Steine und Landschaften bindet, so mächtige Verlangen, die Anwesenheit in Nantes von mehreren Jugendfreunden, die er »aus den Augen verloren« hatte und mit denen er den Lauf seines Lebens wieder aufnehmen wollte, als wäre seine ganze Manneszeit nicht gewesen, als folgte das Alter ohne Zwischenstufe auf die Jugendzeit, alle diese Gründe hatten ihn schließlich von den freundlichen Gegenden des Südens entfernt, um ihn in eine Stadt zu bringen, die er noch nie geliebt hatte, in der er immer einen Druck empfunden hatte und das unbestimmte Gefühl, hier nicht glücklich werden zu können.

Nachdem er sich wieder einmal zwischen den Möbeln, den Nippes eingerichtet hatte, die ihm schon seit so langer Zeit folgten, in einem der Bürgerhäuser, die die Nantaiser Hotel nennen, nachdem er seine Schritte an die neuen Zimmer gewöhnt, seine Bewegungen den Ecken und Winkeln dieses noch unbekannten Zeltes angepaßt hatte, nachdem er die Stellen kannte, von denen aus er seine Frau rufen und ihre Antworten hören konnte ohne sich zu bewegen, empfand er die ganze Leere seines Rentnerdaseins.

Dieser Rückzug aus dem Berufsleben hatte für einen Mann wie ihn seine ganze tragische Bedeutung: er war von der Menge der Männer, die arbeiten, die ihre Tüchtigkeit und ihr Wissen zeigen, die zusammenkommen und miteinander sprechen, getrennt. Er war von allen Dingen getrennt, die für ihn lebenswichtig gewesen waren. Sein Sohn war bereits ein Mann, der seinen eigenen Weg eingeschlagen hatte, und schüchterte ihn fast ein. Pierre schrieb ihm Briefe, die präzis waren wie Dienstberichte und nicht nach den Erfahrungen des Vaters verlangten. Kein menschliches Wesen brauchte ihn.

Nun war die gefürchtete Zeit des Lebens gekommen, da die Erde sich endgültig den Schritten des Menschen entzieht, der den Abhang erreicht hat, der zum Tod hinunterführt. Es war eine Epoche voller Angst. Das Licht wurde schwächer. In der Luft erschienen ihm große, unbekannte, verschleierte Gestalten, Allegorien, kalt wie umherstreifende Tote. Antoine rief alle Gründe zur Selbstrechtfertigung zu Hilfe, doch keiner gab ihm eine gültige Antwort. Er machte es wie alle Menschen, die mit dem Gefühl sterben möchten, gern gelebt zu haben: auf einer gewissen Lebenshöhe tritt das Bedürfnis nach Rechtfertigung auf. Das ist die Stunde, da viele Menschen Gott anerkennen und glauben wollen, daß sie vor ihm erscheinen werden, gerecht und rein und Seinem Willen entsprechend; andere wollen nichts von Göttern wissen und sind ihre eigenen Richter und ihre eigenen Zeugen. Sie müssen der furchterregenden Vorschrift gehorchen: »Mensch, beweise dich dir selbst.« So zittert der König der Schrift vor den Worten, die der Prophet ihm übersetzt: »Man hat dich gewogen auf der Waage und zu leicht befunden.« Wie viele Menschen werden zu leicht sein? Wie kann man es akzeptieren, daß so viele gleichförmige Tage, so viel Anstrengung, Kummer, kurze Freude wieder in das große Vergessen zurückfallen? Der Tod, den sie Jahre hindurch bekämpft haben, Jahre, die schneller erloschen als ein Strohfeuer, erhebt eine eisige, starke Stimme, die sie unter den Beweisen ihrer Aktivität ersticken müssen: der im Okzident geborene Mensch findet sich nicht so leicht mit seiner Ohnmacht ab.

Doch Antoines Vergangenheit lag in einem so schwarzen Schatten, blieb in einer schrecklicheren Stille begraben als die Gestalten, die er zu sehen glaubte... Es war eine unbestimmte Masse, wie eine Landschaft, durch die man nachts im Nebel geht: Antoine hatte keine Phantasie, doch wenn er in seiner Vergangenheit suchte, verglich er sie stets mit einer ihm bekannten Gegend: früher, in den Sommerferien, war er einmal an einem windigen Augusttag auf den Mont Saint-Michel von Brasparts gestiegen, und er sah den weiten Blick über die schwarzen Sümpfe und nackten Bergrücken wieder vor sich, diese lange und breite Fläche, unbestimmt und stumm, herausfordernd, um sich selbst versammelt, formlos, planlos, mit Wegen, die sich zwischen Hecken schlängelten, und ab und zu, an der äußersten Grenze des Himmels, das unerklärliche Aufblitzen des Meeres. Seine Vergangenheit ähnelte dieser stummen Landschaft der Schatten, die niemanden von seiner Unruhe befreit. Wo waren die Freunde, die seine Vergangenheit hätten rechtfertigen, ihm seine Tüchtigkeit und seine Bedeutung hätten beweisen und für ihn hätten entdecken können, was er selbst nicht zu sehen vermochte? Verstreut über ganz Frankreich, viele längst gestorben; einer von ihnen war Bürgermeister einer Gemeinde in den Pyrenäen – und er hätte ihn um Hoteladressen für die Ferien bitten können, aber nicht um ein gutes Zeugnis für sein Leben, ein anderer noch von seinem Beruf erfüllt, andere wie er unbeschäftigt und unausgefüllt als Rentner, bereits von der Langeweile der Toten erfaßt, ein anderer gelähmt, die Bruchstücke der Worte wiederkäuend, die er einst gesprochen hatte, höhnend, reich, über Millionen verfügend, viele andere wirklich tot, Bewohner von Friedhöfern, verstreut zwischen den Grabmälern von

Unbekannten. Wie konnte man sie befragen? Diese Freunde waren ihm völlig entglitten. Sie hatten keine Spuren, keine Ratschläge hinterlassen. Manche Menschen hinterlassen tiefe Spuren in der Erde, man kann lange Zeit Geheimnisse, Meinungen bei ihren Büchern, ihren Handlungen erfragen, bei einer gewissen Abgeklärtheit oder Macht, über die sie verfügten. Doch die Toten, die Antoine gekannt hatte, die wie er gelacht, in Büros geredet, vor gedeckten Tischen gesessen, an Straßenecken und auf Fabrikhöfen gestanden hatten, hatten ihm nichts hinterlassen. Umsonst suchte er Zuflucht bei den letzten lebenden Freunden, die in der Stadt wohnten. Was wußten sie? Was war ihnen unbekannt? Suchten auch sie ihre unmöglichen Beweise, die Beweise, die es nicht gab? Was sagten sie sich am Abend, wenn sie sich neben ihre alten Ehefrauen legten, oder in ihre Witwer-, ihre Junggesellenbetten, morgens beim Waschen, wenn sie die ungenügend entwickelten Gedanken des Schlafs noch einmal vorüberziehen ließen? Ruhig, sorgenvoll, gleichgültig, besonnen, verängstigt, oder wie Maschinen? Antoine stellte sich diese Fragen nicht sehr deutlich, er umgab sie nicht mit gut geformten Worten, doch er fühlte, daß es sie gab, daß sie bedrohlich waren, daß sie mehr als alles andere zählten. Aber er fragte nicht laut seine Freunde. Die auf ihren kleinen einsamen Inseln verlorenen Menschen nennen dieses Schweigen Scham.

Antoine schritt neben seinen Freunden einher und wälzte ungeschickt all diese Dinge in seinem Kopf. Sie redeten über das Offenkundige, das sie auf ihrem Niveau erreichte, über die Nachrichten in den Zeitungen, oder über Leute, von denen sie Neues gehört hatten, über Hochzeiten, Geburten und Sterbefälle... Ein neues Schiff mit ausländischer Flagge hatte vor der Börse angelegt, neben dem Pont Transbordeur, den Escaliers de Sainte Anne gegenüber, wie früher die Überseedampfer von Santander im Hafen von Saint-Nazaire. Diese unbeweglichen Männer kannten alle Fahnen der Welt. Die Loire schlug an die grünen Pfähle des Quai de la Fosse. Der Schnellzug in die Bretagne mit seinen langen metallenen Wagen jagte über die Gleise. Matrosen schlenderten in Gruppen über den Quai, sie gingen zu den kleinen, wassergrün angestrichenen Kneipen, deren Fenster von den Schlammspritzern der vorbeifahrenden Autos gesprenkelt waren, zu den Souvenirläden mit ihren Federhaltern, ihren bemalten Tintenfässern, den mit Perlmutt eingefaßten Ansichten, den auf Baumscheiben gemalten Bildern des Pont Transbordeur und des Château de la Duchesse Anne. Seile lagen wie graue Schlangen zusammengerollt in den Schaufenstern der ship chandler zwischen Kajütenlampen und Positionslaternen. In den Gäßchen, die über dem Quai de la Fosse anstiegen, fand man die mit Nägeln beschlagenen Türen und die großen Laternen der Freudenhäuser: ab und zu sah man eine Frau im Halbdunkel stehen und ihre mit Seide bedeckten Knie unter dem Saum ihres Unterrocks glänzen. Es kam vor, daß sie den Rentnern, die im Licht des Quais entlanggingen, von weitem ein Zeichen machte, das diese übersahen, weil sie mit einem Gefühl der Demütigung, das ebenso schrecklich wie die Angst vorm Tod war, an ihr ohnmächtiges Glied dachten, das zwischen ihren Schenkeln nur noch ein Fleischlappen war, eine Röhre für den Urin, und keine Quelle der Kraft und der Freude, keine Bestätigung des Mannes mehr.

An anderen Tagen setzten sich Antoine und seine Begleiter auf die Bänke im Jardin des Plantes, wo Schwäne unter Magnolienzweigen und exotischen Bäumen, deren Namen man nicht kennt, ihre Bahn zogen. Am späten Nachmittag ließen sie sich auf einer Caféterrasse nieder und tranken ein Glas Muscadet oder Anjou; manche von ihnen tranken auch Bier, weil sie in Städten des Ostens oder Nordens gewohnt hatten. In der Rue Crébillon lief eine von den Häusern zusammengedrängte Menge hinauf und hinab; nach Büroschluß standen Stenotypistinnen und Verkäuferinnen vor den Schaufenstern; junge Männer, die ihren wohlfrisierten Kopf hocherhoben wie eitle Vögel trugen, warfen ihnen im Vorbeigehen ein paar

Worte zu. Große Mädchen mit geschminkten Augen und Lippen, glänzenden Backen und glattem Haar schlenderten träge den Quai entlang und sahen den Männern in die Augen. Ihre Kleider ließen ihre Schenkel und ihre Brüste hervortreten, und die Vorübergehenden drehten flüchtig den Kopf, um dem Wackeln ihrer Hinterbacken zu folgen.

Im Herbst gab es an manchen Tagen Nebel, der voller Rauch und dem Geruch nach feuchter Erde und Schlamm war. Die Rentner beobachteten den Regen und das Nahen des Winters:

»Das Barometer ist diese Nacht wieder gefallen«, sagten sie.

Sie drehten ihre Zigaretten und sagten:

»Der Tabak ist feucht. Man kann die Zigaretten überhaupt nicht rauchen...«

Endloses Schweigen begleitete diese Spaziergänge, ein Schweigen, das nicht immer als Vorwand den Lärm der Autos, das Klingeln der Trambahnen, die Sirenen der Dampfer auf dem Fluß und das Getöse der mit Stahlbarren beladenen Lastwagen hatte. Die alten Männer, die in den Städten spazierengehen, sind leer und ohne Hoffnung, sie wissen nicht, wie sie ihre Stunden ausfüllen sollen, sie gewöhnen sich schlecht ans Altern, und wenn sie verstummen, dann vielleicht, weil sie die Stadt mit ihren Augen als Vierzigjährige betrachten . . .

Manchmal trafen die Rentner auf Straßen oder Plätze, die vollkommen still und verlassen waren, auf Mauern, an denen nur sie allein entlanggingen: ihr Schweigen war dann das ihrer Einsamkeit, es war wie eine heimtückisch sich unter ihnen verbreitende Krankheit. Das erstickte Geräusch der Schritte von ein paar sechzigjährigen Männern genügte nicht, um die Stille zu brechen. Es war nicht der Widerhall der Welt, der sie zwang, auf den langen weißen Straßen mit ihren Gärten, ihren Mauern von Klöstern, Kasernen und Gärtnereien zu schweigen...

Sie sprachen auch miteinander. Doch die Wörter waren nicht mehr durch Verben im Präsens verbunden oder durch die wundervollen Verben im Futur, die die jungen Leute und die erwachsenen Männer anwenden. Sie redeten in der Vergangenheit. Zwar blieben sie auch ab und zu stehen, um einander anzusehen, die Hände auf dem Rücken, wie bei einem wichtigen Gespräch, das durch die Bewegungen des Laufens gestört werden könnte, doch welche Würde lag in diesen in der Vergangenheit gebildeten Sätzen? Da diese Männer alle Ingenieure gewesen waren, Rechner, Konstrukteure von Maschinen, Überwacher von Fahrplänen, da sich viel in ihrem beruflichen Leben ereignet hatte und sie vielen Menschen begegnet waren, verfügten sie noch über Erinnerungen mit Daten und Zahlen. Doch diese Erinnerungen waren von ihrem Dasein abgetrennte Stücke. Sie versuchten, stolz auf sie zu sein, sie erzählten sich Heldentaten, die sie vollbracht hatten: von Aufgleisungen, von Industrierekorden, die sie mit ihren Köpfen und den Händen ihrer Arbeiter gebrochen hatten, sie wiederholten alte Geschichten von Arbeitern, die sie befehligt, von Vorgesetzten, die über sie selbst bestimmt hatten, von berühmten Chefingenieuren, die inzwischen gestorben waren...

Doch sie fühlten, daß ihnen diese Heldentaten nicht gehörten: es waren vereinzelte Akte, die ihnen eine äußere, unmenschliche Macht auferlegt hatte, die ebenso kalt war wie die, welche die Arbeiter, die Rangierer beherrscht, Taten, die nicht Teil einer authentischen menschlichen Existenz waren, die keine wirklichen Folgen gehabt hatten. Es waren Taten, die lediglich in zusammengeschnürten staubigen Akten eingetragen waren, die nur die weiteren Gewinne der Fabriken und Gesellschaften und die Gefügigkeit der Arbeiter, die für sie arbeiteten, gewährleistet hatten. Sie erinnerten sich nicht an etwas wirklich Geschaffenes, an menschliche Verbindungen, ihre Arbeiter waren wie ihre Chefs für sie nur Fremde oder Feinde gewesen. Sie waren vereinzelt Handelnde gewesen, Handelnde ohne jede Würde. Sie taten, als wären sie stolz auf ihre Erinnerungen, doch im Geheimen mochten sie sie nicht.

Zu dieser Zeit hätte Antoine einen Menschen gebraucht, der fähig gewesen wäre ihm zu beweisen, daß seine Vergangenheit es wert war, geliebt zu werden, daß sie Teile enthielt, die Dankbarkeit, die Freundschaft verdienten. Es war reichlich spät, um seit langem verlorene Geheimnisse zu finden. Er suchte sie von nun an ohne Hoffnung. Deshalb konnte er nicht mehr in Ruhe schlafen. Er hatte gegessen, er hatte mit Anne über die alltäglichen Beschäftigungen gesprochen; alle Wege der Gewohnheit hatten ihn zum Schlaf geführt wie ein zu seiner umfriedeten Weide gebrachtes Tier: zur Nacht alle Türen schließen, die Fenster prüfen, die Riegel gegen die Diebe, gegen die Ungewißheiten der Nacht, die Glut der Zentralheizung mit Asche bedecken, den Gutenachtgruß des Hausmädchens entgegennehmen, alle Lichter löschen, seine Kleidungsstücke öffnen, während man durch die Zimmer im ersten Stock läuft, die Augen schwer von Müdigkeit. Er streckte sich breit auf seiner Bettseite aus:

»Antoine«, sagte Anne, »lieg still... ich möchte schlafen...«

Schlafen. In dem zähen nächtlichen Frieden schlafen? Er wagte nicht, die Lampe anzumachen – ein Körper liegt neben ihm wie seit dreißig und einigen Jahren, ein Körper, der nicht mehr über das leichte Atmen der Jugend verfügt, ein Körper von fünfzig Jahren, der nicht möchte, daß sein erster Schlaf gestört wird, der schwerer wiederzuerlangen ist als einst. Antoine hatte sich daran gewöhnt, mit geöffneten Augen still in dieser Dunkelheit zu liegen, die ihn nicht mochte, um seine Frau nicht zu stören.

»Du bist unausstehlich mit deinem Licht«, sagte sie, »du weißt genau, daß ich davon aufwache und dann Mühe habe, wieder einzuschlafen... Mach aus, oder schlaf im Gästezimmer...«

Und sie drehte sich schwerfällig auf die andere Seite, wie um den Schlaf auf ihrer Bettseite zu suchen. Sie fragte ihn auch:

»Beschäftigt dich etwas?... Hast du Ärger?... Bist du krank?...«

»Nein nein«, antwortete Antoine, »ich habe nur einfach keine Lust zum Schlafen . . . Schlaf du nur, schlaf . . .«

Er blieb allein in seinem nächtlichen Gefängnis, den Gedanken ausgeliefert, die in ihm aufstiegen und die zu vertreiben er nicht die Kraft hatte: nicht nur, daß er nicht an das denken konnte, an das er denken wollte, er konnte auch nicht einschlafen, wann er wollte, so wie er es von großen Staatsmännern gelesen hatte, von Napoleon, von Hannibal. Die Unruhe ließ ihn sich auf dem Bettlaken umherwälzen; sie steckte in seinem Körper wie ein Kind in einer Frau, und sie bewegte sich in ihm, sie lebte in ihm wie seine Lungen, sein Herz. Vielleicht war das die Aorta? Den Arzt aufsuchen, eine Diät einhalten... wie hoch ist mein Blutdruck? Doch vielleicht stand diese tiefe Beklemmung, die er seit Jahren mit sich herumtrug, in überhaupt keinem Zusammenhang mit organischen Fehlern. Es war Angst. An einer Stelle, die tiefer lag als die blutigen Gegenden des Körpers, wo die Anfänge der Krankheiten entstehen, steckte ein schlimmeres Übel als Arterienverkalkung, als eine Entzündung der Aorta. Nicht mehr vor dem körperlichen Tod hatte er Angst, sondern vor dem formlosen Antlitz seines ganzen Lebens, vor diesem unnützen Bild seiner selbst, vor diesem kopflosen Wesen, das mit hastigen Schritten ziellos durch die Asche der Zeit lief. Niemand hatte es bemerkt, daß er die ganze Zeit ohne Kopf gelebt hatte. Da die Menschen höflich sind... nie hatte ihn jemand darauf aufmerksam gemacht... Jetzt war es zu spät, er hatte die ganze Zeit seinen Tod gelebt. Doch kann ein Mensch diese äußersten Gedanken nicht lange ertragen, und Antoine klammerte sich schließlich an die deutlichste, die klarste Beunruhigung. Er sagte sich, daß nur sein Herz nicht in Ordnung sei, daß er endlich einen Arzt aufsuchen müsse, lange genug habe er sich nicht um seine Gesundheit gekümmert... Mit sechzig Jahren sind die Arterien zerbrechlich wie Tonröhren... Ich werde mich zu einer Untersuchung anmelden, werde ein Blutbild machen lassen. Er sah sich am Telefon, beim Arzt, wie er Tabletten kaufte, Tropfen, wie er seinen Tabak einteilte, seine Fleischportionen. Diese Sorgen schläferten ihn endlich ein wie ein Märchen.

An einem Tag wie alle anderen kam Antoine nach Hause, zog sein Jackett aus und nahm eine alte Jacke, an die seine Schultern und seine Arme seit langem gewöhnt waren. Er küßte seine Frau und trat in sein Arbeitszimmer, schlug die Zeitung auf, drehte sich eine Zigarette. Er fühlte sich nicht sehr wohl. Ihm war übel. Er warf seine Zigarette, die schlecht zog, auf den Marmor des Kamins. Was für eine Unruhe trieb ihn? Die Standuhr tickte laut, ihr Pendel machte ein weithin hörbares Geräusch. Die Wände um ihn herum schoben sich zur Seite: über dem Diwan sah sein Bild mit schreckenerregender Eindringlichkeit auf ihn herab. Von der Küche drang der vertraute Laut eines klirrenden Tellers: er tauchte wie aus einer Meerestiefe auf. Antoine fühlte eine Schwere in seinem linken Arm, die er schon mehrmals gespürt hatte. Was bedeutete sie? Sie zog sich über den Arm bis zum Schultergelenk. Er streckte seine Finger aus und krümmte sie wieder. Er wollte mit einem lebenden Wesen sprechen, um von der friedlichen Gegenwart eines Menschen beruhigt zu werden. Er ging auf die Tür zu; der Porzellangriff war von blendendem Weiß wie ein gelackter Knochen, wie ein erleuchtetes Ei. Alles andere Licht wurde schwächer. Er machte einen Schritt, der auf die Millionen Schritte folgte, die er getan hatte, seit er laufen konnte, auf Straßen, in Zimmern, in Werkstätten, über Felder, einen langsam wie eine heldische Tat sich bildenden Schritt; er wollte Anne rufen, Anne, die ihn geliebt hatte, aber er sagte nichts, seine Zunge und seine Lippen waren starr wie Eis, er konnte nichts mehr sagen; rings um ihn war das Leben plötzlich flach wie das Meer; ein Bersten, ein Blitzschlag in einem grellen Licht. Antoine fiel in seiner vollen Länge auf den Teppich und rührte sich nicht mehr.
Etwas später kam Anne herein und stieß einen so gellenden Schrei aus, daß ein Mann auf der Straße ihn hörte und klingelte. Doch Antoine konnte Annes vertraute Stimme nicht mehr hören, noch irgendeine andere Stimme, noch irgendeine Botschaft der Welt. Er lag tot auf seinem blauen Teppich; alles

Blut war bereits aus seinem Gesicht gewichen, das friedlicher als das Meer war, eine dicke schwarze Vene trat zwischen den beiden Buckeln seiner Stirn hervor.
Anne rief ihn an, hielt einen Spiegel vor seine Lippen, sie schnitt mit ihrer Schere in eines seiner Ohrläppchen: kein Tropfen Blut floß heraus.

Bibliothek Suhrkamp

Alphabetisches Verzeichnis